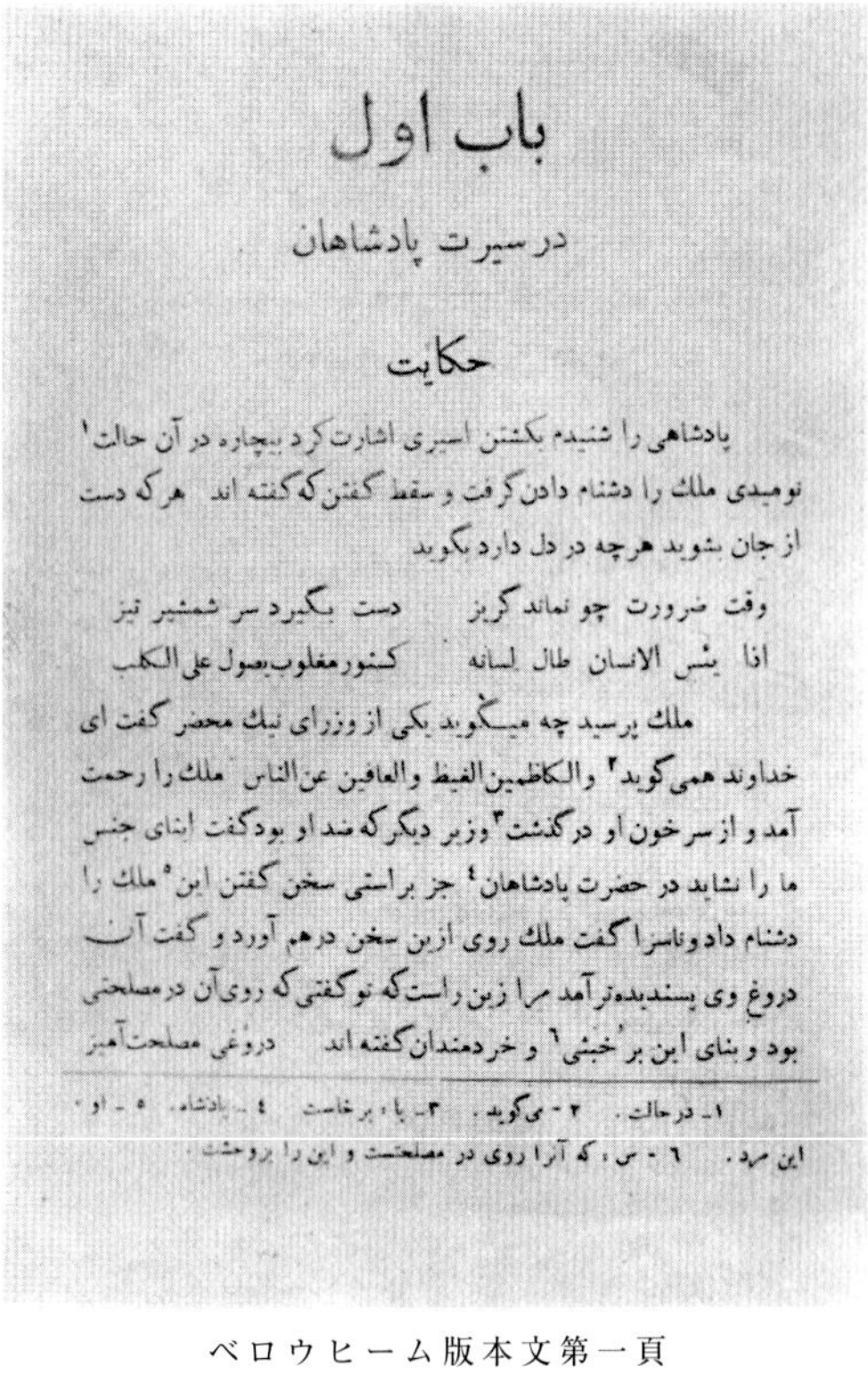

باب اول

در سیرت پادشاهان

حکایت

پادشاهی را شنیدم بکشتن اسیری اشارت کرد بیچاره در آن حالت[1] نومیدی ملک را دشنام دادن گرفت و سقط گفتن که گفته اند هر که دست از جان بشوید هرچه در دل دارد بگوید

وقت ضرورت چو نماند گریز　　دست بگیرد سر شمشیر تیز
اذا یئس الانسان طال لسانه　　کسنور مغلوب یصول علی الکلب

ملك پرسید چه میگوید یکی از وزرای نیك محضر گفت ای خداوند همی گوید[2] والکاظمین الغیظ والعافین عن الناس ملك را رحمت آمد و از سر خون او درگذشت[3] وزیر دیگر که ضد او بود گفت ابنای جنس ما را نشاید در حضرت پادشاهان[4] جز براستی سخن گفتن این[5] ملك را دشنام داد و ناسزا گفت ملك روی ازین سخن درهم آورد و گفت آن دروغ وی پسندیده تر آمد مرا زین راست که تو گفتی که روی آن در مصلحتی بود و بنای این بر خبثی[6] و خردمندان گفته اند　　دروغی مصلحت آمیز

۱ـ در حالت.　۲ - می گوید.　۳ـ با: برخاست　۴ ـ پادشاه.　۵ ـ او، این مرد.　۶ - س: که آنرا روی در مصلحتست و این را بر وحشت.

ベロウヒーム版本文第一頁

岩 波 文 庫

32-784-1

ゴ レ ス タ ー ン

サァディー著
沢 英 三訳

岩 波 書 店

Sa‘dī

GULISTĀN

1258

まえがき

かなり古めかしい話である。譯者がまだ北印度のラクナウ市で、キリスト教徒である一老印度人の家庭教師からペルシャ語を學んでいた大正十一年のこと。斯學における大方の印度人初學者同様、譯者もまたサァディーの道德詩〃おゝ慈悲深き者よ《カリーマー》〃を教科書にしていたが、相弟子の中に一段と難解なこの〃ばらの園《ゴレスターン》〃の暗記に努める一回教徒娘の在ることを聞かされて、ひそかにうらやんだものである。降って昭和三年、いよ〳〵あこがれのペルシャ即ち今のイーラーン國に渡ってみると、さすが詩の國だけに、ペルシャ人ほどよく自國の生んだ大詩人たちの言葉を日常の會話に引用する國民のないことを知った。そうして、最も繁く彼らの口頭にのぼるのが、本書と抒情詩人ハーフェズの詩集《ティーワーン》からの引用句であった。また同國の各階層を通じて、今まで最も多く愛讀されて來た點では、實に本書は回教聖典《コラーン》に次ぐものであることも耳にした。更に過ぐる昭和十二年の初夏には、同國の首都テヘラーン市の文科大學において、〃ゴレスターン〃著作七百年記念祭が執り行われるに至った。「花は四、五日しかもたぬが、わが培ったばら園は永遠に咲き誇ろう」と、本書の序文〃いつくしみ深き神の御名において〃にも豫言されている通り、その〃ばらの園〃は、今も昔も變りなく、南アジヤの回教諸民族の間に咲き薫り、その切り花はまた遠くアフリカ大陸からヨーロッパ大陸にかけても移され、永らく人の心を潤して來た。すなわち、その本國はもとより、ペルシャ語が數世紀の間宮廷用語であり官廳用語であったインドやアフガーニスターンでも、原書のまゝ廣く讀まれて來たのである。わけても、舊インドでは單に八千萬回教徒ばかりでなく、北部の印度教社會においても、本書が、その老若男女を問わず、王侯貴族から一般庶民の間に至るまで親しまれ、幾多の聖賢や學者から尊重されて來たことも、本國における場合と同然である。かつて、本國では、回教諸王によって一種の法典扱いされたことさえあった。一方、世界各國の飜譯界をもにぎわし、東洋では、作者の存命中に早くもアラビヤ語に譯出されたのを手初めに、トルコ語やインド語にも譯された。また、西洋では初期のものほど抄譯ではあるが、十七世紀の中葉から、佛・獨・ラテン・オランダ・英の順に、次々と譯され、それ〳〵の文藝界に相當な反響を喚び起したのであった。

およそ他國の國民性とか民族心理とかいったものの眞相をつかむことは至難のわざであるが、それには、やはり、その最大多數の國民によって最も永く親しまれて來たような文藝書や道德書をひもとくに如くものはあるまい。殊に、互に餘り接觸する機會に惠まれないような國家を對象とする時、なおさらのことである。かゝる意味において、本書の持つ役割は極めて大きく、さらに、回教文學・回教思想・回教道德などを知るよすがとして、また廣い分野における民族研究資料として役立つことも、決して少くあるまい。これ、譯業には全然未經驗な譯者が、最初の飜譯意欲を本書に感じたゆえんでもある。

なおまた、本書がペルシャの書簡文範の役目を果して來たことも、同國の〝おうむ物語《トゥーテ・ナーメ》〟を見ても明かである。事實、原作の文章は、極めて流麗にして典雅。古來、ペルシャ語界の模範となっている。簡潔なのが特徴である。ほゞ散文七分、韻文三分の割合で構成され、多種の詩形を含む詩は無論みな押韻されている。驚くべきことには、散文の措辭用語の形態や音調の統一美にまで深い考慮が拂われている。

本書には、格別深遠な哲理が說かれているわけでもない。たゞ回教徒として日常必ず心がけ守らなければならない實際的道德的教訓、つまり通俗倫理が、卑近な逸話に託して說かれている。由來、古くて何時も新しいのは、人倫とか道義・德義の問題である。これが、本書の名文と相俟って、本書を不朽ならしめた主要原因にほかならぬ。まこと本書には、作者一流の倫理觀や審美觀が、輕妙なる筆致をもって盛られている。作者自身の自畫像とも見なせるほどに、サァディーの面目が隨所に躍動している。書中、〝私は〟とか〝私が〟の目立って多いのは、作者の經驗を骨子にしている何よりの證據である。しかしながら、何分本書は、地理的にもまた時代的にも非常にかけへだたり、すべての文物・國情・人情・氣質・風習などを全く異にする別世界のものであるだけに、我々の道德思想や物事の考え方などと相容れないもののあるのも、また止むを得まい。否、寧ろ、その相違點があればこそ、却って我々の感興をそゝることにもなる。それにしてもなお、長い時代と國境とを越えて、思想や感情、さては性癖、あるいは物のたとえ方などにおいても、我々のものと直結するものの如何ばかり多いことか、一驚に値するものがあろう。

次に特筆すべきことは、古典の常として、本書にも異版本の極めて多いことである。本書の譯出に當っては、ペルシャ版、インド版、英國版など合せて八册準備したのであるが、いずれも、內容と體裁を異にしている。これは、恐らく原作者の生前における幾度かの改訂版が出たことや後世の補遺のあったことを物語るものであろう。書中、往々にして重複や矛盾の見られるのも、そのせいに違いない。その內容上の主なる相違點は次の通りである。㈠物語が一方にあって、他方に缺くもの。㈡物語の順序の不同。㈢物語や章句の排列の不同。㈣辭句の相違。㈤辭句の前後轉換。㈥接續詞や後置詞の不同。㈦動詞時相の不同。㈧否定と肯定との轉換。㈨名詞や代名詞の單數複數の不同。㈩形容詞の比較の不同。(十一)同義異語の使用。(十二) in 〝これ〟 と ān 〝それ〟 との轉換。こうした相違が如何ばかり多いことか、もしすべての各種異版本を比較對照してみたら、優に一書を成すであろう。如上の本質的な差異のほかに、後世の補遺として、大多數の版に見られる相違がある。㈠各章の物語順を示す番號。㈡詩竝に詩形の名稱。㈢第八章に限られる各章句における內容の標示。すなわち、㈢の場合では、ḥekmat 〝金言〟 moṭāyabah 〝戲談〟 tanbih 〝訓戒〟 naṣiḥat 〝忠告〟 pand 〝戒め〟 taḥẕir 〝警告〟 tarbiat 〝訓育〟 moṭāṭafah 〝仁慈〟 tashbih 〝たとえ〟 などの名稱であるが、これまた版別によって一致していない。

本譯書の底本としては、〝世界に現存する最古の寫本に據る〟 と銘打たれ、ゴレスターンの決定版ともいうべきベロウヒーム(Beroukhim)書店版〈Mohammad 'Alī Forūghī 校閱、一八九八年テヘラーン發行〉を使用した。前記の諸事項は、手許の他の版本には、ことごとく明記されてあるにも拘らず、本版には皆目記入されていない。本譯書でも、該版に基いて㈡㈢の事項は採り入れないことにしたが、㈠は、有った方が一層便利なので採用することにした。なお本譯書には、第二の底本として、プラットス（J. T. Platts）版〔一八七四年〕を併用し、かたがた他のペルシャ版やインド版をも隨時參照して右の二底本を補足したため、本譯書こそ名實共に備わるゴレスターン完譯書に仕上げることが出來た。それに、とにかく本譯書は單なる讀物としてのほかに、原作に對する一種の研究書でもあるので、勢い譯文は及ぶ限り原文に忠實を期さねばならなかった。もちろん、いわゆる飜譯臭は極力避けると共に、一面また大いにペルシャ臭の發揮にも努めた。たゞ、譯者もとより淺學短才、わずかに原作の面影を傳えるにとゞまり、折角の珠玉を變じて瓦にしたことをかえすがえすも遺憾とする。

終りに臨み、本譯書の刊行に當り、特に大槻春彦・矢崎源九郎兩氏の御盡力に與ったことをここに銘記して謝意を表わす。

昭和二十六年八月

六甲山下にて

譯　者

凡例

(一) 従來、邦語や英語におけるペルシャ語の發音は、舊式なインド流に基いて來たが、本譯書では一切純ペルシャ流の發音に從った。例、シャイク〃長老〃はシェイフ。グリスターン〃ばらの園〃はゴレスターン。但し、ペルシャ國以外の固有名詞に對しては、今まで通り、英語の發音に從った。例、シャーム〃國名〃はシリヤ、ダーウード〃人名〃はダビデ。

(二) †印は版別によって辭句の相違するもの。

＊印は第一底本に缺け、その他の版本に有ったり無かったりする語。但し、句の場合、その末尾に附し、句が一行以上に及ぶ時、〔 〕内に入れた。

※印は第二底本に缺け、その他の版本に有ったり無かったりする語。但し、句の場合、その末尾に附し、句が一行以上に及ぶ時、( )内に入れた。

【 】は兩底本に缺け、別種の版本から補足した句。

(三) 註釋番號中、圓括弧に入れた分は一般讀者用、數字だけの分は原作研究者用。なお譯詩の

10 行數は原則的に原詩の行數と一致させた。

目次

いつくしみ深き神の御名において（一）

あゝ偉大にして榮光ある神《ホダー》をたゝえよ！　神への奉仕こそ神に近づく道であり、神への感謝によって恩恵が増大する。一つの息が吸い込まれるごとに命が支えられ、吐き出されるごとに身の歡びとなる。されば、一つの息吹きに二つの恵みあり、その一つ一つに感謝がさゝげられねばならぬ。

何の手、何の言の葉もて
神に感謝を果さんや。

最高神の言*
おゝダビデの子らよ！　感謝をさゝげよ
わがしもべらにして感謝する者少し。

しもべたる者は神の宮に來りて
その罪を謝すべし。
神への義務を果すこと
いと難ければなり。

神の無量の慈雨は、すべてをうるおし、その惠みの實は、諸々の地に擴げられている。神は、しもべらの恥ずべき罪惡に對してすら、その名聲の假面を引きちぎることを敢てなしたまわぬ。しかも、極惡の罪を犯す者からも、日々の糧を取り上げたまわぬ。

お丶慈悲深き者よ！ 汝《なれ》はその祕めたる寶庫より
拜火教徒《ガブル》にも基督教徒《タルサー》にも日毎の糧を與えたもう。
汝の敵にすら、かくも惠み深きを
いかでか友を拒みたまわん。

神は命じ給うた。風なる家令に、エメラルド色のじゅうたんを敷きつめるよう、春の雲なる乳母には、若木を搖りかごに育み、木々に正月の晴着や(二)綠色・茶色の衣を着せ、春來りなば、さ枝のみどり兒に花かずらを冠らせるように。神の力は樹液を豐《ほう》じゅんな蜜となし、その教えに、なつめやしの種子は天を摩するしゅろの木となる。

雲・風・月・太陽・天空はあまねく動く
汝の手にパンをもたらすは誰ぞ、おろそかに食せざれ。
汝のためにすべてが囘轉し、すべてが從順なるにぞ
汝のみ從順に非ずんば正義のおきてに一致せざらん。

こゝに萬物の長、(三)實在物中の誇、宇宙の慈悲、人類の精華、時代運行の完成たるべきモハムマド・ムスタファー——神よ彼に惠みを垂れ、彼を守らせ給え——の傳承《ハディース》がある。

和解者、服從者、慈しみ深き豫言者
寛仁・尊嚴の人、柔和・高雅の人。

かゝる支持者あれば、信者達の防壁に何の憂いぞある
水先案内ノア（四）あれば、はた何ぞ海の荒波。

全き彼〔教祖〕は高位にのぼり
その美は暗黒を追いぬ。
善美こそ彼の天性なり
彼とその一族に惠みあれ。

己の罪を知る一人の罪深いしもべが、お赦しを求めて、公明にして崇高なる神の宮居に悔恨の手を差延べた。萬能の神は、彼に眼もくれなかった。そこで、彼は再度歎願してみたが、それも空しく、なお、もう一度泣きむせびながら恭〻しく祈願をこめてみたところ、公明にして聖なる神の宣うには、「おゝ、わが天使たちよ！わがしもべのため、われは眞に恥じ入る。彼の神は、われのみなれば、われは赦さん。われ彼の祈りに報い、彼の願いを容れん。しもべの過度の祈り、悲嘆、そはわれをして恥じしめぬ。」

神の慈悲と恩惠を見よ！

しもべ罪を犯せりとて恥じたもうを。

榮光あるカァバ（五）に常に奉仕する人たちが、彼らの禮拜の不足をざんげして言うには、「私どもは、貴方様が當然拜まれなければならぬという心からなる仕方で拜みませんでした」と。また、神の美をたゝえのべる人々が驚嘆に魂《たま》奪われて言うには、「貴方様が當然知られていなければならぬ程に、われ〳〵しもべどもは、貴方様の偉大さを知らなかった」と。

　人もしわれに神の特質を尋ぬるとき
　形なきものを如何でか述べたてん。
　愛する人々、愛さるゝ者に殺さるゝとき
　死者たちより聲は起らず。

物思いにふける聖者の一人が、頭を默想の懷にもたせながら、幻想の海に浸っていた。やがて、われに歸ると、友人の一人が、うれしそうに†言った。「君のさまよっていた花園から、どんな珍らしいお土産を持って來てくれましたか」と。彼は答えた。「私がばらの繁みに着いたら、友人たちへのお土産に、花をすそ一杯に満たして來るつもりでした。しかし、私がそこに着くと、かぐわしい花の薫りが私を醉わしてしまったので、衣のすそが私の手から離れてしまいました。」

〈われは摘めり園のうばら
その妙なる香にわれは醉いたり〉

おゝ暁の鳥よ！　戀を知れ、蛾の如
そは炎に燒けつゝ死ぬるとも、聲すら立てず。
知れるふりする者は愚かなり
神を知れる者、未だよみがえりしものなければ。

おゝ汝〔神〕は思想・想像・空想に超絶す
人々の語り、われらの聞き、讀める、ことごとくに優る。
宴《うたげ》は終りぬ、壽命も盡きぬ
われ汝をたゝえ續けん、初めと同じく。

回教王――神よ彼の統治を窮りなからしめ給え――の美徳について*

人々に喧傳されるサァディーの好評、地球の全面に擴がる彼の言辭に對する名聲、砂糖のようにたしなまれる彼の物語における親しみ易い筆致、爲替手形のように持ち運ばれる彼の文學的作品の紙片、それらは、決して彼自身の雄辯や美德の完全さに因るものではなかった。ほかならぬ世界の主、時代運行の中軸、ソロモンの代理者、回教信徒の保護者、王中の王*、大アターバク(六)、モザッファロッドニヤー・オ・ディーン(七)、アブー・ベクル・ベン・サァド・ベン・ザンギー、地上における至上神アッラーの映像、――神よ！ 彼をよみしたまえ――が、私に愛情の眼を垂れ、私を激賞し、眞心をお示し下されたのである。そのお蔭で、貴顯や一般の人達も皆私を思慕するようになった。人々はその君主たちの信條通りになるものだから。

君、わが卑しき姿を見守りたもうてより
わが譽れ、太陽のそれよりも明かになりぬ。
このしもべのなべての缺點も美點となる
王のよみし給わば。

ある日、浴室に香高き一塊の土くれ
麗しき人の手よりわが手に入りぬ。
「汝は麝香なりや、はた龍涎香《りゅうぜんこう》なりや
あやしきまでにその妙なる香にわれ醉いたれば」と、問えば
答うるに、「われは取るに足らざる土塊《つちくれ》なりき
なれど、われ暫し、ばらと交りぬ
わが友の美點はわれに及ぼせり
さなくば、われ、かつての土塊たらん」

おゝ神よ！ 信仰厚き者をよみし、その生命《いのち》永らえしめたまえ
その美擧・善行に報いを倍加なしたまえ。
彼の高官†たちの威を高めしめたまえ
彼の敵・憎悪者どもを滅ぼしたまえ。
コラーンの章句にある如く
おゝ神よ！ 彼の國土を安からしめ、彼の子を守らせたまえ。

まこと、世は彼ありて榮ゆ、その幸運を無窮ならしめよ
神よ彼を守らせたまえ、勝利の旗もて。
王もし根たらば、しゅろの樹もまた生い榮えん
地上の樹々の優れたるは、種子の良さによるなり。

至聖至高なる神よ！ 公明なる支配者たちの威厳や實際的な學者たちの努力によりて、最期の審判の時まで、淸きシーラーズの土地を安らかに守らせたまえ。

〈何が故に、われ外國《とつくに》にさすらいし
君、よもや知るまじ。
われは出でたり、トルコ人らの怖《おそ》ましきに
世は黒人の髪の如く、もつるゝを見たれば。

なべては、姿、人の子なれど
おゝかみの如、つめ鋭く血に渇せり。
内には天使の如、やさしき人々なるも
外には戰いにはやるししの如き軍隊なりき。
われ歸り來れば、國土安らけく
とらはとらの變性を棄つるを見たり。
われの知れる先の日は
かくも混亂・不安・悲痛もて滿てるに
今し正義の君アターバク・アブー・ベクル・ベン・サァド・ザンギーの
良きみ代とはなりぬ。」

神の映像たる君の如きに統べらるゝ限り
ペルシャ（八）國には禍の嘆きなからん。
今日し君が門なる敷居の如き安住の地
何人か見出でん、この地上に。
あわれなる人々への情、そは君が務めぞ
われら感謝すべく、神また報いなん。

おゝ神よ！　地と水の續く限り
ペルシャを戰禍より守らせたまえ。

本書著作の理由について*

ある夜のこと、私は過ぎし日のことを想い(九)めぐらしながら、餘りにも多くのわが齡の消え失せたことを嘆き悲しんでいた。私は涙の金剛石をもってわが心の奥(一〇)の石を突き刺してみた。そうして生れたのが、私自らの状態にふさわしい次の詩句であった。

瞬間《たまゆら》に生命の息吹き失せぬ
われ、すでにして殘り少し。
悲しや、五十年、うたゝ、眠りのうちに去りぬ
この五日にして如何でか追わん。
老いてなお事成らざるは恥ずべし
出發の太鼓打鳴らされたれど、荷造りは未だし。
出發の朝の快き睡眠《ねむり》は
行く者を路よりとゞむ。
現世《うつしよ》に來りしものみな新しき建物を築かんとなし

彼發ちて後、住居《すまい》を他のために殘しぬ。
人々、同じく徒らなる企てをなせども
何人にしてこを成せしや。
移り氣なるを友となすべからず
信義なき者は友情に値せず。
〔腹こそは生命《いのち》のもとなれ
そが漸次に空く限り、何の憂いぞある。
されど開かざるほどに閉じるならば
生の望みは絶ゆ。
また閉じ得ぬほどに開くならば
汝が手を洗うべし、この世の生命の。
反逆の四つの氣性（二）は
しばし和すれど
その四つの一つまさるとき
愛《いと》しき生命は去るべし。
さればこそ、賢くまた秀でたる人は
うつゝ世の生命に心をむけず。〕

善きも悪しきも等しく死すべきものなれば
善球を得るものこそ幸なれ。
旅のために糧をとゞけよ、汝の墓に
汝の後よりもたらす者あらじ、前もって届けよ。
人生は雪、太陽は熱、融けず残るは少し
紳士よ！　なおもたかぶるや。
おゝ空手《からて》にて市場に行きし者よ！
われは恐る、汝がハンカチを満たさで帰らんを。
自らまきたる麦を實らざるうちに食する者は
收穫期《とりいれどき》に、そが穂を刈取らざるべからず。
聴けよ！　心の耳もて、サァディーの戒めを
路はかくの如し、男らしくあれ、旅に出でよ。

この事をよく考えた後、私は庵《いおり》に坐し、社交のもすそを折りたゝみ、散漫な文句の記録を洗い落し、むだ話をすることを慎しむ方が良いと認めた。

耳遠く、口閉じて、隅に坐し、舌斷てる者こそ
舌を制し得ざる者より好もし。

かくするうちに、旅の慘*めな乗物で親しい仲であり、また孤*獨な庵で相棒だった友達の一人が、

いつもの流儀で戸口からは入って來た。そうして、彼は上機嫌でしゃれを飛ばしていたが、一二私はそれに答えもせず、また禮拝のひざから頭を持上げることもしなかった。それで、彼は悲しそうに私を見て言った。

「さて、わが兄弟よ！　話したまえ
もの言う力ある限り、好意と喜びもて。
明日にも死の使い來らば
沈默のやむなきに至ればなり。」

私の仲間の一人が、この事を友に知らして言うには、「某は餘生を信仰にさゝげ、沈默を守ろうと固く決心したそうな。君も一つ出來たら、彼の流儀に從い給え」と。友は答えた。「いつものように、彼が話し出すまで、ぼくは息もしなければ、一歩も動かんことを偉大なる神と、われ〳〵の古い友情とに誓うよ。友を悲しませるのは、愚かなことであり、誓による罪滅ぼしはいと易いことであるからだ。アリー(一三)の劍がそのさやにとゞまり、サァディーの舌が上《うわ》あごに粘り着くことは正義に反し、賢人の意志†に背くものである。

※おゝ賢き人よ、口の中の舌は何ぞ
そは德高き人の寶庫のかぎなるぞ。
とびらの閉ざさるゝとき、いかでか人†は知り得ん
彼が寶石商なるか、はたまた行商人なるかを。

よしんば賢き人、沈黙を尊ばんとも
よき機《おり》に話すはよし。
二つのものは知性の恥なり
語るべき時に默し、默すべき時に語るは。」

結局、私は、友との語らいで、わが舌を制することが出來なかった。† 彼は氣質の良い誠意のある友なので、彼との語らいから顔をそむけるのは、不人情だと思った。

汝、人と戰うとき、知るべし
まず逃ぐるは、汝か彼かを。

必要があって、私は語り出した。時候は丁度春でもあったから、心も輕やかに戸外へ出た。嚴しい寒さも去って、早やばら王國の季節になっていた。

春なれや、樹々の葉†のその下着は
果報者の祭の衣にも似たるかな。
ジャラーリー（二四）暦のやよいの初め
小枝の高座にはうぐいす歌い
紅のばらに落ちたる眞珠の露は

怒れる戀人の紅《あけ》のほおにも似たり。

たま〳〵、友の一人と、花園で一夜を共にした。それは、本當に愉快な場所で、樹々は美しくもつれ合い、地面はあたかも色とり〴〵の切子ガラスのかけらをまき散らしたようで、またぶどうのつるに七つ星がつるされたようでもあった。

　麗しの園よ、そが流れ甘く冷し
　樹には歌う小鳥の調べ妙に。
　眼も彩《あや》にチューリップ咲きむれ
　くさ〴〵の果實《このみ》樹に滿つ。
　そよ風は渡る綠の木蔭
　美しきじゅうたんもて敷きなせるか、麗しの園。

明け方、そろ〳〵歸りたくなった頃、私は友がすそに甘いめぼうき、ばら、ヒヤシンス、かぐわしい小草を集めているのを見ました。彼は其れを町へ持って歸るつもりでした。そこで、私は「君も知っての通り、花園の花は永續きしない。ばら園の季節には貞節がない。すべて永續性の無いものは愛着に値せぬと賢人たちも言っている」と言(一五)いました。友は、私に「それ(一六)では一體どうしたら宜しいでしょう」と申しますので、「私は見る人の樂しみのため、また聽く人の悅びのために、〃ばら園〃の本を作ることが出來ます。その葉には秋風も暴力の手を及ぼし得なければ、また時の流れも、その春の悅びを秋の無常に變えることはないのです」と言ってやりました。

ひと盛りの盆の花、汝に何をもたらすや
花は五六日保たんも限りある生命《いのち》なれ。
わがばら園より一葉を持て
わが培いしばらは永えに咲き誇らん。

私がこう語るや否や、彼は花をもすそから投げ出しました。そうして、「高潔な人は約束を守る」と言いながら花を私のすその中に入れました。同じその日、たま〳〵私は辯舌家たちに役立ち、手紙を書く人たちの修辭を豊かにするような形式で、禮儀正しい社交と會話†の作法とに關する一章を手帳に認めてみました。つまり、花園のばらがまだ殘っているのに、〃ばらの園〃の本は終ってしまったのです。

ジャハーン・サァド・アブー・ベクル・ベン・サァド王子のこと[一七]

しかし、實際には、世界の保護者、神の映像、神の惠みの光、時代の寶庫†、安全なる避難所、天のちょう兒、勝利者、戰勝帝國の腕、*輝く宗教の燈、人類の美、回教の誇、大アターバクの子サァド、最大の威力を持つ王中の王、國民の首の主《あるじ》、アラビヤとペルシャの君主、海陸の支配者、ソロモン王國の繼承者、ザンギーの子・サァドの子・モザッファロッディーン・アブー・ベクル——神よ彼ら二人の幸運を永からしめたまえ！ 彼ら二人の榮光を倍加なさしめたまえ！ 彼ら二人の最後の分前をすべて善き事のために向わしめたまえ！――の王宮でよみせられるところとなり、天覧の榮譽を得て始めて完成するのである(一八)。

もしも君主の好意もて飾らるゝならば
シナの美術館、アンタング畫廊(一九)の繪畫たり得ん。
何人も不快の面《おも》を見せざらん
ばら園は悲しき場所にあらざれば。
幸いなるかな、その序文こそ
ザンギーの子サァドの子サァド・エ・アブー・ベクルに寄せらる。

正義の主ファホレッディーン(二〇)――神よ彼の時代を永からしめよ――
の徳をたゝえて

さて、私の想像の花嫁(二一)は、學識高く†、正義に富み、神のちょう見たる貴人《アミール》、勝利者、王座の維持者、王國の顧問、貧困者の避難所、他國人の保護者、學問の後援者、聖者の友、ペルシャ民族の譽れ*、國の力*、天賦の持主*、帝國と宗教の誇*、眞の信仰と回教徒たちの守護者、諸王の支柱、アブー・ベクル・ベン・アブー・ナスル――神よ彼の壽命を長からしめ給え！　彼をして光輝あらしめ給え！　悦びもて胸を擴げさせ給え！　彼の報いを倍加させ給え！　彼は世界中の貴族の賞揚するところであり、美擧の集成だから――の讃嘆の寶石で飾られるまでは、美しからぬためにその姿を見せず、失望の眼を伏せて足の甲から上げず、聖者たちの會合にも餘り晴々としなかったのである。

彼の惠みに浴する者みな
罪は信仰に、その敵は友となりぬ。

しもべどもの誰にも、特殊の任務が課せられる。それを果すことを少しでも怠るならば、人の不興と非難を受けること必定である。しかし、長老たちの親切に感謝し、その美德を述べ立てつつ安泰を祈るを役目とする托鉢僧の一團にあっては、かゝる任務の遂行には、彼らの存在せぬ方が存在するよりも一層宜しい。その存在は虛僞に近く、存在しなければ虛僞より遠ざかることになる。

み空の曲れる背、直ぐとなりぬ
時代の母に、汝の如き息子の生れし悅びに。
はかり知れざる神祕ぞ、そは造物主の惠みなれ
人々の安らぎのため、われを顯すならば。
善き名を殘す者、不滅の寶を得るに似たり
彼の後に、美德を擧げてその名を生かせばなり。
世の學者、汝をたゝえると否とにかゝわりなし

戀人の花の顏《かんばせ》は侍女の技《わざ》を要せざれば。

宮仕えの失敗に對する辯解と隱退を選んだ動機*

私の宮仕えの辛抱が足りず、とかく引っ込み思案であったのは、インドの聖賢たちの一團が、ボゾルジメフル(二二)の美點について述べたてたことに起因する。つまり、彼が語るのに內氣であるという缺點以外には、何も知られていない†。彼の發言が非常に手間取るために、聽き手が長らく待たねばならなかったということなのである。ボゾルジメフルは、この事を聞くと言った。「自分の話したことを悔むよりは、話そうとすることをよく考える方が宜しい」と。

教養すぐれ、老練なる話し手は
まずよく考え、然る後に話すなり。
話し得る時まで†話すべからず
よく話せ、遲く話すに何のこだわりある。
よく顧みて後に發言すべし
されど人によしと言わるゝ前に止むべし。
言葉もて、人は獸にまさる
されど、正しく話さざれば、獸汝にまさるべし。

さて、聖賢たちの會合所であり、大學者たちの中心であるわが君――彼の勝利に榮光あれ――の貴顯方の間にお目見えが出來るであろうか。若しも私が會話の途中で大膽になり無遠慮にでもなったならば、私はたゞお偉方の前につまらぬ商品をもたらすだけであろう。寶石屋†にあるガラス玉は、一粒の大麥にも價しない。太陽の前の燈火は、一つの光線をも發射せず、アルヴァンド山(二三)のふもとにある高塔は低く見える。

要求の首をもたぐ者みな
自らの首を賭くるものなり。†
サァディーは逃避して横たわる
うち倒れし者と戰わんとて來る者あらじ。
まず考え、次に語る
土臺まず築かれ、壁は後に。
われ造花の抜《わざ》を知る、†されど花園(二四)にて非ず
われ戀人を賣る、†されどカナーンにて非ず。

人々が、ロクマーン(二五)に、「貴方は哲學をどなたからお學びになりましたか」と尋ねたら、「地面を調べて見るまでは、足を一歩も地につけない盲人たちから」と答えた。入る前に、まず出口に心せよ。

汝まず成人し、然る後にめとるべし。

おんどり、いかに勇しとも
堅きつめのたかをばいかでか打ち伏せん。
ねずみ捕るとき、ねこはししたるも
とらとの戰いにはねずみたらん。

しかしながら、目下の者どもの缺點を取り上げず、卑しい人々の罪をあばくことを敢てしない長老たちの寛大なる氣持に信頼して、私は珍らしい出來事・物語・詩・過去の諸王――*神よ彼らを慈しみたまえ――の説話や行狀などのうちから概括的に若干を本書に集錄してみた。このため貴重な壽命の一部を費したわけである。これがそも〳〵*ゴレスターンの本を書いた理由であった。神よ加護を垂れたまえ。

永えに朽ちざるべし、これらの詩句や説話は
わがまみれし埃《ほこり》の落つるときも。
この繪を描きしは、わが後に殘さんがためぞ
われは知る、われに永存なきを。
いつの日か、ある聖《ひじり》、その慈しみもて
わがなせる業《わざ》を祝福したまわざれば。

本の内容の排列、各章の整理、用語の短縮について、深く考えてみた結果、この*豐かにして麗

しい花園、高く圍まれた花園も、天國同然にやはり八つのとびらを持つ方がふさわしく思った。そのため、私はくど〳〵しくならぬよう切り詰めた。

第一章、王侯氣質について。第二章、托鉢僧の行狀について。第三章、足るを知るの美德について。第四章、沈默の益について。第五章、戀愛と青春について。第六章、老年と衰弱について。第七章、教育の效果について。第八章、社交上の戒めについて(二六)。

われらに樂しきこの期は
回教暦の六五六年(二七)なり。
わが目的の訓戒《いましめ》は既に授けぬ
われ汝を神に託して發たん。

第一章　王侯氣質について

物　語（その一）

聞くところによると、ある王が一人の囚人を殺すように指圖した。その氣の毒な囚人は、『生命《いのち》の手を洗う者は、心中のすべてを吐き出す』といわれているように、自暴自棄に陥るや、王を口汚くのゝしった。

萬一の時、逃ぐる術なくば
手は劍をもつかむ。

人、絶望するや、その舌長し
ねこ窮しなば、いぬをも襲う。

王は彼が何を言っているのかと尋ねると、一人の氣の良い大臣が、「あゝわが君よ！　彼は〝怒りを抑える者、人を赦す者、*情深い者を神は愛する〟(三八)と言っているのです」と答えた。王は、彼をあわれみ、改めて殺すことを許してやった。ところが、その大臣の反對者である他の大臣が言った。「王様の面前で本當でないことを話すなんて、われ〳〵の同輩らしくありません。こいつは王様をのゝしり、無禮なことを言ったのでございます」と。この言葉で、王は不興の色を表わして言った。「君の言った本當のことよりも、彼のうその方が、わしには一層好ましいのじゃ。あれは好意に出で、これは惡意に基いているからだ。好意に出た僞りは、不和をかもす眞實よりもましだと聖賢たちも言っている。」

その語るまゝを王の爲すならば
嘆きあるべし、良からざるを彼話すとき。

次のようなしゃれが、*ファリードゥーン(二九)の大廣間の玄關に書かれていた。

おゝ兄弟よ！ 世界は何人にも留まらず
心を宇宙の創造主《つくりぬし》に置かば足る。
この世の國土や支柱に頼るなかれ
そは、如何に多くの人を育み、また殺せしぞ、汝の如。
聖き靈《たま》、まさに發たんとするとき
玉座の上に死すると地上に死すると何の別ぞやある。

物　語（その二）

ホラーサーン(三〇)の王の一人が、マフムード・サボクタギーン(三一)王のことを夢に見た。*死後百年のことゝて、彼の全身は四散し土塊に成っていたが、たゞ彼の眼だけは眼窩の中で回轉しながらにらんでいた。哲學者たちは、皆その解答に失敗し†たが、たった一人の托鉢僧がやり遂げて言うには、「彼の王國が他人の物になっているので、その眼*が今なお見張っているんです」と。

　高名なりし人々、地下に埋沒さるゝも
その在りしあとかた、地に殘るところなし。
土に託せる古きなきがら
その骨の殘らざるまでに朽ち果てぬ。
されど、ノウシーン・ラワーン(三二)の令名は、仁慈《いつくしみ》もて今なお殘る
彼去りてより年あまた經ぬれど。
善をなせ、おゝ人よ！　汝が壽命を惠みと見よ
某《それがし》もはや無しと叫ばるゝまでは。

物　語（その三）

外の兄弟たちが皆背が高くて美しいのに、一人だけが背が低くて醜いというある王子のことを聞いた。ある時、父王が嫌惡と輕侮の眼をもって見やると、息子は明敏にも、それと悟って言うには、「おゝ父上†！　背が低くとも賢い方が、背が高くて愚かなのよりもましです。何でも大きい圖體だからとて値打があるとは限りませんね(三三)。羊はきれいですが、象は汚いですよ。

　山々のうち、最小なるはシナイなり

されど、その威嚴、その品位、神の眼に最たり。

聞きしや、ある時、賢くやせたる人の
肥えて愚かしき人に言いけるを。
やせたれど、一頭のアラビヤ馬は
小屋中のろばにまさるなり。」

父王は笑い、廷臣たちはほめそやした。しかし、兄弟たちは心から口惜しがった。

人の語らざるうちは
その短所長所ともひそむ。
なべてのくさむら、若木†のみと思うなかれ
とらの眠れることもあれば。

折から、その王に強力な敵が現れた。兩隊が出會って、正*に戰おうとした時、眞先に戰場に驅けつけた者†は、その息子であった。彼は言った。

「そは、われに非ず、戰いの日、汝に背を見せるが如きは
されど、そはわれなり、汝もし、埃と血の間に頭を見出しなば。
すべて戰うものは、自らの生命《いのち》を賭《か》く
されど、戰いの日に逃ぐる者は、軍の血を賭《と》するなり。」

こう言いながら王子は敵兵を攻撃し、數人の勇士を打倒した。父の面前に來ると、地にぬかずいて語るには、

「おゝわが妾、君には卑しく見えたり
わが大いなるいさおしを知り給うまでは。
戰いの日、役立てるは細腰の馬にして
肥滿せる牡牛にあらざりき。」

次のようにいわれている。敵兵は無數で、味方は少かったために、一團の者が逃げかゝっていた。そこで、王子は叫んだ。「おゝ者ども！ 女の着物を着せられないように努力し給え。」彼の言葉に勵まされて、騎兵らは一勢に振い起ち、總攻撃に轉じたので、その日、敵に勝利を得たという。王は、彼の頭と眼とに接ぷんし抱擁し、しかも自身の世嗣にするなど、日毎に寵愛を加えるばかりであった。彼の兄弟たちは、ねたみの餘り、その食物に毒を盛った。しかし、妹が屋上の露臺から見つけて、手荒く窓をたゝいたので、王子は*機敏にも、それと悟って食物から手を控え、こう言った。「有能な者が死んで、無能な者どもが取って代るなぞ馬鹿げている。

ふくろのもとに赴く者あらじ
たとえ不死鳥（三四）、この世より姿を消すとも。」

父王は、この事を人々から傳えられると、その兄弟たちを呼び出して適當にしかりつけた後、

國土の一部を割當ててやった。そのため、不和も治まり、論爭も無くなった。しかし、こう言*われている。十人の托鉢僧は、一枚の毛布に眠ることが出來るかも知れないが、二人の王は一國に住めない。

半切れのパンを聖者食するとも
他の半切れをば（三五）、托鉢僧に贈る。
よし、七つの國を王の得るとも
なおも他の國を望むなり。

物語（その四）

アラビヤ人の山賊の一團が山の頂に陣取って、隊商の通路をふさいでいた。彼らの策略のために、その地方の人民は惱まされ、王の軍隊さえ、その山賊が山頂の近寄り難い所にとりでを構えながら巣窟としていたため、とかく壓倒されがちであった。若しも、この一團が何時までもこんな狀態を續けるならば對抗が出來なくなるからとて、その地方の有力者たちは、その禍を除くために協議した。

今しがた根おろせし樹は
人の力もて抜くを得べし。
なれど、暫し經ぬれば

巻揚機もても根こぎなし難し。

泉のもとはすきもてとゞめ得んも
ひとたび満つれば、象も渡り難し。

そこで、賊の様子を探るために、一人の者を任命し、賊どもが人々の襲撃に出はらい、住いが空っぽになる機會を見張らせることに話が決った。一般の事にも戰さにも經驗のある數人の男を派遣したが、彼らは先ず山の谷間に隠れていた。夕暮になると、賊どもは出先きから歸って來て武装を解き、分捕品をわきに置き、直ぐにぐっすり寝込んでしまった。

太陽の圓盤は暗黒となり
ヨナ、魚の口の中に入りぬ。(三六)

勇士たちはいざとばかり待伏所から躍り出し、賊を捕えて一人々々の手を肩にくゝりつけ、翌朝、者どもを王宮へ引張って來た。王は者どもを殺すように命じたが、たま〳〵彼らの間に一人の若者が混っていた。その青春の果實は水々しく、彼の頬《ほお》のばら園の青緑は今芽を出したばかりに匂やかであった(三七)。大臣の一人が、玉座の脚に接ぷんし、仲裁の顔を地に附けながら言った。「この子はまだ人生の庭から果實を食べて居らず、青春の悦びをも享有していません。願わくば、陛下の御仁慈をもって彼をお赦し下さることにより、このしもべに惠みを垂れさせたまえ」と。王は自分の卓越した意見と一致しなかったので、この言葉で顔をしかめて言った。

「その根柢悪しければ、善き人々の光を受くることなし
價値なきものを育むは、圓屋根にくるみを投ずるが如し。
これら邪悪の子孫を斷ち切るべし
彼ら種族の根を掘り上ぐるがよし。

火を消して燃えさしを殘し、毒蛇を殺してその子を助けるなど、賢人たちのすることではないからである。

よしんば、雲、生命《いのち》の水を降らすとも
よもや、柳の枝より果實を得ることあらじ。
いやしき人々と共に時を失うなかれ
葦《よし》より砂糖は得られず。」

大臣は、この言葉を聞くと、止むなく賛意を表し、王の卓見を賞讚して言った。「聖壽の萬歳をお祈り申し上げます。もし、この若者が悪人どもの中で教育を受けたなら、自然に彼らの一人になるに違いあるまいと王様の仰言られることは、誠にごもっともと存じます。しかしながら、彼はまだほんの子供ですから、その團體*の反逆性や殘虐性をまだ植えつけられていないのでありますし、また、傳承《ハディース》*にも、誰もが回教のうちに生れながら、その兩親がユダヤ教徒にしたり、キリスト教徒にしたり、またゾロアスター教徒にしたりするといわれているのですから、徳の高い人々に混って教育を受けたならば、賢人たちの性癖を取入れ得るものと、このしもべは期待す

る次第でございます。
ルート(三八)の妻、悪しき者どもと交りたれば
その子孫、豫言者(三九)の能力を失いぬ。
されど、ほら穴の友なる犬は
暫し、善人たちとの交りにて人(四〇)とぞなりぬ。」

こう大臣が述べると、廷臣たちの一部の者が仲裁に立ったので、王は遂に若者を殺すことを止めて言った。「わしは、良いこととは認めぬが、赦してやろう。
汝知るや、ザール(四一)は英雄ロスタムに何を言いしか
如何なる敵もか弱く、みじめなりと見なし得ず。
われ、しば〳〵見たり、小さき泉の水も
かさめば、らくだをも荷ぐるみ運び去るを。」

結局、若者を愛育することになり、彼を教育するために學識*ある教師を任命した。話術や應答のしとやかさ、王者に仕えるに必要なすべて*の作法を教えてやったので、やがて彼は皆の者から好かれるようになった。ある時、大臣は若者の美點について少しばかり王に告げて言った。「賢人たちの教育が影響致しまして、以前の無智は取り除かれましてございます。そうして、賢人たちの性質を享けました*」と。この言葉*に、王は笑って言った。
「〈汝はわが乳にて育ち、われらの間に成長せり

まこと、汝はおゝかみの兒なりと誰ぞ言いしや。
性の悪しきとき
師の教えも何の益かある。」
おゝかみの兒はおゝかみなり
たとえ、人とともに成長するとも。」

この事があって二年經った。その邊の暴民の一隊が、その若者と結び、徒黨を組み、機を見て大臣とその二人の息子を殺害し、ばく大な財寶を奪って逃亡した。そうして、盜賊どものほら穴で父の後を繼いで、全くの罪人に納まった。王は驚きの手をその齒に取上げながら言うには、

「如何でか作り得ん。悪しき鐵もて良き劍を
おゝ聖賢よ！ 教えによりて能なき者、能ある者たり得ず。
その性のみやびやかなる慈雨は
よき庭土にチューリップ生やせども、荒地には雜草生うる。
鹽氣ある土地、ヒヤシンスをも生ぜず
そこに苦心の種子を空費するなかれ。
悪人どもに善を爲すは

善人たちに悪を爲すにも似たり。」

物　語（その五）

オグロメシュ（四二）の宮殿の門前で、私は得も言われぬ程の理性・知識・理解・賢明さを具備した、ある役人の子を見受けた。既に子供の頃から、その子の面に大人らしい徴候が現れていたのである。そして、知的な輝きが、その額に明かになっていた。

明智は、そが頭に
崇高なる星と輝く。

間もなく、彼は顔立ちの美しさと理智の豊かさ*のために、王のお鑑識《めがね》に適うところとなった。聖賢たちも言っている。「力とは德†にありて富になく、偉大とは理智にありて年齢になし」と。

〔理智深き若者は
賢き人々の中にありて更に偉大となる。〕

彼の同輩らは、若者の地位をねたんで、王に對して不忠であるとの虚僞のざん訴をし、彼を殺害をするために無益な努力を拂った。

友、慈しみ深きとき
敵また何をかなし得ん。

「どういうわけで彼らはお前に敵意を持つのか」と、王は問うた。若者は答えた。「陛下――王

に　　國の榮えますように――の御加護のおかげで、私は皆の者に好意を持っています。たゞ私が不幸にならねば滿足出來ないような、ねたみ深い者だけは別ですが。陛下の富力と繁榮とを永からしめたまえ。

われ、何人の心をも損わず
されど、また何をかなさん、自らの内にねたみ心祕めたる者に。
おゝそねみ心ある者よ！　死せよ、この嘆きより脱るゝために
死なくばかなわじ、その苦より免るゝは。」

不幸なる者、望むことあるべし
好運なる者の富と譽れの傾かんを。
こうもりの眼、日中見えざるとも
太陽に何の罪かある。
汝、眞を求めよ、かゝる千の盲目は
太陽の暗黑なるよりもよし。

物　語（その六）

ペルシャ國王の一人について、こういうことが言われている。その王は人民の財産に魔手を延

ばし、不法・壓迫を加え出した。人々は王の謀略と壓制の痛苦から逃れようとて國々をさすらい†、他へ移住の道を講ずるほかなかった。人民が減ると、國の收入も損われて國庫が空になり、敵が四方*から強力にのしかゝって來た。

禍の日に助けを求むる者には

「平穩なる日に仁慈を盡せ」と告げよ。

忠僕も、勞わらざれば去るべし

慈しめ、見知らぬ人もまた汝の忠僕たれば。

ある時、王の集會で、人々がシャー・ナーメの書中、ザッハーク(四三)の王國の衰微とファリードゥーン(四四)の統治に關する項を讀んでいた。大臣は王に尋ねた。「財寶も國土※も家來も持たないファリードゥーンに、どうして王國が建てられたか御存※じでしょうか」と。王は答えて、「聞いている通り、人々が競って彼の周圍に集まり、彼を支持したので主權を獲得したのだ」と。そこで、大臣は言った。「おゝ陛下！ 人々の集まることが主權の原因となるのなら、貴方樣は何故人々を四散おさせになるのです。多分、貴方樣は統治を御希望なさらないのでしょう。

汝の生命の如く、常に兵を愛すべし

王は兵によりて統治すればなり。」

王は尋ねた。「兵隊や人民を集めるには、一體どうすればよいのか」と。大臣は答えた。「君主は、その周圍に人を集めるためには、寛大でなければなりません。また、その支配下に平和に暮らさせるためには、慈しみ深くなければなりません。貴方様には、この二つとも缺けています。

暴君は統治なし得ず
おゝかみが羊飼いをなし得ざるが如く。
虐政を行うが如き王は
自らの王國の壁の根もとを掘るなり。」

王は、この忠言者である大臣の忠告が氣にいらず、その言葉で顔をしかめ、彼を監獄へ送った。間もなく、王の從弟たちが反旗を飜し、彼らの父の國土を要求した。王の壓制の手で惱まされていた人々は、從弟たちの周圍に集まり彼らを支援したので、國土は王の支配力から離れ從弟たちの手に落ちてしまった。

配下の者どもを壓迫せしむる王は
逆運の時、彼の友、强敵となる。
民と和せよ、しかして敵襲に安んぜよ
正義の君に、民は兵たればなり。

物　語（その七）

ある王とペルシャの奴隷とがたま〳〵船に乗り合せた。その奴隷は、かつて海を見たことがなく、また船の不自由さも經驗したことが無かったので、全身を震わせ悲鳴をあげて騒ぎたてた。

人々が幾らなだめても彼は安心せず、そのために王は興を殺がれ、途方に暮れた。その船に同乗していた一人の哲學者が、王に向って、「もし私にお任せ下さいまするならば、ある方法で默らせてみましょう」と言った。王は、「それはまた大變結構*なことだ」と答えたので、哲學者は奴隷を海に投げ込むように命じた。奴隷は數回沈んだが、やがて人々が彼の髪を引張って、へさき†に連れて行った。奴隷は兩手で船のかじにしがみついた。上って來ると†、默ってすみの方に坐り、平靜を取りもどした。王は不思議に思って†、「これは、一體どうしたわけなのか」と訊いた。哲學者は答えた。「初め、彼はおぼれる苦しみを經驗したことが無かったし、また船の安全なことも知りませんでした。ですから、一度禍に會うと安全の價値を知るのです。」

おゝ滿ち足れる者よ！大麥のパンは汝の喜びとならず
そが眼に醜き彼女は、わが戀人（四五）なり。
天國の美女たちには、淨罪所は地獄なり
地獄の住人に尋ねよ、淨罪所は天國なりやと。
如何にや、戀人を胸に抱ける彼と
彼女を待つ眼を戸口に當てる彼とは。

物語（その八）

人々がホルモズ（四六）に、「どんな落度があって、貴方様は、先王の大臣たちを監禁なさったのですか」と尋ねた。王の答えるよう。「別に罪は何も發見しなかったが、彼らが心中餘りにわしを怖れるのを見たのと、わしの約束を全然信用しないで彼ら自身の害されることばかり氣遣うので、わしを殺しやせんかと案じたのだ。そこで、わしは聖人たちの言葉を採り入れたんじゃ。こう言われている。

『汝を恐るゝ者を恐れよ、おゝ聖き人よ！
たとえ、かゝる百人と戰い得るとも。
この故にこそ、へびは羊飼の足をかむ
石もて自らの頭を打たるゝを恐るれば。
君見ずや、ねこの死物狂いとなるや
そがつめもてとらの眼をも裂くを。』」

物　語（その九）

あるアラビヤ王が、老境に達して病氣になり、回復の見込みが無かった。突然、*城門から一人の騎手がやって來て、このような吉報をもたらした。†「陛下のみいつによりまして、私はある城を落しました。敵どもは捕虜になり、その區域の兵隊と人民とは完全に御命令に服するようになりました。」王は長嘆息して言った。「この吉報は、わしのためじゃなく、わが敵ども、つまり王國の繼承者どものためなのだ。
悲しや！ わが貴き壽命は期待のうちに去りぬ
わが願いの果されればやと。
されど何の益かある
過ぎにし年は再び歸り來らず。

運命の手は出發の太鼓を打鳴らしぬ
おゝわが兩眼よ！ 頭に別れを告げよ。
おゝ掌よ！ 手首よ！ 腕よ！
互いに別れのあいさつを交せ。
希望（四七）の敵はわれを襲えり
おゝわが友たちよ！ 最期の時は來る。
わが日は愚のうちに過ぎぬ
われはわが義務を果さざりき、汝ら心せよ。」

物　語（その十）

ダマスカスの寺院に在る豫言者ヤフヤ（四八）――彼の上に平和あれ――の墓所で、私がお祈りを續けていると、非道で名高いあるアラビヤ國王がたま〱*巡禮に來合せてお祈りをし、また願をかけていた。

　　貧しきも富めるも共にこの世のしもべなり
　　富める者ほど欲求また大なり。

王は私に言った。†「托鉢僧たちは勇敢であり、その行爲に誠意があるから、わしのためにも祈ってもらいたい。わしは何よりも強敵がこわいんだ」と。そこで、私はこう答えた。「強敵によって憂き目にお遭いなさらぬよう、か弱い人民を勞わっておやりなさい。

　　強き腕と指先の力もて
　か弱き貧者の掌をくじくは罪なり。
　不運なる者を赦さずして、はゞからざれば†
　足を踏み外すとも彼の手を取る者なからん。
　惡しき種子をまきて良き望みを抱くは
　愚かなる頭腦をしぼり、空想を描くものなり。
　汝の耳より綿を取出し、人々に正義を施せ
　汝もし正義を與えざれば返報《むくい》を受くる日ありなん。

　　アダムの子らは互いに手足たり

一つの要素より創られたれば。
ひとたび一本の手足痛むとき
他の手、他の足、また安からず。
汝また他人の苦痛を悲しむことなくば
人と呼ばるゝ價値なかるべし。」

物　語（その十一）

その祈りが天にも通ずる有徳の托鉢僧が、バグダードに現れた。ハッジャージ・ベン・ユーソフは、(四九)この事を知らされたので、彼を呼出して言った。「わしのために良いお祈りをして欲しい。」託鉢僧は叫んだ。「おゝ神よ！　彼の生命を取らせたまえ。」ハッジャージが、「神様にとって、それはどういうお祈りになるのか」と問うたら、「これは貴方にとっても全回教徒にとっても良いお祈りなんです」との答えであった。ハッジャージは不思議に思って、「どうして」と反問したので、「もし貴方が死ねば人々は貴方の責苦から免れるし、貴方自身もまた諸々の罪を犯すことから免れます」と返事した。

おゝ弱者いじめの暴君よ
この暴虐をいつの日まで續くるや。
汝の統治は何のためぞ

人いじめよりは汝の死こそ望ましけれ。

物　　語（その十二）

非道な王の一人が、ある聖者に尋ねた。「どんな禮拝が最も宜しいのですか」と。聖者は答えて、「お晝に貴方が眠っていることです。その間だけ、人民を苦しめないで濟みますからね」と。

日中、ある暴君の眠れるを見ぬ
われ言えり、「この邪惡をば、彼の眠りの持去るはよし。
その眠り、目覺めよりは良く
かゝる惡の生活よりは死するがよし。」

物　　語（その十三）

夜を日に繼いで享樂にふけり、醉拂った擧句、次のように言ったある王のことを私は聞いた。
「われ、この世にありて、かほど樂しき時はあらじ
善きも惡しきも何かある、何人にもかゝわりなく氣がかりなし。」
丁度、戸外の寒空に眠っていた裸體*の托鉢僧が、これを聞きつけて言った。*
「おゝ君よ！　この世に君ほど幸運なるはあらじ
われは知る、君に氣がかり無くばわれらにも無し。」

王はそれを聞いて喜び、一千ディナール入りの財布を窓から差出しながら、「おゝ※托鉢僧よ！すそを持上げたまえ」と言った。托鉢僧は、「着物を持たない私が、どうしてすそを持って來るんです」と訊いた。王は彼の哀れな樣子に一層同情して、更に譽れの衣（五〇）を一枚附け加えて差出した。しかし、托鉢僧は先きの現金と品物※とを間もなくまき散らし、みな使い果して歸って來た。

　聖き人の手に富は留まらず
　戀人の心に忍耐なく、ふるいに水なし。

王はもう托鉢僧のことなど忘れていたが、人々がその樣子を王に告げた。王は怒って、彼に顏をそむけるようになった。それだから、明敏で經驗のある人たちは、諸王のかんしゃくや非道には充分警戒しなければならぬといっている。王樣たちの關心は常に王國の重要事に奪われるので、それが一般人に我慢し切れないからである。〔時には、あいさつに對してさえ不興になり、時には毒舌に對してさえ譽れの衣を與える。〕

　よき機《おり》を見ざる者は
　王の惠みに浴し得ず。
　語るにふさわしき機を見出すまでに
　愚かなる話によりて自らの價値を失うなかれ。

王は言った。「これほどの惠みを、かくも早く投げ棄てた、この浪費癖のある厚かましい托鉢僧をあっちへやれ。國庫は貧しい者のために一口をあてがうが、惡魔の仲間のために食をあてがうわけにゆかぬのだから。」

晝日中《ひるひなか》、樟脳燈《しようのうとう》をつける愚か者
夜、燈の中に油無きを見出すべし。

助言者である一大臣が言った。「おゝ地上*のわが主よ！　このような人たちには、彼等がぜいたくをしないために、定期的な給与をあてがうのが宜しいと認めます。しかしながら、貴方が非難と拒絶とをもって仰せになられたこと、また、いったん一人の者に親切をもって希望を持たせながら後で失望させ悲しませるなどは、いやしくも高潔な人士にふさわしいことでありません。

人は自ら欲望のとびらを開き得べし
ひとたび開けば、しかと閉じ難し。

何人もヘジャーズ(五一)行の渇せる者を見ざるべし
海のほとりに人々は群がる。
甘き泉のあるところ
人・鳥・蟻《あり》群がる。

〔鳥は穀物ある所へ飛び
物無き所に行かず。〕」

物　語（その十四）

昔、ある王が國を守ることを怠り、その軍隊を失望させた。必然的に強敵が現れた。兵士らは敵に背を向け、逃亡*してしまった。

兵に財を惜しむとき
彼らは劍に當つる手を惜しむ。
〔如何なる勇を振わんや、戰いに出でて
貧のため、その手空しきとき。〕

むほんをした者の一人が私の友人であったので、彼を非難して言ってやった。「少しぐらい事情が變ったからとて、舊主に背き、多年の恩義を捨てるということは卑劣であり、恩知らずだ」と。彼は答えた。「もし寛大なお赦しに預るならば、申しましょう。私の馬は大麥を持たず、くらかけは質に入れてあったのです。兵隊に金を惜しむ王のためには、命がけの勇氣は出ません。

勇士に金を與えよ、彼の頭《こうべ》をさらすために
さもなくば、その頭を他にさらさん。
勇士満腹なれば、勇しく突撃せんも
空腹なれば逃げ去るべし。」

物語（その十五）

免職になったある大臣が、托鉢僧の仲間には入った。托鉢僧らとつき合ったおかげで、彼の心は平靜になった。王は、再び彼に好意を持つようになって、復職を仰せつけた。ところが、彼はそれに同意しないで言った。「大臣になるよりも、免職になったまゝで、賢※人たちの側にいる方が宜しいです。

　安全なる隅に坐する人々には
　犬の歯も、人の口も閉ず。
　彼ら、紙を裂き、ペンを破り
　中傷者たちの手や舌より救わる。」

王は言った。「本當に、われ／＼は國の統治に適する敏腕な賢人が欲しいものだ」と。前大臣の托鉢僧は答えて、「おゝ※王様！　敏腕な賢人であるためには、こういう事柄に從事させないに限ります。

　不死鳥の、なべての鳥に優るは
　骨を食し、生き物†を惱まさざればなり。」

五二
人々が山ねこに尋ねた。「お前は、どうしてしゝに仕えることにしたのか」と。彼が答えた。「しゝの獲物の殘りを食べ、しゝの剛勇に護られながら、敵どもの災害からのがれて暮せるためにさ」と。人々は、また彼に問うた。「ししに保護され、ししの恩恵の有難味を認めている現在、なぜもっと近寄って、特別お氣に入りの仲間には入って忠僕の一人にならないのか」と。すると、山ねこは、「それは、かえってししの剛勇から安全でないんだ」と言った。

拜火教徒《ガブル》、百年の間、火を點すとも
一瞬、その中に落つれば燒け死なん。

廷臣は、時には*黄金を受けることもあろう。また時には、*その頭を斷ち切られることもあろう。聖賢たちが言っている。「移り氣の諸王に用心せよ。王たちは、時にはあいさつに對しても不興になることもあれば、時には無禮に對してさえ、譽れの衣を與える」と。道化の多いことは、廷臣たちにとって、一つのたしなみであるが、賢人たちにとっては缺點となると言われている。

汝は自らの威嚴と重厚とを保て
冗談と道化とは廷臣どもに委せよ。

物　語（その十六）

ある友人が、私に不運をかこちながら言った。「ぼくには、わずかな收入しかないのに、多くの家族を養っていて、貧困の重荷に耐える力もありません。それで、何とかして暮せるように、ほかの國に移住しようかと時々考えます。誰も、ぼくの運不運を知るものはありますまい。

多くの者、空腹のまゝ眠れど、彼の何人なるやを知る者もなし。

多くの生靈ゆけども、[五三]誰一人嘆き悲しむ者なし。

それからまた、ぼくの背後でぼくをあざけり笑ったり、家族へのぼくの骨折りを冷酷だとみなす敵對者たちの惡意のことも考えてみました。彼らは、こういうかもしれません。すなわち、

あの恥知らずを見るなかれ†
彼、よもや幸運の顔を見ることあらじ。
彼は己のみの逸樂を求めて
妻子を悲嘆に追う。

御存じの通り、ぼくは少し算術を心得ているんです。若し御盡力によって、一定の給料を頂けるようになれば、氣も樂になりましょう。その御恩は一生感謝し切れますまい。」そこで、私は言ってやった。「おゝわが兄弟よ！王様たちに仕えるには兩面があるのです。希望と危險、即ちパンへの希望と生命の危險。不愉快†な期待のために、この危險に陥ることは、賢人たちの意見に反しますよ。

何人も、貧しき者の家には來らず
土地や庭の税を取りたてんがために。
あるいは憂いや悲しみに滿足せよとて、
あるいは内臟をからすの前にさらせよとて。」

彼は答えた。「その言葉は、ぼくの場合にはあてはまりません。君は、ぼくの質問に答えてい

ません。『不信な者は誰でも計算する時(五四)に、その手が震える』と言われ*ているのを聞いたことはありませんか。

正直こそ、神の恵みを受くる手段なれ
眞直なる道路にて路を失いし者を見ず。

聖賢たちも言っています。四人は四人を忌みきらうと。すなわち、盗賊†は國王を、盗人は見張人を、不義者は密告者を、醜業婦は取締人を。しかし、算術の計算の公明正大なものにとっては、何の怖れるところがありましょう。

任期中は無駄使いするなかれ
退任の時、敵の非難の力を弱めんと欲するならば。
おゝ兄弟よ！ 淸くあれ、何人をも恐るゝなかれ
洗張屋†は汚衣のみ石に打ちつく。」

私は答えた。「あのきつねの話が君の場合によく似ている。きつねが狂氣※のように、ころげながら逃げて行くのを人々は見たので、ある一人が、『そんなに怖がるなんて何事だ』と尋ねたところ、『人々がらくだを無理やりに使役すると聞かされたんで』と、狐が答えた。『なんと馬鹿な！らくだがお前とどんな關係があるのだ。お前があれとどうして似ているというんだ』と、その人は言ったのだ。すると、『お默りなさい。もしも、ねたみ深い人らが計畫的にこれはらくだだ。お前はつかまるべきだと言っても、私の事情を尋ねてくれるほどに、誰が私を救う心配な

どしてくれるでしょう。また、イラークから解毒劑を屆けられるまでに、へびにかまれた人は死ぬかも知れない』と。これと同じように、たとえ君が有能で、正直で、愼しみ深く、律義であっても、他人の破滅を求める者どもが待伏せて居り、反對者どもがすみっこにがんばっているのだ。もし、彼らが君の立派な氣質をあべこべに説明でもしたら、王様のおしかりをうけることになろう。だから、君はつゝましい満足の境地には入って、權勢を目指さぬ方がよいと思う。賢人*たちも言っていることだが。

海の幸、限り無けれど
汝、安全を望まば、岸邊にあれ。」

友人は、この言葉を聞くと不機げんになり、私の話※で顔をしかめた。そして、無愛想に言い出した。「これはまた何という理性と才能、それに賢明さでしょう。聖賢たちの言葉は、ほんとに正しいです。食卓では敵どもは、みな友人を装うけれども、監獄での友達は役立つと言っています。

かゝるものを友となすなかれ
榮ゆる時に、友情や兄弟愛をてらう者を。
困窮、悲哀のさなかにある友の手を取るもの
そは、わが友なり。」

私は彼の心が動揺し、私の忠告を悪意にとったのを見たので、早速、財政管理人のところへ行

った。われ〳〵は前から知り合いの間柄であったから、友の事情を説明し、友の眞價や長所を言ったら、小さい役に友をつけてくれたのであった。暫くするうちに、人々が彼の人格を認め、手腕を賞讃するようになった。そのために、すべての事情はうまくゆき、更に一層高い地位につけられるようになった。こうして、彼の幸運の星は向上一路をたどり、大望の絶頂まで達したのである。やがて王の側近となり、皆から尊敬され、信頼されるようになった。私は彼の繁榮ぶりを悦んで言った。

「煩わしき事(五五)に憂い悲しむなかれ、
生命《いのち》の水、暗黒の中にあればなり。

不幸なる者よ、悲しむなかれ
神に祕めたる惠みあれば。

時のめぐりをかこつなかれ
忍耐は苦《にが》くも、甘き果實を持つ。」

その頃、たま〳〵私は一團の友人たちと共に、ヘジャーズ*へ旅に出かけることになった。私がメッカの旅から歸ると、かの友は、二日間の旅をして私に會いに來た。途方に暮れたような、また托鉢僧のように裝った彼の樣子をみて、「どうしたんだ」と尋ねたら、友はこう答えた。「仰せの通り、一國の者どもが、ねたんで僕を裏切ったのです。王様――彼の王國が永續きするように――は、その事實調査も命じたまわず、舊友や親友たちも、誠意のある言葉を述べてもくれず、舊交を忘れ去ったのです。

　君見ずや、權威の主の前には
讃美のため、手を頭《こうべ》にするを。五六
なれど、ひとたび彼の運命傾くとき
　全世界は彼の頭に足を置かんとするなり。

つまり、今週に至るまで、種々な迫害を受けていたところ、君が巡禮から歸ったという快報を受取ったんだ。ぼくに對する嚴重な幽閉は解けたが、世襲財産はすっかり沒收された。」そこで、私は言った。「あの時※、君はぼくの暗示†を受け容れなかった。つまり、王に仕えることは海の旅のようなもので、利益もあるが危險もある。すなわち、寶を得るか、魔術的な幻影に囚われ†て死ぬかだと言ったのに。

　商人は、雙手《もろて》に黃金《こがね》を採り上ぐるか
はた、いつの日か、波、そのなきがらを岸に打ち上ぐるやもはかり難し。」

これ以上に、貧しい人の傷を、非難の針*をもってかきむしり、鹽をふりかけるのは、適富と認めなかったので、次のたとえ†で結ぶことにした。

　汝が足の足枷《あしかせ》にあるを知らずや

汝の耳に、忠告の入らざるとき。
他日また、針の力を耐え得ざるとき
指をさそりの穴に入るゝなかれ。

物語（その十七）

數人の旅人※たちが私と交際していた。彼らの見かけも立派であったが、また心*の中も美しく飾*られていた。貴顯《ボゾルガーン》の一人が、この一團に非常な好意を持ち、年金を定めて支給してくれることになった。しかし、彼らの一人が、托鉢僧にふさわしくない行動をしたので、その人の覺えも惡くなり、給與の方も振わなくなった。[五七] 私は、何とかして彼ら友人たちの生活の糧を確保してやろうと思って、その貴人に敬意を拂ってみることにした。† しかし、門番が私を邸內に入れてくれず、あまつさえ、粗暴な振舞いをした。私は謝った。皮肉屋たちが、こう言っているので。

諸侯《アミール》、大臣《ワゼール》、王《ソルターン》には、
紹介なくして近づくなかれ。
犬や門番のよそ人を見るとき
前者はそのすそを、後者はそのえりをつかむ。

その貴顯《ボゾルグ》の前に侍る人たちが、私の居ることに氣がつくや否や、恭〻しく私を案内し、上席に附けてくれたが、私は謙そんして下座にすわった。そして言った。

「許したまえ！　われは卑しきしもべなれば
しもべどもの列にわれの坐るを。」

彼は言った。「おや〳〵、これはまあ何というお言葉でしょう。
よしや君、われら†の頭、眼の上に坐りたもうとも
われらその重荷†に耐えなん、君貴ければ。」

間もなく、私は着席し、友人たちの誤った行爲についての話が出來るまで、種々な話題について話し合った。そして尋ねた。

「如何なる罪をみたまいしや、かつて惠みをたまいし君よ！
その眼にさげすみとなるが如き。
全き偉さと裁き†とは、神のみに許さる
そは、罪を見出すとも、パンを與えたもう。」

その貴顯は、この言葉を※大いに喜び、友人たちの生計の手段を*再び過去のしきたりどおりに準備するよう、また一時中絶した日數の分の食糧をも支給するよう命じた。私はその恩惠に感謝を述べ、かつ敬意を表した（五八）。そうして、自分の大膽さに對して赦しを求めてから、出がけにこう言った。

「カァバが欲求の寺となりてより（五九）
人々、拜せんとて遥かなるより來る。

君また、われらの如く耐え忍ばざるべからず
果實なき樹に何人も石を投ぜざればなり。」

物　語（その十八）

ある王子が、その父から多くの財寶を讓り受けたので、仁慈の手を差延ばし、兵隊や人民に惜しみなく惠んでやった。

沈香木《ウード》の盆より、何の香も立たず
さあれ、火にかざすとき、龍涎香の如く薫らん。
まかざる穀粒は生えず。

友人の一人が、輕率な忠告をした。「前王方が苦勞して†蓄積した財産です。まさかの場合のために殘してあったのです。眼前に種々な事件が、また背後には敵どもが控えているのですから、こんな振舞いはお止めなさい。必要な時に後れを取らないように。

君もし民に財寶を分つとも
†貧者の各〻に屆くは一粒の米に過ぎず。
何が故に、各〻より一粒の銀を取立てざるや
そは、†常に君に財寶を積まんものを。」

†王は、この言葉で顔をしかめ、その高潔な氣質に合わなかったので*、友人をしかりつけて言っ

た。「わしが、たゞ見守るための番人でなく、自分で消費したり、人々に惠んでやったりするために、最高の神がわしをこの國の主にしたもうたのだ。

四十の寶庫をもてるカールン（六〇）は滅せり
善き名を殘せるヌーシーン・ラワーンは死せず。」

物　語（その十九）

こう言われている。正義のヌーシーン・ラワーンのために、人々が狩場で獲物を燒肉にしていると、鹽が無かったので、一人の下男が鹽を取りに村へ行った。†ヌーシーン・ラワーンが言った。「先例†になって、村が荒らされたりしてはならぬから、代金を支拂って受取れ」と。家來どもが尋ねた。「これっぱかしのことで、どんな差支えがあるのでしょう。」王は答えた。「世の中では、暴虐の根柢は、最初みな小さいのだが、後から後からと來る者が其れに附け加えるので、大した事になるのだ。

〈王もし、民の庭に一つのりんごを欲りせば
その家來ども、樹を根こぎにせん。
王もし、半分†の卵を強奪せば
その兵士ども、一千の鷄をやきぐしに刺さん。〉」

物　語（その二十）

〝最高の神は、人々の歡心を得ようとて、偉大にして榮光ある神を困らせる者の生活破壞を、ほかならぬその人々自身に委ねたもう†〟と、聖賢たちは言っている。その言習わしを知らず、王の寳庫を滿たそうとして、民家を荒らしたある怠け者†のことを私は聞いた。

　セパンド（六二）の燃ゆる火だに
　　惱める心の吐息ほどに煙らず。

すべての動物の頭はししで、最も劣等な動物はろばであると言われている。しかし、荷物を運ぶろばの方が、人間を引裂くししよりも好もしいということに、賢人*たちは一致している。

　憐れなるろばは、愚かなりとも
　　荷を運ぶが故に貴重なり。
　荷を運ぶが故に、ろばは
　　人をさいなむ人間より好もし。

われわれは再び怠惰な大臣の話にもどることにする。† 王は彼の非行を知ると、拷問に連れ出し、種々な責苦をあたえて殺してしまった。

　王の滿足は得難からん
　　しもべどもの心を求めざる限り。

汝に對する神の惠みを希うならば
神の創りたまいし人々に善をなせ。

彼に虐げられた者の一人が、その側を通りかゝり、その破滅の様を默想して、こう言ったということである。

「腕力、官位をもてる者みな
罰なしに、人々の財を奪い難し。
硬き骨も、のみ下し得べし
されど、腹を裂く、そのほぞに達するとき。

(悪虐なる暴君殘らざれど
彼へののろい久遠に殘らん。)」

物　語（その二十一）

ある聖者の頭に石を投げつけた亂暴者の話を人々がしていた。その托鉢僧には復讐する力が無かったので、自分でその石を保存して置いた。たま〳〵王が、その亂暴者の兵士に腹をたてて穴藏の中にほうりこんだ。

そこで、托鉢僧は穴藏の中には入り、その男の頭に石を打ちつけたところ、男が言った。「貴様は何だ。何故、おれを石で打つんだ」と。托鉢僧は答えて、「わしはこういう者だ。そうして、これはいつぞや君がわしの頭に打ちつけた石と同じ石なんだぞ。」

男が、「今まで、ずっと何處に居たんだ」といったので、「君の威嚴を怖れてじっとしていたのだが、今では、君が穴藏に居るのでこれは絶好の機會と思ってやって來たのだ。智者たちも言っているではないか。†すなわち、

『價値なき者の榮ゆるを見るとも
賢人たちはしのぶ。
物を裂く鋭きつめを汝持たざるとき
猛獸†と爭わざるがよし。
鋼鐵の腕をつかむ†者は
自らのやさしき手首を痛めん。
待て、運命の彼の手を縛するまで
かゝる時にこそ、心ゆくまで彼の腦髓を抜き出すべし。』」

物　語（その二十二）

ある王が、話すのもおだやかでないような恐ろしい病氣になった。ギリシャ醫師團の間では、この痛み止めの藥としては、ある種の性質を持った人間の膽嚢以外には無いことに、意見が一致

した。王は、それを探すように命じた。そうして、醫者たちが言っていたような型†の農夫の息子を發見した。そこで、彼の兩親を呼び出し、澤山の贈物を與えて滿足させ、また裁判官は、王自身*の安全のために、人民の一人の血を流すことは許されると判決を下した。死刑執行人は、その準備をした。息子は、天を仰いで笑ったので、王は、「こうした場合に、どうして笑うだけの餘裕があるのか」と訊いた。息子は答えて、「子供というものは、親の愛情にすがり、裁判官には訴訟が提出され、國王には正義が要望されるものなんです。ところが、今や、父母は世俗的な物品のために私の血を流すことに同意しました。そうして裁判官は私を殺すように、判決を下し、王は御自身の安全のために、私が死ぬのを見ようとしています。偉大にして榮光ある神のほかに、私が避難するところはないじゃありませんか。

　汝の手にあらで、われ何人に訴えんや
　正義を求むるも、また汝の手を經ればなり。」

この言葉で王の心は痛み、眼に涙を浮かべながら言った。「何の罪もない者の血を流すよりは、自分の死ぬ方が良い」と。それから、彼の頭と眼に接ぷんし抱擁したうえ、澤山な贈物をして自由にしてやった。また、その同じ週に、王の病氣も全快したと言われる。

　われは憶う
ナイル河畔なる象使いのそが吟ぜし句を。
〃汝もし、足下の蟻のさまを知るならば

象の足下なる汝の状態にも似たり。〃

物　語（その二十三）

アムルー・ライス（六二）のしもべの一人が逃亡したので、人々が追跡して連れもどした。その男を憎んでいた大臣が、ほかのしもべどもに同様な振舞いをさせないため、彼を殺すように命じた。そのしもべは、アムルー・ライスの面前で、地にひれ伏して言った。

「君、よみしたまわば、わが頭上にふりかゝるもの皆合法なり
しもべ何をか請わん、君主の宣告正しからば。

しかし、私はこの王家のお恵みのもとに育って來たのでありますから、私は、王様が私の血を流されたがために最期の審判の日に捕縛されるのを望みません。（若しこの罪のないしもべをお殺しになりたければ、とにかく貴方様が最期の審判日に處罰されないような法的解釋に基いて殺して下さい」と。王は尋ねた。「わしはどういうふうに解釋するのだ。」）彼は言った、「貴方様が私を正當に殺せるように、まず私が大臣を殺すことをお許し下さい。そこで大臣への報復のために、私の血を流すようにお命じ下さい」と。王は笑い出した。そして、大臣に訊いた。「どうしたらよいと思うか」と。大臣はあわてて「おゝ世界※の君主よ！　後生※ですから、御尊父様の御墓への施物として、この無禮者を御放免下さい。私も禍に見舞われぬように。落度はこちらにあります。次のように言っている聖賢たちの言葉を尊重しますれば、†

汝、土塊を投げ打つ者と爭うとき
愚かしくも自らの頭を破らん。
敵の面上に矢を放つとき
その的に立つことを知れ†。」

物　語（その二十四）

ゾウザン（六三）の王のもとに、慈しみ深い優しい心の大官がいた。彼は同僚たちに、その前で盡すばかりでなく、蔭でも好意的に話すのであった。たま〳〵、彼のある行動が王の御意にかなわなかったので、罰金を課せられ、こらしめられることになった。王の役人たちは、以前、その大官から受けた恩義をおぼえていて、感謝の念にあふれていたこととて、その監禁中、親切丁寧に取扱い、いさゝかも粗末にするようなことはなかった。

若し、かたきとの平和を欲するならば†
蔭に汝をそしるとも、面前に彼をたゝえよ。
惡德漢の口は默し得ず
その言葉の苦《にが》きを欲せざらば、その口を甘からしめよ。

彼は、王の求刑の一部を赦され、殘餘の分だけ牢獄に留まることになった。ある近隣の王が、內密で彼に次のような通信を寄せたと言われる。*「貴國國王は斯くの如き有能者の價値を知らず

して辱め申候　然しながら若し貴殿の貴重なる御意見——神よ彼を救いたまえ——を當方にお與え下さらば、御意見の尊重には能う限りの努力を惜しまざるべく候　御返信待上候」とあった。大臣は、これを見て危險を感じた。もし公になっても、*騒ぎの起らぬよう、*適當なことを直ぐ裏に書いて送った。このことを知った從者の一人が、王に知らせて言うには、「貴方樣が監禁をお命じになった某が、近隣の諸王と文通しています」と。王は怒り、この消息の調査を命じた。やがて使者を捕え、手紙を讀んだところ、こう書いてあった。「小生に關する貴顯方の御高見は全く小生の眞價以上のものにて、折角ながらお受け致しかね申候　小生としては、この王家の惠みのもとに育ち來りし手前、單に舊主の氣分に幾分の變化生ぜりとて、不忠不義など夢々思い及ばざる次第に候　世人も斯く申し居り候わずや。

『常に汝に惠み深き者をば赦せ
たとえ、一度汝を虐げしとて。』」

王は、恩に感ずる彼の氣性をよみして、名譽の衣と贈物をあたえ、「わしは、罪もとがもないそちを困らせるような間違を犯した」といって、彼の容赦を求めた。高官は答えて、「おゝわが君よ！　このしもべは、こうなったからとて、別に貴方樣に落度があるとは認めません。このしもべに不快なことがもたらされるということは、最高神†の御意によるものです。しかしながら、このしもべに、以前から惠みを垂れ、恩を施された貴方樣の御手によって私にもたらされたことがまだしもでした」と。賢人達は言っている。

「よしんば、人より憂き目を見んとも嘆くなかれ
樂しさも、悲しさも人より來らざれば。
敵と友との對照も神よりと知れ
兩者の心は共に神の支配下にあり。
たとえ、矢は弓より放たるゝとも
賢き人らは射手を見ん。」

物　語（その二十五）

あるアラビヤ王が、しもべの給料を倍加するよう財政官に命じたと言うことを聞いた。その者は官廷に仕えて眞面目に命令をよく守るが、他のしもべどもは始終遊び戯れて、その勤務を怠っていた。ある聖者がこの事を聞いて、いつもの癖のようにつぶやいた。人々が「どうしたんですか」と尋ねると、聖者は、†「最高の神の宮でもまた同じ高位が與えられるのだ」と言った。

人もし二朝《ふたあさ》の間、王に仕うれば
三朝目には、必ず慈しみ彼に到る。
〔誠の禮拜者たちは期待せらる
神の敷居より、失望して歸らず。〕

従順は優越をもたらし
不従順は敗亡をまねく。
心正しき者みな
奉仕の頭を敷居に置く。

物　語（その二十六）

ある暴君が、貧しい人達から薪を無理に買取って、富んだ人たちに高價に賣りつけていたという話がある。一人の聖者が、そこを通り合せて言った。

「汝はへびなりや、見るほどの者をかむ、
はたまた、ふくろなりや、坐するほどの所を破る。

汝の暴力、よしわれらに勝たんも
總てを知る神にはとおらず。
世の人々に、暴力を行使するなかれ
人ののろい天に到らざるよう。」

暴君[六四]は聖者の言葉に腹を立て、その忠告に顔をしかめて、もはやとりあいもしなかった。その後、彼は益ゝおごり高ぶったところ*、ある夜、はからずも暴君の家のくりやから出火して、薪の積重ねに燃え移り、その柔かな寝床も何もかも一切焼き盡[六五]してしまった。たま〳〵先の聖者が側を通りかゝり、彼が「この火事は、どうしてわが家から起ったのかわからん」とつぶやいているのを聞いた。そこで、聖者は「貧しい人々のため息から」と答えた。

心の傷の烟に心せよ
いつかは破裂すればなり。
一つの心を、はげしく痛ましむるなかれ
一つの吐息も全世界を震動せしめん。

次の*ような警句が、ケイ・コスロウ(六六)の露臺に書かれてあった。

幾年月ぞ
わが頭の上を、人々は歩み行く。
手より手へ、王國のわれに來りし如
また他の手より手へと移りゆくなり。

物　語（その二十七）

すもうの非常に強い男があった。彼は最も主要な三百六十の技を心得ていたばかりでなく、また別な新手も知っていた。しかしながら、彼はその弟子たちのうちの一人の美しい若者に心を傾けていた。それで、その弟子にたゞ一手だけ教えることを延ばして、三百五十九手を傳授した。

間もなく、若者も力と技とでぐん〳〵頭角をあらわし、遂に當代、誰も彼に及ぶ者の無いほどに上達した。ある日†、若者は、その國王の前で、「私は親方が年上であるのと、その教えを受けたために一目置いていますが、力では親方に劣らず、また技も同等であります」とまで述べたてるようになった。王は、この言葉を遺憾とし、彼ら二人に勝負をするように命じた。廣い場所が準備され、大臣や廷臣が居並び、各地の力士たちが出席した。若者は、狂暴な象のように、眞鍮†の山をも根こそぎにせんばかりの威勢で出場した。親方は、その若者が技は伯仲*でも自分より力が優れていることを知っていたので、さて取組むと彼に內證にしてあった非凡な手を採り入れた。若者はその防ぎ方が分らず躍氣となったが、親方は難なく兩手で彼を頭上に持ち上げ、更に地上にたゝきつけた。群衆から歡聲が沸き起った。王は親方に着物と財産を贈るように命じ、一方、若者が恩師との對抗を要求したりして、しかも勝てなかったことを非難した。若者は言った。「おゝ地上※の王様！親方は力で私に勝ったのではなく、あの人が私に授けてなかったわずかな技が殘っていましたので、そのために今日私に勝てたのでございます」と。そこで、親方は言った。「こういう日のために、あの手は保存*してあったのです。賢人たちも、『友人がもし敵意を持つようにでもなれば、非常に優勢になるから、餘り力を貸し過ぎてはいけない』と言っています。自分が教え育てた者から迫害された人が何を言ったかお聞きになったことがありませんか。

〔「われは弓術の極意を授けぬ
しかるに、彼强力となるや、われを射てり。」〕

世に誠實なく
また誠を盡す者もなし。
われより弓術をうけしものなし
終りにわれを的となさざる。」

物語（その二十八）

孤獨な托鉢僧が、沙漠*の片すみに住んでいた。ある王が、その側を通り過ぎたが、托鉢僧はひとり滿足の王國に安住していたこととて、別に頭も上げず敬意も拂わなかった。王は、その王としての威嚴の手前、機嫌を損ね、「このぼろを着た蠻族は獸に似ている。能無しで人間らしい性質を持たない」と言った。大臣が托鉢僧に近づいて、「おゝ、若者よ！† 地球の王が君の側をお通りになったというのに、なんで奉仕もせず、禮儀を守らないのか」と言った。托鉢僧は答えて、「王から恩惠をうけようと思っている者から奉仕を期待するよう、王に言って下さい。また王はその人民を守るべきであって、人民は王達に仕えるためにあるのではないことをも。

王は貧者の番人なり
たとえ華麗、權勢に安住†するとも
羊は羊飼のためならず

羊飼こそ羊に仕えんがためなり。

よしや、今日、※汝みるとも、ある者の榮え
ある者の憂き目を。
待て、數日を
地が空想家の頭腦を食い盡すまで。
運命の筋書現るゝときは
王としもべたるとの別も終りぬ。
人もし死者の墓を發くとも
富者と貧者とを分ち得ず。」

王は、托鉢僧の言葉の眞實性をさとり、「わしに希望を述べたまえ†」と言ったところ、「貴方が二度と私に迷惑かけないことを望みます」と答えた。「何か忠告してくれたまえ」との王の言葉に、彼の返事はまたこうであった。

「思いみよ、汝の手に幸運のある今
富も國土も、手より手へ移り行かんを。」

物　語（その二十九）

ある大臣が、エジプトのゾンヌーン（六七）を訪ね、祝福を求めて言った。「善い報いを望んだり、處罰を怖れたりしながら、私は日夜王に仕えています」と。ゾンヌーンは泣いて言った。「もしも、貴方が王を怖れるほどに、※私が偉大にして榮光ある神を怖れたならば、私は眞理に對する忠實な證人の一人になれたのだが。

もし、苦樂への希望も怖※れもあらざれば
托鉢僧の足は天界にあらなん（六八）。
もし大臣、王を怖るゝが如く
神を怖るゝならば天使たり得ん。」

物語（その三十）

ある王が、罪の無い者を殺害するように命じた。†「おゝ王様！ 私に御立腹なさって、御自分の悲痛をお忘れになってはいけません」と、彼は言った。王は、「どうして」と尋ねた。彼は答えて、「私には責苦は一瞬のうちに終りますが、その罪は貴方に永久に殘りましょう」と。

久しき時のめぐりも沙漠の風の如く過ぎぬ
苦も樂も、醜も美もまた。
暴君は、われを虐げしにあらず
そは、彼の首に留まり、われを過ぎぬ。

彼の忠告が效を奏し、王はその男を殺すことを思いとゞまった。

物　語（その三十一）

ノウシーラワーンの大臣たちが、重大な國事について討議していた。彼らは各自別々†の意見を述べ、王もやはり意見を出していたが、ボゾルジメフルは王の意見に従うことにきめた、他の*大臣たちが、ひそかに、ボゾルジメフルに、「王の意見に、多くの賢人たちの意見よりも、どれだけの優秀性があると認めたんですか」と尋ねたところ、その答えはこうであった。「事の結果は不明であり、また皆の意見が正しいか如何かは、一に最高神[六九]の御意志にあることですから、王の意見に従った方がよろしいです。そうすれば、たとえ間違っても、それに順應していたために非難を免れるかも知れません。人々*もこう言っています。

『王の意に反して意見を競うは
自らの血をもて、手を洗わざるべからず。
もし、彼†自ら晝を夜と呼ばば
月を七曜星と言わざるべからず†。』」

物　語（その三十二）

（七〇）アリーの子孫だと名乘るちゞれ毛を編んでいる一人の詐欺師†が巡禮からたどり着いたとて、へジャーズからの隊商と一緒に町へは入って來た。そして、「自分が作ったのだ」と言って、哀詩を王にさゝげた。（王は彼に澤山の贈物を送り、敬意を表した。そこへ〔 〕王の廷臣の一人で、その年、海の旅から歸って來たのが言った。「犧牲祭(七一)のとき、バスラ(七二)でこの男を見たから、メッカへの巡禮者でないことが分る。†」他の者も言った。「ぼくはこの男を知っている。*この男の父親はマラティヤ(七三)のキリスト教徒だったから、この男が高貴†なもんだなんて、どうして思われるもんか。」また、「あの詩は、アンワリー(七四)の詩集の中に發見される。」王は彼をむち打ち、追放に處するよう命じた。そうして、「これほどのうそを、どうして言ったのか」と尋ねてみたところ、男は答えた。「おゝ地球の主よ！ 貴方様※にもう一言申し上げたいのでございます。もし、本當でないなら、どんな罰でも御下命通り受けます。」「それは何じゃ、言って見ろ」と王が言ったので、男は答えて、

「他國人、汝にマースト(七五)乳をもたらすとも
コップ二杯は水、さじ一杯は擬乳《ドゥーグ》なり。
汝、眞實を望まば、われに聞け
世間を見たる者には、多くの虚言あり。」

王は笑い出して言った。「これほど眞實性のある言葉を、彼はその一生がいの中※に言ったことがなかったのだ」と。それから、その男の希望するものを準備するよう、また彼が喜んで去るよう、命じたのであった。

物　語（その三十三）

ある大臣が、目下の者をあわれみ、また同僚の爲を思って、いろ〳〵と計らってやっていた。たま〳〵、王の不興をこうむったので、同僚たちは、その大臣を救うために努力し、この大臣の處罰のために監視に當った人々は、彼を親切にとりあつかった。*他の貴族たちもまた大臣の美德についてうわさしあったので、王はとう〳〵彼へのとがめだて†を赦した。この事を知った聖者が言った。

「友の心を得るために
父の庭を賣るもよし。
好意寄する人のつぼを燒かんがために
家具のすべてを燒くもよし。
惡意ある者にも善をなせ
犬の口をば一口もて閉ざすがよし。」

物　語（その三十四）

ハールーナッラシード(七六)の息子が大變怒りながら父親の所へ來て、「ある兵士の長の息子が、ぼくの母をのゝしりました」と告げた。*それで、ハールーンは、「こんな人にどういう仕返しをしたもんだろう」と、大臣たちに尋ねた。一人は殺害を、他の一人は舌の切斷を、またもう一人は罰金を課したうえ、※追放に處することを進言した。ハールーンは言った。「おゝ息子よ！寛仁とは、お前が彼を許すことだ。もし、それが出來ないならば、あの子の母をのゝしれ。しかし、仕返しの程度を越してはならんぞ。その時には、非はわれ†われの方にあることになり、相手の側に言い分があることになるぞ。

賢人の言葉に
『狂暴なる象と戰うは勇士に非ず。
されど、怒れるとき
愚痴を言わざることこそ、眞の勇者なれ』と。」

〔ある氣むずかし屋、他人をのゝしれり
のゝしられたる者、忍びて言えらく「おゝ有爲なる若者よ！
『斯くあり』と汝の言いしよりも、われは更に惡し
汝、われほどに、わが缺點を知らざれば。」〕

物　語（その三十五）

私はある貴顯の一團と、船に乘り合せた。その時、われわれの附近にいた小舟が一隻沈沒し、

二人の兄弟が海水のうず巻の中に落ちた。貴人の一人が、水夫に向って「お†ぼれか丶っているこの二人の者を早く引き上げてやれ。一人について五十ディナールの金貨を出すから」と言った。水夫は、水の中に※もぐり、一人を救い出したが、後れた方は死んだ。※そこで私はこう言った。「彼には、これ以上壽命が無かったのだ。そのため、救出が遅†れ、他の方は早かったのだ」と。水夫は笑って言った。「あんたの仰言ることは、そりゃ本當だ。もう一つ、わしがこの人を先に助ける氣になったのは、こうい*うためなんじゃ。いつか、わしが沙漠※の旅で疲れ切っていると、この人がわしを自分のらくだに乗せてく※れたんじゃが、もう一人は、子供の頃にわしを手で打ったことがあるんでな。」私は答えた。「偉大なる神は眞理を語っています。善い行いをする者は、彼自身の爲めとなり、惡い行いをする者は彼の不爲めになる」と。

能う限り、人の心を傷つくるなかれ
行く路に刺多ければ。
貧窮者のためを計れ
汝にもまた用多ければ。

物語（その三十六）

二人の兄弟があった。一人は王に仕え、他の一人は腕の力†でパンを食べていた。ある時、この富んだ方が、貧しい方に向って、「そんなつらい勞働をしなくとも濟むように、何で宮仕えしないのか」と尋ねた。彼は「つまらぬ氣苦勞のある宮仕えなどより、何で勞働しないんです。賢人たちも、大麥のパンを食べながら地面*に坐している方が、金色の劍帶†を着けて宮仕えするよりはよいと言っていますよ。

　手もて生石灰をこねるは
貴人の前に、手を胸に上ぐるにまさる。」

貴き一生も、かゝることに費さる
夏に何を食し、冬に何をかまとわんと。
おゝ恥しらずの胃袋よ！　一片のパンに滿足せよ
宮仕えにて腰を屈せざるがために。

物　語（その三十七）

ある人が、正義の人ノウシーラワーンの所へ吉報をもたらした。「偉大にして榮光ある神が、貴方の敵である某をお連れ去りになりました」と。王は尋ねた。「神がわしを赦したもうたことを聞いたか。

　敵の死するとも、われに何の喜びぞある
わが生もまた無窮に非ざればなり。」

物語（その三十八）

ケスラー（七七）の宮殿で、一群の聖賢たちが、ある事柄について論じ合っていた時、彼ら※のうちで年長だったボゾルグ・メフルだけが黙していたので、彼らが尋ねた。「この議論について、なぜわれわれと一緒に話し合わないのですか」と。ボゾルグ・メフルは答えた。「大臣は、醫者のようなものだ。醫者は、病人以外には藥を盛らない。だから、私が貴方がたの意見が正しいと見れば、その事について、言葉をさしはさむのは賢明でない。

わが口なくも事の成るとき
われ言うは、ふさわしからず。
されど、もし盲人と井戸とを見なば
黙して坐するは罪なり。」

物語（その三十九）

ハールーナッラシードが、エジプトの國を確保してしまうと、こう言った。「エジプトの國を所有したという誇から、ついに神たることを要求した逆賊の例があるから、この王國を、自分*のしもべたちのうちの最も卑しい者以外にはあたえまい」と。彼のもとには、ホサイブという名の非常に愚鈍な黒人が居たので、それにエジプトの國を與えた。そのホサイブの理性と知識とは、この程度だといわれている。すなわち、ある年、エジプトの農夫の一團がナイル*河畔に棉をまいたが、時ならぬ雨のために、みんな臺なしになったと彼に訴え出た。するとホサイブは、「臺なしにならぬように、*羊毛をまけばよかったのに」と答えた。ある賢人がこれを聞いて、*笑って言った。*

「もし知識によりてその日の糧を増すならば
愚かなる者ほどに、その日の糧に悩む者あるまじ。
さあれ、見よ愚かなる者に、かくも多くの糧を贈りたもうを
賢き人の驚き入るほどに。」

運と富とは經驗によらず
天助なしには得られず。
世に、しば〳〵起ることとあり
愚かなる者敬せられ、賢き者侮らる。
もし、錬金家、悲痛のうちに死するならば
愚かなる者、廢墟の中に寶を見出さん。

物語（その四十）

人々が、非常に美*しい一人のシナの奴隷娘を、ある王に獻じた。王は、酔っていたので、彼女

をわがものにしようとしたが、奴隷娘は拒絶した。王は激怒し、娘を*エチオピヤの黒奴にやってしまった。その黒奴の上くちびるは鼻の穴から擴がり、その下くちびるは、えり首まで垂れ、姿は悪魔のサホラ(七八)すら、その顔に恐れをなして逃げ去るほどで、彼のわきの下からは松脂の精油が悪臭を放っていた。

汝は言わん、彼は世の終りまで醜の極致となさるべし
美におけるヨセフ(七九)の如く。

賢人たちが言っている。*

かくも恐ろしきかたちの人
その醜をば、誰人も告げ得ざるべし。
更にわきの下よりは、おゝ神よ！ われらを助けたまえ
八月の太陽にさらされし死體の如き悪臭を放つ。

人々はこう言っている。※黒奴は、そのうちに春情を催し、ぼんのうにかられ、戀情がつのったあまり、娘を犯してしまった。朝になって、王は正氣づくと、*その奴隷娘を探したが見當らなかった。人々が事情を話すと、王は憤慨し、黒奴を奴隷娘もろとも、*手足をしっかりと縛り、宮殿の平屋根から堀の深ぶち※へ突き落すように命じた。大臣の一人(八〇)が調停に立って言った。「氣の毒な黒奴には、この際、罪はありません。われ〳〵しもべども、従者たち、すべての者が貴方様のお†情に慣れていますす†から」と。王は言った。「もし、この際、彼女を一晩だけ保ってくれたら、わ

しが奴隷娘の値打以上に彼を樂しませてやるのに」と。大臣は答えた。「おゝ地上の主よ！ 人々の言っているのをお聞きになりましたか。

『渇ける者、清く澄み†たる泉に到れば
狂暴なる象を氣遣うと思うなかれ。』
飢えたる背信者、食滿てる空屋に在らば
斷食月《ラマザーン》(八一)を氣遣うとは、よもや信ぜられず。※」

王《マレク》は、このしゃれが氣に入って言った。「では、黒奴をお前にやるが、奴隷娘はどうしたもんか。」大臣は答えた。「奴隷娘は、黒奴におやりなさい。彼の†たべ殘りはやはり彼†にふさわしいからです。人々も言っています*。

斷じてかゝる者を友となすなかれ
好ましからざる場所を訪ぬるが如き。
渇せる者とて甘き清水を欲せず
口臭き人の飲み殘しならば。

〔いかで再び、王《ソルターン》に捧げん
オレンジの汚物に落ちしとき。
渇せる者とて水差を欲せず

息臭き人の口に觸れたれば。』

物　語（その四十一）

人々が、※ギリシャのアレキサンダーにこう尋ねた。「東西にわたる國々を、どうやってお取りになったんです。財寶・年齢・軍隊では前の王の方がまさっていましたのに、それでも、これだけの勝利は得られませんでしたが」と。彼は答えた。「偉大にして榮光†ある神の加護によって國を得たが、自分はその住民を苦しめず、また*前の諸王の美點のほかは話さなかった。

賢人は偉となさず
偉き人を難ずる者を。
過ぎ去れば、すべてこれ空し
幸運・玉座・命令・禁止・征服。
去りし人の善き名を損うなかれ
汝の善き名を不朽ならしめんがために。」

第二章　托鉢僧の行状について

物語（その一）

長老の一人が、ある聖者に尋ねた。「某行者は、他の人々から悪口をいわれていますが、御意見は如何ですか」と。聖者は答えた。「表面的には何の缺點も見出せないし、内面的な缺點は分らん。」

法衣をまとう者を
歸依者と知れ、善人と思え。
その内に祕さるゝものを知らざるならば
取締人は家の中に何の用ぞある。

物語（その二）

私は、カァバ殿の敷居に頭をこすりつけながら、次のように言っている一人の托鉢僧を見た。「おゝ赦罪者よ！　おゝ慈悲深き方よ！　暴君や愚か者によって何がもたらされるか御存知ですか。

われ神への奉仕の足らざるをわびぬ、
われは求めず、わが奉仕のむくいを。
罪人はその犯せし罪を悔ゆ
聖者はその禮拜の全からざるに赦しを求む。

行者たちは、自分の信心に對する報酬を、商人たちは商品に對する代價を求めます。しもべである私は、信仰ではなく期待をもって來たのです。商賣でなく、物をもらいに來たのです。適當と思召しの物を私にお與え下さい。（私の功罪に基いてではありません。

汝、われを殺すとも、またわが罪を赦すとも
わが顏、わが頭は、汝の敷居の上にあり。
命令はしもべのものに非ず
汝の命ずるところ、われ従うのみ。」）

カァバ殿の門前に、ある托鉢僧が、「私は自分の信心を受け容れて頂くためでなく、自分の罪に對するお赦しを求めたいんです」と言いながら、ひどく泣いているのを見受けた。

物　語（その三）

アブドル・カーデル・ギーラーニー（八二）——彼の上に神の慈悲あれ※——が、カァバの聖域で、顏を小石につけながら、「おゝ神よ！ お赦し下さい。もし私が、どうしても處罰に値するなら、私が

善人たちの前に恥入らなくともよいように、私の最期の審判の日※に盲目にさせて下さい」と、やるせなく言い續けているのが目撃された。

孤獨の地上に、われひれ伏して言う
朝な朝なまた思い出すごとに。
「おゝ神よ！　われ汝を忘るゝことなし
汝また、そのしもべを思いたもうや。」

物　語（その四）

ある盜賊が一人の聖者の家に入り、探し回ったが一物も得られず、しょげ返って引き*さがった。彼の樣子を*知った聖者は、盜人が失望しないようにとて、自身が眠っていた毛布をはぎ*取り、その通り路へ投げてやった。

われ聞けり、神への道を選ぶ者は
敵をも悲しますことなし。
汝、如何でかこの境地に到るや
汝が友とすら爭いて。

聖き人の友情は、背後ではあら探しをし、面前では死をも辭せないような見せかけでなく、面前も背後も差別がない。

相對しては溫和なる羊の如く
背後には人をも食する†おゝかみの如し。

他人の缺點を汝の前にもたらす者は
汝の缺點を他人の前に運ばん。

物　語（その五）

數人の旅人が、苦樂を共にしながら旅立つことになった。私も連れになり度いと望んだが、彼らは仲間にしてくれなかった。そこで、私は言った。「貧しい人たちのつき合いから顔をそむけ、その益*と惠みを拒むということは、聖賢たちの仁慈・道德にそぐいません†。私でさえ、人々への奉仕のためには、心の重荷どころか、大膽な友となれるだけの精力と活動力のあることを知っているからです。

われ、たとえ獸に乘らずとも
汝のため、くら敷き運びとして働かん。」

彼らのうちの一人が言った。「お聞きになって、お氣を落さないで下さい。實は、この間、こういう事があったのです。一人の盗人が托鉢僧を裝ってやって來て、われ〳〵の仲間に參加したんです。

人の衣の中に何を祕めたるや、人は知り得ず
書き手は手紙の中身をつぶさに知れるも。

托鉢僧の身分には安心が出來るので、私どもはその男の侵入を疑うこともしないで受け容れたのでした。

聖者はぼろをまとうも
人、すべからくこれにて足る。
善き行いに努めよ、汝の欲するものをまとえ
頭に王冠を、肩に旗を。
〔神聖とは棄つることなり、世を色情を欲望を
たゞに衣を棄つることにあらず。〕
具足をまとえるとき、男らしからざるべからず
二重性格者に武器は何の用かある。

ある日、私どもは夜になるまで旅を續けていましたが、夜分、ある城の側に眠ることになりました。厚かましい盗人は、手足を洗いに行くようなふりをして、仲間の水差しを奪い取って立去ったのです。

見よ！托鉢僧(八三)の粗衣をまといし聖人†
カァバの外被をろばの衣になしたるを。

托鉢僧たちから姿を消すと、彼は直ぐある城の塔に登って、小箱を一個盗んだのです。日の輝き出すまでに、その腹黒男は長い道のりを行ってしまい、罪の無い仲間たちは知らずに眠りこけていました。朝になって、皆が城に連れて行かれて打*たれたうえに、監禁されてしまいました。その日以來、私たちはつき合いを棄てることを申合せ、『安全は孤獨にあり』と繰返*しながら、孤獨の道を選んだのでした。

仲間の一人に落度あるとき
貴賤の別なく敬せられず。
汝聞きしや†、草食獸†の牡牛《おうし》
村じゅうの牛を汚すを。」

私は答えた。「偉大にして榮†光ある神に感謝する。私は、たとえ表面的につき合いから離脱したといっても、托鉢僧らの恩惠からもれませんでした。お話は大變私の爲めになりました。御忠告は、私風情※の者にとって一生役立ちましょう。」

一座の中の一無賴の徒のために
多くの賢しき人々の心は悲しむ。
もし、ばら水もて池を滿たし
その中に犬の陥るならば、そは汚れなん。

物語（その六）

隠者が、ある王の客人となった。食事をするため席に着いたが、自分の敬けん†であることを高く評價してもらうために自身の希望するよりも少く食べ、お祈りのために起つや、何時もより以上に長く祈った。

　おゝ沙漠のアラビヤ人よ！　われは恐る、汝カァバに到らざるを
　　汝のたどりつゝある路は、トルキスターンへ行く路なれば。

托鉢僧は、自分の※住いに歸ると、食事のために食卓を求めた。彼には、もの分りの早い息子があったが、「おやお父さん！　王様の宴會の折、貴方は食事をなさらなかったんですか」と訊かれたので、「わしは目的を達するために、王様の面前では何も食べなかったんだよ」と答えた。息子が再び尋ねるには、「では、またお祈りをさゝげなさい。目的を達するために何もなさらなかったんですから」と。

　おゝ徳を掌にとり
　缺點をわきの下にとる者†よ！
　おゝうぬぼれ強き者よ！　何を購わんとするや
　悲しみの日に、粗惡なる白銀《しろがね》もて。

物　語（その七）

私は、子供の頃、極めて敬けんで、夜分にも起きて信仰にふけり、節制を旨としていたのを思い出す。ある夜、終夜眼を閉ずることなく、胸に尊いコラーンを抱きながら、父――彼の上に神の慈悲あれ※――と共に坐っていた。周圍の人はずっと眠っていたのであった。私は父に話しかけた。「誰一人お祈りの一つもあげようともしないで眠りこけているさまは、まるで死んだようですね。」すると、「*おゝ父の生命《いのち》(八四)よ！ もし、お前もまた眠るなら、人のあらさがしをするよりはよろしい。」と父が言った。

装う者は、己以外を見ず
眼前に、うぬぼれの假面を持てばなり。
もし、汝に神を見る眼の與えられなば
わが身より、か弱き者を見出さざるべし。

物　語（その八）

ある會合で、人々がある聖者をほめそやし、その美徳を極力賞揚していた。やおら、*聖者は頭を上げて言った。「私は、自分でこうだと承知している通りの者です。
おゝわが美徳を算えたてる者よ！

こは、わが外《そと》の行いなり、汝わが内なるを知らず。
わが身は世の眼に美しからんも
わが内なる卑しさに恥じて頭を垂るべし。
孔雀をば、華麗なる斑《ふ》と光彩のために人々たゝえんも
彼は自らの醜き足を恥ず。」

物語（その九）

レバノン山に住む聖者の一人で、その説教がアラビヤの國々に鳴りひゞき、寛仁の聞え高い人がダマスカスの本山に現れた。池のほとりで齋戒していると、突然*、その聖者の足が池の中に滑り落ちたが、やっとのことでその場から逃れ出た。お祈りが濟むと、仲間の一人が彼に言った。「私に困ったことがあるんですが、お伺いしてもよろしいでしょうか」と。聖者は尋ねた。「それは何ですか」と。「去る日、長老《シェイフ》※はアフリカの海上を足もぬらさずにお歩きになっていたのを思い出しますが、今日は、人の丈ぐらいの水で死にかゝられるなんて一體どうしたわけなんでしょう。※これにはどんな深いいわれがあるんですか*。」

聖者は、暫時思いに沈み、深く考えた後、頭をあげて言った。「貴方は、世界の主モ*ハムマド・モスタファー――彼の上に平和あれ、※神よ彼の上に慈悲を垂れ、彼を守らせたまえ*――が、『私

は、天使も豫言者も使徒も自分に近寄り難いような時期を持っている』(八五)と、仰せになられたのを聞きませんか。しかし、いつもそうだとは仰せられませんでした。教祖の宣うたように、時にはジェブラーイールもミーカーイール(八六)も持合せなかったような仕方で行動し、また他の時には、ハフサやゼィナブ(八七)ともつき合われたのです。信心家の幻影は、時には神を示顕し、時には暗がりの内に神を覆い隠します。彼らは、あるいは現わし、あるいは隠すのです。」

汝(神)は、その姿を現わし、また隠す、
汝、その價値を高め、われらの望みは増大す。(八八)

仲介なしに、われわが愛するもの(神)を見るとき
こうこつとして、夢幻にさまよう。
そは火を點じ、さらに水をまきて消しとむ
されば、汝、われの、時に焼け、時に溺るゝを見るべし。

物語(その十)

ある人、その息子を失いし(八九)者に尋ねぬ
「おゝ輝かしくも賢き老人よ！
汝、エジプトより彼の着物の香をかぎつけしに

何故に彼をカナーン(九〇)の井中に見ざりしや。」
彼は答えぬ。「わが狀態はひらめく電光の如し
一瞬に現れ、また一瞬に消ゆ。
時には、われ天に坐し
時には、自らの足の後を見るを得ず。
もし托鉢僧、同じ狀態に留りなば、
彼は二つの世界を欲するを止むべ(九一)し。」

物語（その十一）

バーラバク(九二)の總本山で氣力なく外面的な世界から精神的な世界※に移ろうとしない一團の人々に對して、私が說教の形式で話をした時※であった。私の話は、彼らに何の效果もなく、私の火も、濕った薪には影響のないことがわかった。私は、牛馬どもに教えたり、盲人どもばかりの地域†で鏡を見せることがいやになったが、宗教的感情のとびらを開けつゝ、「われ〳〵は、彼の首の靜脈よりも一層その人々に近い。」というコラーンの文句の意味にまで說教を擴げた。そうして說き終ってこう言った。

「友（神）はわれ自身よりもわれに近し
なれど、われ彼よりも遠きは奇なり。

われ、何をかなさん、何をか言わん
彼はわが懐に在るに、われ彼より隔つとは。」

私は、この説法の酒で陶酔し、わが手には、さかずきの殘りかすがまだあった。その時、突然*、一人の旅人が集會の側を通り合せたが、最後のさかずきの回しによって、彼は餘程感動したものと見えて思わず叫び出すと、他の人たちもまた彼に和して叫ぶのであった。そうして、集會の馬鹿者どもも興奮した。そこで、私は言った。「おゝ至聖の神よ！ 遠くはあるが賢い者は君の前に居り、近くはあるが愚か者は遠方に居る。

聞く人、説法を解せざるとき
説教者より効果を求むべからず。
願望の原野を擴げよ
説教者が辯舌の球を打つために。」

物語（その十二）

メッカの沙漠で、ある夜、私は睡眠不足のために歩けないほど疲れたので、身體を横たえ、らくだのぎょ者に言った。「ぼくをほって置いてくれ給え。

あわれなる徒歩者の足もて如何でか進み得んや
バクトリヤらくだ（九三）荷運びに疲れたるとき。

肥大漢の身體やせるまでには
やせたる者、疲勞のために死す。」

生命も安全に逃れようが、眠れば死ぬばかりだぞ。人々の言っているのを聞かないかね。*」ぎょ者は答えた。「おゝ兄弟分！ メッカの聖域は前面に、盗賊は背後にいるんだよ。もし進めば、

旅の夜、沙漠のうちなる路ばたに、モギーラーン樹の木に眠るは樂し。
されどそは生命を棄つることとや言わん。

物　語（その十三）

私は、ある聖者が海岸にいるのを見た。彼はとらにおそわれて怪我をし、どんな藥でも治らなかった。そのわずらいのうちでも絶えず偉大にして榮光ある神に感謝を述べていた。人々が、「どんな感謝をさゝげているのですか。」と尋ねたので、聖者は答えた。「こういう感謝です。有難や、*私は不幸に陷ったが、罪に陷らなかった。

もし、親愛なる友（神）われに刑場を與えなば
その瞬間に、われ命を怖ると汝（神）にとがめられざるよう。
われ言わん、『如何なる罪を汝の卑しきしもべ犯せしやと
汝が心、われに怒れるが如き、』これ、わが悲しみなり。」

物　語（その十四）

ある托鉢僧が困窮のはて、友人の家から毛布を一枚盗んだ。裁判官は、托鉢僧の手を切断するように命じた。そこで、毛布の持主は仲裁には入って言った。「私は彼を赦しました」と。裁判官は答えた。「君の仲裁で、法律上の處罰を差控えるわけにはゆかない」と。その人は言った。「貴方の仰言ったことは正しいです。しかし、宗教的な用途のために差出した物資のうちから盗んだものであれば、盗んだものを切斷したりするには當りません。乞食は何も持たず†、托鉢僧の持っている物はなんでも皆貧困者のために供せられている物なんです。」裁判官は、この言葉を正しいと認め*、托鉢僧を放免した。しかし、托鉢僧を非難して言った。「君がこんな友人の家から盗みをして來る程に、世間は君にとって狭くなってしまったのか」と。彼は答えた。「まあ！御主人！人々がこう言っているのをお聞きになりませんでしたか。『友人たちの家をぬぐい取れ、かたきどもの戸をたゝくな』と。」

悲しみに陥るとも、失望するなかれ
敵よりは皮膚を、友よりは毛皮をはぎ取れ。

物　語（その十五）

ある王が、ある聖者を見て言った†。「わしを思い出すことがあるか」と。聖者は、答えた。「そうです。私が偉大にして榮光ある神*を忘れる度に、貴方を思い出します。*」

神より追われし者は、各所へ去る
されど、彼に招かれし者、何人の側へ†も走ることなし。

物　語（その十六）

ある聖者が夢を見た。一人の王が天國にいて、托鉢僧が地獄にいるのを。そこで聖者は、「大てい†の者がこの反對を考えるのに、一方は格上りになり他方は地獄落ちとなるなんて、どうしたわけだろう」と尋ねたら、天の聲があった。「この王は、托鉢僧たちの希望に添った報いで天國に上り、一方、托鉢僧たちは王たちとつき合ったために、地獄に落ちたのだ」と。

汝の僧服・珠數・粗衣は何の用ぞ
自らの卑しき行いより免れしめよ。
汝はらくだの毛帽（九四）を持つ要なし
托鉢僧の本質に歸れ。タタル帽をかむれ。

物　語（その十七）

無帽で、はだしのある徒歩旅行者†が、ヘジャーズ行の隊商と共に、クーファ（九五）からやって來て、われ〳〵と道連れになった。彼は一文無しと、自分は見てとったが、*意氣揚々として歩きながら、こう言い續けた。

　われ、騾馬《らば》†に乗らず、らくだの如く荷の下にも居らず
　われは、人民の主《あるじ》にも非ず、王のしもべにも非ず。
　われ、現在を悲しまず、未來を憂えず
　われ、安らかに呼吸し、わが生を過すべければ。

らくだに乗っていた一人の者が、彼に言った。「まあ、托鉢僧殿！ どちらへお越しですか。お歸りなさい。苦勞のために死んでしまいますから。」彼は耳をかさず、足を沙漠にふみ入れて、歩いて行った。われ〳〵が、ナクラ・エ・バニー*・マフムード(九六)に到着すると、そのらくだに乗っていた金持は死んでしまった。托鉢僧は、彼のまくらもとに現れて言った。「自分は難儀しても死ななかったが、貴方は乗用らくだに乗りながら死んだ。」

　ある人、よもすがら病人の側に泣きぬ
　あくる日、その人死して病人は生殘りたり。

　おゝ、多くの速き馬、落伍せるに
　びっこのろば目的地に達せり。
　しば〳〵、健康なる者、奥津城の人となり

傷つける者永らえぬ。

物　語（その十八）

ある王が、愚かな*一人の行者を呼び寄せた。行者は、若し自分がある薬を飲んで病弱になったら、一層王の信頼を高めるかも知れないと考えた。しかし、彼が飲んだのは、毒薬だったので、ついに死んでしまったと言われる。

　フスダシウの如く見ゆる彼は
核心は外被また外被におゝわれ、ねぎの如くありき。
行者たち（九七）、その面を俗界に向くるとき
背を神に向けて祈る。

〔汝がアムル、バクル、ゼイド（九八）の信徒たる限り
眞《まこと》の敬けんを期すべからず、汝は僞善の塊なり。〕
自らを神のしもべと宣するならば
神のほかに知ることとあるべからず。

物　語（その十九）

ギリシャの國で、ある隊商が人々に襲撃され、數え切れぬ程の財貨を略奪された。商人たちは非常に悲しみ、神と豫言者に訴えたが、何のかいもなかった。

　腹黒き略奪者、勝利を得なば
など嘆かんや、隊商の涙を。

その隊商の中に、哲人ロクマーンが混っていたが、隊商の一人が、ロクマーンに言った。「彼らが、われ〳〵の財産の一部を殘してくれるように、何か一言、哲學めいたものなり、*忠告・訓戒なりを與えて下さらんでしょうか。これ程の財産を失うなんて餘りにも情けないですからね。」
ロクマーンは答えた。「彼らに哲學を說くのはいやだ。

　さびの附きし鐵片より
そをみがき取り得ず。
腹黒き者に、說法は何の益かあらん
鐵のくぎも石をうがたず。[九九]」

安らかなる日に、虐げられし人々を思うべし
その思いやりは、禍を防げばなり。
汝に施しを願うこじきあらば與えよ
然らざれば、暴君、力もて奪うべし。

物語（その二十）

偉大なる長老《シェイフ》アブール・ファラジ・シャムス・オッディーン※・ベン・ジャウゼィー（一〇〇）——彼の上に神の慈悲あれ——が、私に、托鉢僧たち特有の圓陣舞踊會を棄てて隠退するよう暗に勸告してくれた。それにも拘らず、私は自分の若々しい青春の血に打ちかてず、かつ煩悩に壓迫されて、遂にわが恩師の意見に背いて、托鉢僧たち*との交際や歌舞を享樂するようになった。そうして、わが長老の忠告を想い出すたびに、私は常にこう言うのであった。

「裁判官すら、われらと一座せば、小躍りして拍手せん
警察署長も美酒《うまざけ》に酔い、酔漢を赦さん。」

そこで、ある夜のこと、私は人々の集いに出かけたところ、その中に一人の樂人を見つけた。

汝言わん、『彼の調子外れの提琴の弓は、心の琴線を破り
彼の聲は、父の死の知らせによる號泣よりも快からず』と。

時々、仲間たちは彼のおかげで指を耳にあて、時には、「默れ」とて、指を口先きに當てるのであった。アラビヤ人もこう言っている。*

歌聲に魂奪わる、調妙《しらべ》なれば
されど汝の如き歌手は、默するこそ美し。

汝の歌に樂しみを受くる者あらじ
汝が息を引取るその時のほかは。

彈き手のびわを奏でるとき
われ、家の主に言いぬ、「願いぞ
われの聞えざるよう、わが耳に水銀†を當てよ
さもなくば、戸を開け給え、音のもれ出ずるよう。」

結局、友人たち†の切なる願いを容れて、私も共に一夜を過すのに非常に苦勞したのであった。そうして言った。

「モアッゼン（一〇）は、時ならぬ祈りの刻を告げぬ
如何ほど夜の過ぎしやも知らで。
わがまぶたに尋ねよ、夜の長さを
わが眼は、一瞬の睡眠《ねむり》もなさざりき。」

朝になって、祝福のために、私は頭からターバンを脱ぎ、また腰から金貨を一枚取出して、その歌手にさゝげた。かつ、彼を抱擁して、十分にお禮を申述べた。友人†たちは、歌手への私の心組みが習慣に反するものと見て、ひそかに私の見識の低さのせいにした。友人の一人が、反對の舌を長くして、私を非難して言った。「一生に一度も金貨一枚手にしたこともなく、またあの太鼓

の中に一片の金も入れたことのないような歌手に、聖者たちのまとう托鉢僧の服を提供するなんて、如何にも貴方は賢人たちの意にふさわしくない行動をしたもんだ。

かゝる歌手は、この幸ある館より遠ざかれ
何人も同じ場所に再び彼を見ざりき。
げに、彼の口より叫び聲の出でしとき
人は身の毛をそば立たしめぬ。
すゞめは彼を恐れて飛び去り
彼は、われらの腦髄を拔取り、自らののどをつんざく。」

私は答えた。「あら探し†の舌を短くするがいゝです。この人の優れていることは、私に明かだからね」と。友は言った。「ぼくもその人に近づいて、共に言った冗談のおわびをしたいから、ぼくにもその様子を知らせてほしいんだ†。」そこで、私は答えた。「こうなんですよ。私の偉大なる長老《シェイフ》が、度々歌踊を棄てるように申され、數々の教訓をお與え下さったにも拘らず、私の耳には入らなかったのです。ところが、つい今夜、私は緣起のよい星と幸運とに惠まれて、こゝに案内されたために、二度*と自分の餘生を歌舞や社交※に近づくまいと、この歌手によってつく〴〵後悔したわけなんです。」

快き聲は、美しき上あご、口、くちびるより出で、
調べの如何にかゝわらず、心魅せらる。

　オッシャーグ、ホラーサーン、ヘジャーズ(一〇二)などの調べこそこれなり
　氣障なる歌手の氣管より出でしは快からず。

物　語（その二十一）

人々が、哲人ロクマーンに向って「どなたから、作法をお習いになりましたか」と尋ねた。「無作法な人達からです。私の眼には、彼らのすることが何でも不快だったので、それを愼しみました。」

　戯れに、一語も發するべからず
賢人の教訓を得ざるが如き。
されど、愚かなる者に百章の哲學を説くとも
その耳には戯れとより見えず。

物　語（その二十二）

ある行者は、一夜に十マン(一〇三)の目方だけの食物を採り、朝までにコラーンの精讀を完了する†と言われる。ある聖者が、これを聞いて言った。「もし彼が半分のパンを食べ、かつ眠ったら、更に一層立派であったのに」と。

　汝の腹、食物に妨げらるゝなかれ

神の知識の光を認めんがために。
汝は知識に缺く
食物、汝の鼻まで滿てばなり。

物　語（その二十三）

罪惡のために、神の寵愛を失った者が、その進路に一筋まだ神の惠みの燈を持っていたので、ついに哲人たちの群には入った。托鉢僧たちの恩惠とその誠實さとのお蔭で、彼の道德的罪惡は賞讚に値※する行いとなり、また色情をも愼しんだのであったが、それでも人の惡口を言う舌が、あまりにも長かったので、彼は相變らず以前の調子だということになり、その禁欲と信心†とは一向信用されなかった。

謝罪と悔恨とによりて、神の罰より免れん
されど、人の舌より逃れ得ず。

舌の暴力に耐え切れず、彼は教團の長老に、この有様*を訴え出た。（そうして「私は人々の暴力で苦しんでいます」と言った。長老は泣いて）答えた。「君は、人々の想像しているよりも善良であるが、この恩惠に對する感謝をどうやって果せますか。

如何にしば〳〵汝語りしぞ、『意地惡き者、ねたみ深き者、
いやしきわれのあらを探す』と。

彼らは、時には、わが血を流さん†とて起ち
時には、われをのろわんがために坐するなり。
人々汝をそしらんとも、
汝の悪を善とみなす†よりはよし。

私の善良さ*は不完全なものであるのに、同僚たち†は自分を完全であるかのように高く評価している。反省することは、自分がみがかれることだ。

〔われ、もし、われの知れるところを行いしならば
徳高く、聖なる人となりぬべし。〕」

げに、われ、わが隣人の眼よりひそむ
されど、神は知るなり、わが祕密と動作とを。

われ自らを人々より閉じぬ、
わが缺點の知られざらんがために。
戸を閉ざすに何の益かある
祕されたるも、現れたるも神知り給うに。

物　語（その二十四）

ある人が、私の不身持の證據を擧げたので、私は長老の一人に訴えた。長老は言った。「君の美徳によって彼を恥入らせたまえ。

行いを愼しめ
中傷者に汝の缺點を擧ぐる力を得せしめざらんがために。
びわの調べ正しきとき
いかでか樂手はそしりを受けん。」

物　語（その二十五）

シリヤの長老の一人が、「神祕教《スーフィー》（一〇四）*の現状はどうですか」と訊かれたので、こう答えた。「彼らは以前には、表面的にふるわなくても、内面的には滿足している宗教團體であったが、今日では外面的には滿足そうで、内面的には意氣が揚りません。」

汝の心、常に動くとき
孤獨のうちに平靜を見出すことなからん。
されど、汝に地位・財産・畑・商品あらば
また心、神と在るならば、汝は隱者なり。

物語（その二十六）

ある夜、私は隊商と共に終夜歩き續け、朝になって、ある密林の側に眠ったことを思い出した。その旅行で、われ〳〵に附いて來た一狂人は、叫びながら沙漠の方へ走って行き、一瞬間も休息しなかった。晝になると、私は彼に、「どうしたのか」と尋ねた。狂人は答えた。「私は樹の上で嘆き悲しむうぐいすを見つけました。また、山にしゃこ、水の中にかわず、森に獸を。そこで、つく〴〵考えるのに、私が惰眠をむさぼっているなんて、人間らしくない」と。

夜をこめて鳥は嘆きぬ、朝明けまで
理性・忍耐・力・感覺をわれより奪いつゝ。
親しき友のその耳に
たま〳〵にしてわが聲とゞきぬ。
彼は言えり、「われ信ずるを得ざりき
鳥の叫びにて汝困惑せんとは。」
われは答えぬ、「これ人間性のおきてに非ず
鳥の神をたゝえるに、われの默するとは。」

物語（その二十七）

ヘジャーズへの旅行中のある時、若くて敬けんな人々の群と親しくなり、道連れとなった。彼らは、しばしば騒々しい歓声をあげ、また宗教詩を唱えるのであった。道中※、托鉢僧たちの行動に好意を持たず、彼らの苦しさをも知らない一人の行者※がいた。われわれがバニー・ヘラールの群集（一〇五）のいる所に到着すると、アラビヤ種族である色の黒い一人の少年が現れて、空飛ぶ鳥さえ留めるような美声を張り上げた。とたんに行者のらくだが踊り出して行者をほうり出し、沙漠*の方へかけて行ってしまった。そこで、私は言った。「長老よ！　*歌が獣にさえ影響を及ぼしたのに、貴方は左程感動なさったようでもありませんね。

君知るや、暁のうぐいす何をか告ぐる
汝何人ぞ、戀をもえ知らず。
アラビヤの詩に、らくだすら歓喜するに
興を覚えざれば、つむじ曲りの獣なり。
【らくだすら有頂天（一〇六）なるに
動ぜざる人はらばなり。】
雲吹き散らすその風の、緑の牧場わたるとき
石ならで曲るはエジプト柳の小枝なり。

萬象ことごとく神をたゝえて歌うなり
耳の如、彼は物の心を知る。
彼をたゝえて歌うはばらの上のうぐいすのみならず
すべての刺《とげ》にも、彼をたゝえんための舌あり。」

物　語（その二十八）

アラビヤ*のある王は、餘命いくばくもなくなったのに、未だ相續人がなかった。そこで、王は自分の死の翌朝、最初に城門から町には入ったものに王冠をかむらせ、かつ、王國を委託するように遺言した。たま〳〵、最初には入って來た者は、今まで殘飯をあさり、ぼろを重ねて着ていた乞食であった。大臣や貴族たちは、王の遺言を實行して彼に城のかぎと財寶とを手渡した。彼は、しばらくの間、國を治めていたが、やがて貴族の一部が服從しなくなり、*國々の諸王が四方から起上ったので、そのために軍隊を準備した。間もなく、彼の軍隊と人民※とが反旗を飜したことから、遠隔の國土の一部がその支配を脱するに至った。こうした事件で彼が悲しみ*悩んでいると、かつて彼が貧困狀態にあった頃の仲間の舊友が、旅から歸って來た。そうして、斯くも高位にある彼を見て言った。「偉大にして榮光ある※†神をたゝえ給え！君のばらは、刺から出で*、刺は君の足から引拔かれた。君は非常な幸運に導かれ、繁榮と仕合せに助けられて※、こんな高位に達したんだ。實際、苦あれば樂ありだ。

　つぼみは、花開き、しぼむ

　樹は、時には裸、時には衣をまとう。」

　王は答えた。「おゝ親愛なる友よ！　わしを慰めてくれ給え。お祝いどころじゃない。あの頃、君はわしが一片のパンにも困っているのを見たもんだが、今日じゃ世界のことで心配しているんだ。

富あらざれば、われらは惱む
富あらば愛着、われらの足を縛すべし。
かゝる俗事ほど惑わしき禍はなし〔一〇七〕
有るも無きも、共に心の悲しみなり。

たとえ汝富を欲するとも
より以上に求むるなかれ、かゝる富こそ樂しけれ。
よしんば、富める人、汝のすそに金を散ぜんとも
よもや、彼への報酬を顧慮するなかれ。
われ、しば〳〵聖き人々より聞けり
貧しき者の耐乏は、富める者の施しよりもよしと。

バフラーム王（一〇八）、たとえ野生のろばをあぶるとも
ありにおけるいなごの脚の如からず。」

物　語（その二十九）

ある人が、樞密院に勤めている友人を持っていた。永らく會う機會もなかったこととて、誰かが、「あの方とは隨分久しくお會いになりませんね」と言ったところ、「私は會いたくないんで」との答えであった。たま〳〵、そこに居合せていたその友人の同僚の一人が、「あの方に會うのをお厭いになるような、どんな落度があの方に※あったのですか」と尋ねた。「格別厭うわけでもな†いが、友人が辭職してからなら會います。自分の心安さから彼の迷惑となってはいかんから」と答えた。

重責、大任にある時、
人はよくその友を忘る。
嘆きや免職の日なり
心の悲しみを友にもたらすは。

物　語（その三十）

アブー・ホライラー(一〇九)――神よ彼に恵みを垂れたまえ――は毎日、モスタファー――神よ彼の上に恵みを垂れ、彼を守らせたまえ――を訪れた。ある*日、*使徒(一一〇)――彼の上に平和《やすらぎ》あれ――が言った。「おゝアブー・ホライラー殿！ 一日置きに來てほしい。その方がわれ〱の情愛を一層増すのだから」と。つまり愛情を一層加えんがために、毎日來るなと言うのであった。人々が、ある†聖者に言った。「太陽が美しいからとて、誰も友達にしたり、また戀*に落ちたりした者のことを聞いたことがない」と。彼は、「毎日見ることの出來る他の季節よりも、冬は覆い隠されているために一層愛されます」と答えた。

人を訪ぬるは悪しからず
されど「もう澤山」と言われざれ。
汝もし自らを責むるならば
人より責めらるゝことあるまじ。

物語（その三十二）

ある聖者が、胃腸に逆風(一一一)の逆巻くのを制止する力なく、困じ果てて言った。「おゝ友人たち！ 自分のしたことながら、どうにも出來なくなった。私には何の科《とが》も無いはずだが私の身體*を樂にして下さい。貴方がたの御好意によって、お赦し願いたいと思います」と。

おゝ賢しき人よ！ 胃腸は風氣《ふうき》†の牢獄なり

明智の人は風氣に囚われず。
胃腸の中に風氣巻起らば撃退せよ
そは、心の重荷なればなり。

氣むずかしき顔の友、打解けざれば
彼の前に手を差出すなかれ。

物　語（その三十二）

ある時、*私はダマスカスで、友人たちとの交際に飽いたので、エルサレムの沙漠に隠退し、獣どもを友に日を送っていた。ところが、圖らずもヨーロッパ人に囚われて、ユダヤ人たちと一緒に、トリポリのざんごうに送られ、土掘り作業に従事することになった。以前互いに舊知の間柄*であったアレッポの顔役の一人が丁度通り合せ、私を見つけて言った。「おや※〳〵、これはまあ一體どうしたことなんです。何と言う暮し方でしょう。*」私は答えた。「ぼくは何と言ったらよいか※。

われ、人を避けて沙漠に逃れぬ
われ、神より離《さか》りしにあらず。
さるに、獣の如きと調和せざるのやむなき今
わが地位の如何なるものかを想いたまえ。

足に鎖あるとも、友とあるならば
花園に未知の人とあるよりはよし。」

彼は私の境遇に同情し、私を歐人《ファラング》*の監禁から、十ディナールで身請けし、一緒にアレッポへ連れて行ってくれた。そして、彼には一人の娘があったが、百ディナールの持参金附きで私と結婚させたのであった。もと〳〵彼女は性質悪く、けんか好きで、強情※な娘*で、また、おしゃべりだったので、暫くすると私の生活を臺なしにした。

善人の家なる惡妻は
彼にはこの世の地獄なり。
心せよ！ 性悪き連れ合いに
守らせ給え、わが主よ！ 火刑よりわれらを救いたまえ。

ある日、彼女は私をのゝしりながら、「お前さんは、私の父がヨーロッパ人※から十ディナール*で買い取った人じゃありませんか」と言った。私は、「そうだとも、ぼくは十ディナールでヨーロッパ人の監禁から買いもどされ、そうして百ディナールでお前の手に虜になった者だ」と答えた。

われは聞けり、さる優れし人
羊を救いぬ、おゝかみの國より。

夜、自らそののどを突き刺したれば
羊の魂は、彼に訴えぬ。
「汝はわれをおゝかみのつめより救えり
されど、われは見ぬ、汝自らおゝかみなるを。」

物語（その三十三）

ある王が、澤山な家族をかゝえている行者に、「貴重な時間をどうやって過しますか」と尋ねた。彼は、「一晩中、私は默禱をさゝげ、朝は祈念と歎願とに、そうして一日中は經費の目算に」と答えた。王は、行者の語る内容を了解したので、家族に對する重荷を取去るために、生活上に十分な給與を定めてやるように命じた。

おゝ家族のために足を縛らるゝ囚人よ
自由など思うべきや。
小兒・パン・衣服・生計などへの憂いは
汝を天意より引きとゞめん。
ひと日中、われは思いを新たにするなり
夜、われ神に奉仕せんと。
祈りの結び目を結ぶとき

明くるあした、子らは何を食するやを思い煩う。

物　語（その三十四）

隠者の一人が、木の葉を食べながら森林に住んでいた。ある王が彼を訪ねて、「もし、よければ市に來なさい。貴方のために、住居を準備しましょう。そうすれば、こゝにいるよりも、もっとゆっくり禮拜が出來ようし、他の人達もまた貴方の精神的恩惠をうけたり、貴方の立派な行いを眞似ることになりましょう」と言った。隠者は、この申出を受け容れず、顔を横に振った。大臣の一人が、「王樣の御意に添うために、數日でも市へ來て見て、住み具合を御覧になったらよいでしょう。そのうえでもし外來者との交際※で、大切な時間が妨害されるようなことがあったら、また、どちらになりと決めることが出來ます」と言った。そこで、隠者は市には入ることを承諾したので、彼のために王の私邸に屬する庭が提供されたが、こゝは實に氣分を晴々とさせる快適な場所であったと言われる。*

紅きばらは、乙女のほおの如く
ヒヤシンスは、戀人の巻毛にも似たり。
冬深き寒さの恐怖にも變りなく
未だ乳母の乳を知らざるみどり兒の如し。

ざくろの花かざすその枝々は
綠なす樹々に火の懸かれるにも似たり。
王は、直ちに美しい侍女を彼の許に遣わした。
隠者をも魅する佳人は
その姿天女の如く、その装い孔雀の如し。
そを見なば、聖者《ひじり》の身とて
よもや忍び得るとは思われず。
同様に、彼女の後からまた非常に美しく顔立ちのよく整った一人の小姓を遣*わした。
麗しき彼を周る人々は渴き焦がれぬ
彼は酒くみ人に見ゆるも酒をくまず。
戀う人々の滿ち足らぬまなざしは
ユーフラート河に水ぶくれになりし人の如し。
隠者は、美食を採り、美服をまとい、香り高い果物を味わい、菓子を樂しみ※、そうして美しい小姓や侍女をながめ始めた。賢人たちも言っている。「美女の巻毛は、理性の足の鎖であり、明智の鳥のわなである」と。
汝のため、心も信仰もすべての理智と共に失えり
げに、今やわれは賢き鳥にして汝はわなたり。

つまり隠*者の安ら※かな往時の幸福も、※日毎に傾いていった。詩人もこう言っている※。

法律家・精神的指導者・弟子
はたまた純情なる辯舌家
卑しき世界に轉落するとき
その足†、はえの如く蜜に沈む。

ある時、王は彼に會いたくなって出かけたが、隠者が澄んだ赤ら顔をし、また肥満して以前の相貌とはすっかり違っているのを見出した。それに、隠者は立派な衣服をまとい、金らんのまくらにもたれかゝり、美しいしもべが孔雀の羽團扇《はねうちわ》をゆるやかに動かしながら、隠者の傍に立っていた。王は彼の幸福な有様を悦び、種々な話題について語り合ったが、ついにこう話を結んだ。「わしは、世の中で二種類の人間が好きだ。一人※は學者で、他の一人※は世捨人だ」と。王と一緒に居合せ※た哲學者であり、物事に經驗深い賢明※な大臣が言った。「おゝ王様！　いつくしみのおきてとして、雙方の者に善行をなさることです。ほかの者たちが勉強するように、學者に金をお與えなさい。しかしながら、世捨人にはあくまでも世捨人†であるよう、何もお與えになってはいけません。

みめよき女に
化粧《けはい》も、飾りも、†トルコ玉（一一三）の環も、何の用ぞ。
善良にして節操正しき托鉢僧には

僧院のパン(一一四)も、施されたる一片の食物も何ぞ。
世捨人には、銀貨・金貨も要なし。
錢を受くれば、他の世捨人を得るに至るべし。(一一五)
善良にして、神と共にあらんと欲する者は
施しのパンも、施されたる一口なくとも世捨人たり。
美女の眞白き指も、心を魅するほおも
耳環なく、またトルコ王の環なくも愛人たり。
われに何物かがあり、また他人の物を欲する限り
人々、われを世捨人と呼ばざるもうべなり。」

物語(その三十五)

上記の説話と合致するのであるが、ある王が一大事に直面して言った。「もし、この事柄が自分の希望通りうまくいったら、世捨人たちの群※に相當額の金を施そう」と。王の願いが達せられ、心の憂いがなくなると、必然*的に誓いの條件※を實行することになり、王は托鉢僧たちのために費†すようにとて、特に信頼するしもべの一人に財布を手渡した。そのしもべは、聰明であったといわれているが、彼は一日中歩きまわって、夜歸って來た。そして、金に接ぷんして王の前に差出

し、「托鉢僧たちを幾ら探し*て歩きまわっても見つかりませんでした」と言った。王は、「これはまた一體どうしたというんだ。自分が知っているだけでも、この國†には四百人の托鉢僧が居るんだがな」と、驚いて言った。しもべは、「おゝ世界の主よ！　托鉢僧は金*を受取らないのです。金*を受取るのは托鉢僧じゃありません」と答えた。王は笑って廷臣たちに言った。「わしは神の禮拝者†たちのためを思い、折角の好意を示したのに、この無禮者が敵意をもって反對した。しかし彼の方が正當なんだ」と。人々は言っている。*

もし、托鉢僧、金銀を受けなば
更に探せ、より托鉢僧らしきを。

物　語（その三十六）

人々が、ある大學者に「施しのパンについて御意見は」と尋ねた。「心を鎭め、信仰を増すためにパンを受けるのは合法的であるが、たゞパンをかき集めるだけなら理にかなっていない」と、學者は答えた。

聖者たち、信仰のために糧を受く
糧のための信仰にはあらず。

物　語（その三十七）

ある托鉢僧が、氣質の至っておゝまかな主《あるじ》の邸宅へやって來た。學識があり辯舌も立つ†人々が、主を取巻きながら、それぐ〳〵輕い冗談やしゃれを言ったりしていた。その托鉢僧は、沙漠を通って來て疲れ果てているうえに空腹だった。彼らの一人が快活に、「あなたも何かおっしゃらなければなりませんよ」と言った。托鉢僧は、「私はみなさんのように學識もなければ、雄辯でもありません。*ただ私の作った對句で御滿足願います」と答えた。「それを唱したまえ」と、熱心にすゝめたので、托鉢僧は言った。

「われはひもじ、食卓に向いながら
われは獨身者《ひとりもの》なり、女湯の戸口における。」

友人たちは、托鉢僧の極めて氣力のないのを見てとって、その前へ食卓を持って來た。すると主人役が、「おゝわが友よ！　暫くお待ち下さい。召使たちがひき肉を油でいためていますから」と言った。托鉢僧は、頭をあげて唱した。

「わが食卓にひき肉†はなくもがな
飢えたる者にはひからびたるパンもひき肉なり。」

物　語（その三十八）

ある弟子が、先生に向い、「私は一體どうしたらいゝんでしょう。人々が始終訪ねて來て、出入が激しいために時間が妨げられ、本當に困っています」と言ったので、「すべて貧しい者には金を貸し、富んだ者からは何物かを要求したまえ。そうすれば、誰※も君の周圍に來なくなろう」と答えた。

乞食、もし回教軍の指揮者たらば
邪教徒、要請《ねだり》を恐れてシナまでも逃げのびん。

物　語（その三十九）

ある法律家が、その父にこう言った。「演説家たちの、人の心を奪うような雄辯*には、どうも感心しません。つまり、彼らに言行一致が見られぬからです。

彼ら世俗を捨てよと人には說けど
自らは銀や穀物を蓄うるなり。
たゞに說くのみの學者は
說くとも人の心に銘じ難し。
惡を爲さざる人こそ學者なれ
人には說けど自ら爲さざるにあらず。

コラーンの詩句*――〃人には聖かれと命じつゝ、汝自身の魂を省みざるや。〃
煩惱に囚わるゝ學者
自ら墮しつゝ、如何でか人を導き得ん。」

父は答えた。「まぁ息子！ 單なる空想だけで訓戒者たちの教えに顔をそむけ、うぬぼれの道をたどりながら、*非を學者たちのせいにしたり、清淨な學者を求めて見たり、また知識の益を拒むなんて、甚だ當を得ない。丁度、一夜、どろの中に落ちて、『おゝ囘教徒たちの誰某※さん！ ぼくの前に立ってランプを持ってくれ……』と叫んだ盲人のようなものだ。これを聞いたすげない†女が、『ランプの見えないお前さんが、ランプで何を見るんですか』と言ったということだ。これと同然で、說教者の集いは呉服屋の店のようなもので、そこではお金を出さねば商品を受取れぬが、こちらは心酔しなければ幸福が得られないのだ。

　學者の言を魂の耳もて聞け
　よしんば、その行爲彼の言の如くならずとも。
『眠れる者、如何にして眠れる者を呼び覺まさん』
と言うは愚なり。
人は耳の中に受取るべし
たとえ戒めの、壁に書かるゝにせよ。」

ある聖者、僧院より學園に來りぬ
行者たちとの交りの誓いを破りて。
われは尋ねぬ、「學者と行者とに如何なる差ありや相手を變えしほどの。」彼は答えぬ。「彼は、自らの毛布を波より救いこは、おぼるゝ者を救わんと努む。」

物　語（その四十）

ある人が、自制の手綱を外しながら酔拂って眠っていた。一人の行者が、彼の側を通りかゝり、そのいとわしい様子を目撃した。若者は酔いの眠りから頭を上げると、こう言った。「行者たちは愚かしい者の側を通り合せる時には、あわれみながら通る。

汝、罪人をみるとき
祕せよ、情深かれ。
わが様を厭わしく見る者よ！
何故に、われをあわれまざるや。

おゝ聖者よ！　罪人より顔をそむけるなかれ
寛容もて見よ。
わが行い、いやしくとも
看過せよ、寛大なる人の如。」

物　語（その四十一）

一群の無頼漢が、ある托鉢僧に†口論をしかけ、い*やがらせをするために現れて、不穏當な言葉でのゝしり、しかも、托鉢僧*を打って困※らせたので、托鉢僧は我慢が出來なくなって、僧院長の下に斯々の事情である旨を訴え出た。その答えはこうであった。「おゝわが息子たちよ！ 托鉢僧のぼろ服は忍従の衣じゃ。この着物をまといながら苦痛を辛抱しきれぬ者は、僞者で法衣に値しない。」

大河は石に濁らず
悲しむ聖者は淺瀬なり。
人、汝を損わんも耐え忍べ
罪を赦すことによりて、汝また聖かるべし。
おゝわが兄弟よ！ しょせん土*となるべければ
土となる前に土たれ。

物　語（その四十二）

この物語を聞きたまえ。バグダードに
旗と窓かけと争いぬ。

旗は旅の埃《ほこり》と行進の疲れに
不機嫌になりつゝ窓かけに言えり。
「われと汝とは共に同じ主《あるじ》のしもべなり
王宮におけるしもべ同士なり。
われは一瞬たりと勤めを休まず
絶え間なく旅路にありき。
汝は知らず、疲労も・攻城も
沙漠も・風†も・ほこりも・ごみも。
わが足は、苦痛の先頭に立つ
然るに、汝が榮譽†の、より多きは何故ぞ。
汝は月の好きしもべにかしずかれ
ジャスミン薫るしもべ†と共にあり。
われはしもべたちの手に陥り
足を縛られ、頭を振りたてながら旅すなり。」
窓かけは答えぬ。「わが頭は敷居の上にあり
汝の如く、頭を天にそらすことなし。
愚かしくも首をもたぐる者は

自らを首もて奪うにも似たり。
〔サァディーは身を落しめて自由なり
身を落せる者と争わんがために何人も來らず。〕」

物　語（その四十三）

ある聖者が、たま〳〵一人の力士が非常に立腹して、氣も※狂わんばかりにな†っているのを見て、「一體どうしたのか」と尋ねたところ、人々が、「誰某が力士をのゝしったんです」と答えた。そこで、聖者は次のように言った。「この卑しい男は、一千マンもの重い石を持上げることが出來ても、一語を忍ぶだけの力さえ持たぬとは。

腕力を誇り、勇氣を言い觸らすなかれ
氣弱く、卑しき者よ！　かゝる男は女と何の差ありや。
能うべくんば、優しき口をきけ
他人の口を握りこぶしもて打つは勇に非ず。
たとえ自ら象の額をつんざくとも
慈愛なくば人に非ず。
アダムの子らは土の性《さが》を持てり。
謙虚にあらざれば人に非ず。」

物　語（その四十四）

私†は、清浄な信者仲間の在り方について、ある長老に尋ねて見た。長老はこう答えた。「彼らのうちの少數のものだけが、自分自身よりも、先ず友人たちの心を滿足させようとする。聖賢たちも、『わがことのみに關わっている兄弟は、兄弟でもなければ親戚でもない』と言っている。

旅の道連れ、ひとり急がば、そは道連れにあらず
心を汝に結ばざる者に心を結ぶなかれ。

親族にして直《なお》からず聖からざるとき
そを愛するよりはそのきずなを斷つがよし。

私は、ある反對者がこの對句での私の言葉を反ばくして、「最高の神は、その神聖な書物の中で、親類關係を斷つことを禁じ、親類縁者を愛するように命じたもうた。君の言は其れに違反する」と言ったのを思い出す。そこで私は、こう返事した。「貴方は間違っています。なぜなら、それはコラーンと一致しているんです。すなわち、『汝がわれとつき合うよう、たとえ兩親が努力するとも、汝の知らざることに從うなかれ』とあります。

神を知らざる千人の縁者
神を知る一人の他所人《よそびと》の犧牲たるべし。」

物　語（その四十五）

バグダードに才長けし老人ありき
その小娘を、あるくつ屋にめあわせぬ。
むごきその小男、花嫁を斯くもかみたりとや
娘のくちびるより血の滴るほどにも。
明くる朝《あした》、父は彼女の様をみて怒り
婿のもとに到りて言いぬ。
「おゝ下劣者よ！　とは何たる齒ぞ
如何ばかりいとし子のくちびるをかみしや、そは革ならず。
われ、たわむれにかゝる言をろうせず
眞面目に聞け、戯言《たわごと》にあらず。
悪しきならわし天性とならば
死すべき時まで手を離れまじ。」

物　語（その四十六）

ある法律家が、一人の娘を持っていたが、餘りにも不器量なので、適齢期に達しても、かつま

た婚姻持参物や財産が附いていたにも拘らず、誰も彼女と結婚したいという希望者がいなかったと言われる。※

美しからざる花嫁の装うとき
どんすも金らんも何かせん。

間もなく、必要に迫られて、ある盲人と婚姻した。丁度その日、盲人の目を開けることとの出来る醫者が、セイロン島から來たと言うことであった。それを知った人々が、法律家に、「なんでお婿さんの眼を治療なさらないんですか」と尋ねたところ、「眼が見えるようになったら、早速娘を離婚するのがこわいんでね」と答えた。

醜き妻の夫は盲目がよし。

物　語（その四十七）

ある王が、托鉢僧の群を侮りの眼で見ていたが、彼らのうちの一人が機敏にもそれと悟って言った。「おゝ王様！　われわれは、この世で行列などの威儀では王様に劣りますが、生を樂しむという點では一層幸福であり、死ぬ時には同等で、最期の審判の日には、有難いことには＊貴方より宜しいのですよ。」

たとえ、王者は榮え
托鉢僧はパンに事缺くとも。

兩者共に死するとき
死衣のほか、この世より一物も運び得ず。
汝、王國より出發の荷造りをなさんと欲せば
乞食たるは王たるよりもよし。

見たところ、托鉢僧はぼろをまとい、頭髪をそっているが、その内なる心は生きていながら、その煩惱は死んでいる。

彼、人への要請《ねだり》の戸口†にのみ坐する者にあらず
人の彼に反するとき、戰わんがために起つ。
うす石の山よりころげ落つるとも
彼、その道を避けるほどの巧みも持たず。

托鉢僧の役目は、神の賞讃・感謝・奉仕・禮拜・施し・滿足・神の單一性を信ずること・神への信頼・忍從・忍耐に在る。私が述べ※たこれらの特性を具備した者は、たとえ輕羅をまとうとも眞の托鉢僧である。しかしながら、晝を夜に煩惱の虜となり、夜を晝に惰眠をむさぼり、また手に入るものは何でも食べ、出まかせにしゃべる浮浪者、祈りを怠る者、快樂主義者、酒色の徒らは、たとえ托鉢僧の服をまとうとも、皆道樂者†である。

おゝ心は聖さに缺け
外に僞善の衣をまとう者よ！

七色の窓掛けをつるすなかれ
汝が家には、葦作《よし》りのむしろあるに。

物　語（その四十八）

われは見ぬ。みずくしきばらの花束
草と共に圓屋根に結ばるゝを。
われ言えり。何たることぞ名もなき小草《おぐさ》の
ばらの列に坐するとは。
草は泣き、かつ言えり、「言いたもうな
慈しみ深き人は友を忘れたまわず。
たとえ、われに美・色・香なくとも
なお、われは神の庭の草ならずや。
われは惠深き主《あるじ》のしもべなり
古きより惠みもてわれを育てたまえり。
わが價値の如何にかゝわらず
われは神の惠みを期待するなり。
たとえ、われに財なく

恭順を示すべきさゝげ物なくとも、
彼、しもべの行いを救うべき道を知りたもう
他に何らの手だて残らざるとも。
ならわしなり、奴隷解放の主《あるじ》たち
その古きしもべを自由になすは。
おゝ宇宙を飾れる偉大なる神よ！
自らの古きしもべを赦させたまえ。
サァディーよ！ 忍従のカァバへの道をたどれ
おゝ神の子よ！ 神の道をたどれ。
不運なるは、この門より頭をそらせる者というべし
彼は他の門を見出し難ければなり。

物　語（その四十九）

ある賢人が、寛大と勇氣とどちらが良いかと尋ねられたのに對し、「寛大な者にとっては、勇氣は無用だ」と答えた。

ハーテム・ターイー(二一六)、今や無し
されど、そが高き徳行の名は永えに薫らん。

富のうちより施せ
園丁、ぶどう樹のつるを刈込むは増産のあればなり。
バフラーム・ゴール（一一七）の墓に誌されたり
「寛大なる手は、力強き腕に優る」と。
〔われらは勢と力もて世界を取れり
されど、自らと共に、墓まで運び得ず。〕

第三章　足るを知るの美徳について

物　語（その一）

あるアフリカの乞食が、アレッポで呉服商たちの居竝ぶ中に、「おゝ分限者方！ もし皆さんに正義、私どもに足るを知る心があったら、物もらいの癖も、この世から消滅するんですがね」と言った。

おゝ足るを知る心よ！ われを富ましめよ
そが無くば富は存在せず。
ロクマーンは忍耐の隅を選べり
忍耐なき者には哲學もなし。

物　語（その二）

エジプトに、二人の貴公子が居た。一人は學問を修め、他の一人は富を得た。ついに、※その一人は當時の大學者になり、他の一人はエジプト王となった。やがて、この分限者が、輕侮のまなざしで大學者を見下しながら、「わしは王族にまで達したが、君は依然として貧困のまゝだ」と言った。「まあ兄弟分！　ぼくは豫言者たちの遺産、つまり知識を得て以來、神——彼の名は偉大なり——の惠みに一層感謝を深めるばかりだが†、君はフェルオウン（一一八）やハーマーンの遺産、つまりエジプトの國を得たのだ。

われは蟻《あり》なり、人の足に踏みにじらるゝ
われは蜂《はち》にあらず、その手†もて人を苦しむる。
われ、如何にしてかゝる惠みに感謝せん
われに人をさいなむ力なきを。」

物語（その三）

私は、ある托鉢僧が貧困の火に燒けたゞれ、補布《つぎ》また補布の衣をまとって、自分の氣の毒な※心を慰めるために、次のように言ったのを聞いた†。

「ひからびしパンとぼろ服にわれらは滿ち足れり
自らの苦の重荷は、人の恩義の重荷よりもよければ。」

ある人が、その托鉢僧に言った。「何故、坐ってばかりいるんですか。この町の某氏は、高潔な氣質と普遍的な慈悲心を持ち、宗教家たちを助け、†また皆の心を慰めようとしています。もしも、あるがまゝの貴方の樣子を知ったなら、大切な人たちの要望を滿たすことを義務と考え絶好の機會と見なすでしょう」と。すると、「御無用です。貧†困のうちに死ぬ方が、人の前に缺乏を訴えるよりはましです」と答えた。

　ぼろに甘んじ、忍従の隅に坐するは
衣のために偉き人々に歎願状を書くよりはよし。
地獄の責苦と
隣人の足もて天國に行くことは等し。

物　語（その四）

あるペルシャ王がモスタファー——神よ彼に惠みを垂れ、彼を守らせたまえ——の所へ、一人の老練な醫者を派遣した。その醫者は、一年間、アラビヤの國に滯居したが、誰も未だ、彼の腕前を試した者もなければ、彼に治療を求めた者も無かった。ある日、豫言者*——神よ彼に惠みを垂れ、彼を守らせたまえ——の前に現れ、不平を訴えた。「御友人たちを治療するために、このしもべ※が遣わされたのですが、しもべが拝命した任務を遂行出來るよう、未だに誰も顧みてくれません」と。使徒(一一九)——彼の上に平和あれ†——が答えたもうた。「食慾†に壓服されるまでは、何も食べないし、まだ食慾が殘っているうちに食事から手を控えるのが(一二〇)、この人達のおきてなんだ」と。醫者は、「それが健康の道なんです」と言って、恭〻しく會釋して引下った。

　醫者はかゝる時に語り出す
食に手を延ばし過ぐるとき、

彼の沈黙によりて故障の大ならんとするとき
または、その食わざるがために死なんとするとき。
彼の言は哲學なり
程よき食事こそ健康の實を結ばん。

物　語（その五）（一二一）

ある人が、しばしば悔恨の誓いを立てながら、また破るので、長老の一人が彼に言った。「君は非常に過食の癖があり、欲望を押えることが毛よりも弱い。君がかくもほしいまゝにしている悔恨と欲望は、鎖をも斷ち、いつかは君を苦しめるかもしれぬ。

ある人おゝかみの子を育てぬ
成長したりしとき、その主人《あるじ》を引裂けり。」

物　語（その六）

アルデシール・バーベカーソン（一二二）の歴史に見られる所によると、あるアラビヤ（一二三）の醫者に、「食物は日にどれほどの量を採らなければならないか」と訊いたところが、「百デラムの重量で十分です」との答えであった。「それっぱかしで、どうして力が出よう」と、王が質問すると、醫師はこう答えた。「これだけあれば貴方様を支えるに足り、これ以上召上れば運搬人にお成りでしょう。

食するは生きんがためと、神をたゝえんがためなり
君は思えるや、生きるとは食べんがためなり」と。

物語（その七）

ホラーサーンの、互いに大の仲好しであった托鉢僧二人が、旅を共にすることになった。一人は虚弱で、斷食をしては二晩目ごとに破るという習わしを持ち、他の一人は強健で、日に三回食事をするのであった。たま〳〵密偵の疑いを受けて、市の城門の所で捕われ、二人とも一室に監禁され、牢獄*のとびらは粘土で密ぺいされた。二週間後に彼らが無罪であることが分って、とびらを開けたところ、強い方が死んでいて、弱い方が生きているのを發見した。人々は、この事で驚いたが、ある哲人がこう言った。「もし、この反對だったら一層不思議だ。その大食家の方は、飢餓に耐える力がないため、むざんに死んだが、他の方はよく自制し、必然的に※自身の習慣通り辛抱したので、無事に助かったのだ」と。

小食に慣れたる者は
困難に遭うとも、容易にしのぐ。
されど飽食もて身を支えしならば
悲しみを見るとき、困難のために死すべし。
〈胃のかまどは一瞬ごとに熱す

糧得られざる日には禍あり。」

物　語（その八）

ある賢人が、飽食は人を病氣にするというので、自分の息子に過食を禁じた。息子は、「お父さん！ 飢餓は人を殺しますよ。満腹して死ぬ方が、飢えて苦しむ†よりはよいと、機智に富んだ人たちの言っているのをお聞きになりませんか」と言った。父は、「程々にしなさい。最高の神様*も、『汝食べ、かつ飲め、されど、度を越すなかれ』と宣うているんだが」と答えた。

口許まであふれるほどに食すべからず
されど、虚弱、死にいたるほどに少くあるべからず。
肉體の快樂も、食の手段を經てなれど
過食は悲しみをもたらす。
汝もし、ばら糖菓を過食せば害あるべし
されどもし、たまに乾けるパンを食せば、ばら糖菓たるべし。

物　語（その九）

人々が、ある病人に向って、「何が欲しいですか」と訊いたところ、「何も欲しくありません」と答えた。

胃、正し†からず、腹痛†の生ぜるとき
すべての事柄正しくとも益なし。

物　語（その十）

（一二四）※ワーセトで、スーフィー派回教徒たちに、若干の金を貸しつけていた肉屋があった。毎日のように金を催促し、荒々しい言葉を吐くので、紳士たちは彼の非難で心を苦しめながらも、我慢する以外に仕方がなかった。その中の※一人の聖者が、この事を聞き*、笑って*言った。「飢えた人に食物の約束をする方が、肉屋に金の支払を約束するよりはたやすい。

やんごとなき人よりの恩恵は捨つるがよし
その門番たちの暴虐を忍ばんよりは。
肉にこがれて死ぬるがよし
肉屋の不快なる請求を受けんよりは。」

物　語（その十一）

ある勇士が、タタル人と戦って重傷を受けた。ある人が、「某商人が特効薬を持っています。御希望とあれば、多分拒みはせんでしょう†」と言ってやった。ところが、その商人というのは、貪欲な點では、金*離れのよい方でのハーテム・ターイーほどに*有名なのであった。

もし、机の上に、パンの代りに太陽あらば
審判《さばき》の日まで、何人も世に照る日を見まじ。

勇士は答えた。「もし、*ぼくが特效藥*を所望したとて、藥※をくれるかも知れんし、くれないかもしれん。もし、くれたところで、效能があるかもしれんし、ないかも知れん。とにかく、その男に頼むことは恐ろしい毒だ。」

卑しき人らの恩惠によりて得しものは
身を榮えさせんも、魂を損わん。

聖賢たちも言っている。「例えば、もし、生命《いのち》の水が名聲の代償に賣られるとも、賢人は買わぬ。正當な死は、卑しい生き方よりもましであるからだ†」と。

氣立てやさしき人の手より、苦ききゅうりを食するもよし
意地惡き顔せる人の手による菓子よりは。

物　語（その十二）

大家族を抱えていて生活難にあえいでいた學者が、彼を大變信用してくれている偉い人に、自分の窮状*を訴え出た。しかし、その人は期待に反して、顔をそむけた。尊敬すべき人から歎願されたことが不快であったので。

不幸の澁面もて、親愛なる友に近づくなかれ

彼の樂しみを悲しみに變ずべければ。
要請《ねだり》は晴れやかなる笑顔もてせよ
明るき額の者は、仕事に仕損※じなし。

その人は、彼の給料を少しばかり※増してやったが、彼に對する好意を少からず※減じたと言われる。數日後、※學者はいつもの愛情※が見られなかったので言った。

「淺ましさのかち得し食は邪惡なり
なべはかけられたれど、汝の面目減ぜらる。
彼はわがパンを増したれど、わが名譽を損えり
食の乏しさは要請《ねだり》の淺ましさにまさるべし。」

物　語（その十三）

一人の托鉢僧が、切實な窮乏に迫られた。ある人が、彼に「某がばく大な富を所有しているんだが、もし、貴方の窮乏を知ったら、何とか工面をしてくれるでしょう」と言った。托鉢僧は、「私はその人を知りません」と答えたので、「私が御案内しましょう」と言って、彼の手を取り、その人の家へ連れて行ってくれた。托鉢僧は、くちびるが垂れ下り、まゆをしかめ、*佛頂面しながら、氣むずかしそうに坐っている一人の人を見た。それで、何も言わずに引き下ったところ、

連れの男が、「何を言ったんです。* 一體、どうしたんですか」と訊いた。「私は、あの人が會ってくれたので、贈物を一つしたんです」と、托鉢僧は答えた。

澁面の人に、窮乏を訴うるなかれ
彼の意地悪きため、汝落膽すればなり。
もし、心の悲しみを語らんには、かゝる人に語れ
その面、直ちに汝を安んずるが如き。

物語（その十四）

ある年、* アレキサンドリヤにひでりが起り、* 托鉢僧さえも、その手から忍耐力の手綱をはずしてしまった。天の窓は閉ざされ、地上の人々の苦情が天空に向って放たれた。

獣・鳥・魚・蟻・なべてが残るところなし
いたずらに失望するのみにて、その嘆き天に到らず。
不思議や人のため息凝結せず
雲となり、涙の氾濫雨となるべく。

かゝる年には、二重性格者——わが友人たちから遠ざかれ——が出た。そのことを述べ立てることは、特にお偉方の前では、禮儀を破ることになるのであるが、そうかといって、其れをうかつに見逃すことは、一部の人々が話し手の無能のせいにしようから穏當でない。そこで、私は次

の二つの對句にまとめ上げることにしよう。わずかでも、多くの證明になるし、一握りでもろばの荷物を暗示するから。

よしやタタル人、この二重性格者を殺すとも
その報いを受くることあるまじ。
彼、いつの日まで、バグダードの橋の如く在りや
水はその下に、人はその上に。

一部、お聞きになったような人が、その年、ばく大な財産を得て、貧しい人々に金銀を分ち、旅人のために食卓を擴げてやった。もはや窮乏の壓迫に堪え切れなくなった†托鉢僧の一群が、彼の招待を受けようとて、私に相談を持ちかけて來た。私は賛成しないで言ってやった。

「ししは犬の残飯を食わず
たとえ、ほら穴に飢え死ぬるも。
身を窮乏と飢餓とに置け
手を卑しき者の前に差延ぶるなかれ。
たとえ、富と國とに†ファリードゥーンたるとも
徳なき者は物の數ならず。
美しき色、美しき地の絹服も
卑しき者には壁の上のるり・黄金にも等し。

物語（その十五）

人々が、ハーテム・ターイーに向って、「世の中に、貴方以上に高潔な精神を持った者を御覧になったか、あるいはお聞きになったことがありますか※」と訊いたところ、こう答えた。「そうですね、ある日、わしは四十頭のらくだを犠牲にしてから、アラビヤの貴族たちを招き、*直ぐ*用があって、沙漠のそばまで出かけたことがある。わしは、いばら*の束をかき集めている薪採集人を見つけたので、『なぜ、ハーテムのもてなしに行かないんだ。人々がそのごちそうに預ろうと押寄せているのに』と言ってやったら、彼は、こう答えたもんだ。

『自らの働きにてパンを食する者は
ハーテム・ターイーの恩恵を受けず。』

わしは、勇氣と氣前の良さの點で、彼を自分以上に優れていると認めたのだ。」

物語（その十六）

モーゼ——彼の上に平和《やすらぎ》あれ——が、裸體のために砂の中にもぐっている托鉢僧を見た。彼は、「おゝモーゼよ！　私は衰弱のため死にかゝっていますから、※衣食を支給して下さるよう、偉大にして榮光ある神†にお願いして下さい」と言った。モーゼは、お祈りをさゝげて、立去った。†數日後、モーゼがお祈りから歸ると、※その男が捕えられ、人々の群※が、その周圍を取巻いているのを見出した。モーゼが、「これは、一體どうしたのか」と訊くと、人々は、「酒に醉って亂暴し、人を一人殺したので、今、仕返しをされようとしているところなんです」と答えた。

溫和なるねこ、もし羽を持たば
世界中の、すゞめの卵を持去らん。
か弱き者、力の手を得なば
起ち上りて、弱者の手をひねらん。

最高神(一二五)は宣えり。* 〃神、もし、そのしもべどもに生活の糧を豊かにしたまわば、彼らは地上にて背かん。〃 モーゼは、宇宙の創造者の叡智を認め、自らの不明に對してお赦しを求めた。

おゝ心おごれる者よ！ 何がために危きを求むるや
汝の破滅となるまで、おゝ願わくば蟻《あり》の飛び得ざらんことを。

しもべ†、地位や財を得るとき
必ずや†、その頭に平手打ちを受けん。
プラトー(一二六)何をか言いし
「蟻に、その羽無きは良し」と。

天の父には多くの蜜あれど

その子は熱病を病む。

汝を富ましめざるその人は
汝にとり何がよきかを汝よりも能く知れるなり。

物　語（その十七）

私は、ある沙漠のアラビヤ人が、バスラの寶石商の群に混って、次のような話をしているのを見た。「かつて、ぼくは沙漠で道に迷い、旅行用の食料もずっかり盡き※てしまったので、死ぬほかあるまいと思案にくれていたところ、突然、眞珠で満たされた財布をみつけたのだ。ぼくは、それが油であげた小麥か米*かと想像した時の味わいと歡喜を、また眞珠と知った時の苦痛と失望とを決して忘れられない。

乾ける沙漠や流砂にありては
渇せる者の口には、眞珠も貝がらもなし。
飢えたる人、疲れ果てしとき
彼の腰帯には黄金も、壺の破片もひとし。

物　語（その十八）

あるアラビヤ人が、沙漠で非常に渇しながら言った。

「おゝ希わくば死の來るまでに
ひととき、願い叶えたまえ。
川波の、わがひざ元にひた〳〵と寄せ來んことを
われ、革の水袋もて清水を滿たさん。」

物　語（その十九）[一二七]

同様、大平原で道を失った旅人が、力も失せ、食糧も盡き、たゞ腰に少しばかりのお金を持っているばかりとなった。道を見つけることが出來ず、さ迷った末、困苦のためにとう〳〵死んでしまった。一群の人々が、そこへ到着したところ、死んだ彼の顔前にお金が置かれ、また次の文句が地上に書かれているのを發見した。

たとえ純金を持つとも
食なき人は望みを達し得ず。
沙漠に渇せ[†]る者には
純金よりも煮たるかぶらがよし。

物　語（その二十）

私はいつぞや靴が得られず、裸足でいた時のほかは、決して時の浮沈†を嘆かず、天運の囘轉に顔をしかめるようなことはなかった。心を痛めながら、私がクーファの大寺院には入ると、たまたま私は足の無い人を見うけた。私は神の惠みに感謝をさゝげ、靴の無いことなど辛抱することにした。

　焼鳥は、飽食せる人の眼には
　皿に盛れる野菜の一葉に劣る。
　されど、手段と能力を持たざる者には
　煮たるかぶらは焼鳥なり。

物語（その二十一）

ある冬、一人の王が特に可愛がっていた數人の者と狩場に出かけたが、夜分になっても人里†を遠く離れていた。ところが、はるか遠方に*荒廢した村があって、その中に一軒の農家が見えた。王は、「夜分ではあるし、寒さをしのぐために、あそこへ行こうじゃないか」と言ったが、その大臣の一人が、「卑しい*百姓の家に待避するなんて、王様の高い*御威光にかゝわります。こゝに天幕を張り、火をたきましょう」と答えた。百姓は、この事を聞き知り、さゝやかな食事を用意して、王*の前に差出した。そうして、恭々しく地面に接ぷんして言った。「百姓の家にお泊り下されたとて、*別に王様の御威光にかゝわるものではありますまい。しかし、あの方々は、百姓の權力が高まることを欲しないのです」と。王は、彼の言葉が氣に入り、夜分は彼の家へ移ることにした。†百姓は*、奉仕することを有難く思った*。翌朝、王※は彼に着物とお金とを與えた。聞くところによると、百姓は數歩王のあぶみに附いて行き、次のように言ったという。

「王の威嚴と壯麗、いさゝかも減ぜず
たとえ、農夫の宿にもてなしを受けしとて。
されど、農夫の山高帽の頂き、太陽まで屆きぬ
君の如き王者、彼の頭上に影を投じたれば。」

物語（その二十二）

人々が、ばく大な財産を蓄積している恐るべき乞食の話をしている。ある王が、その乞食に、「お前は非常な金持らしいが、實は、わしに緊急な必要があるんでな。出來たら、そのうちの一部で助けてもらいたいんだ。歳入があり次第、支拂うからな。感謝※するぞ」と言った。乞食は答えた。「おゝ地上の主よ！　一粒々々もらい歩いてかき集めた私のような乞食風情の財産で、惠※みの手を汚すなんて、王様の偉大な御威光にふさわしくありますまい」と。王は言った。「構わん。不信心者†にやるんだから。不淨な物は不淨な者にふさわしいのだ。

もしも、基督教徒《ナスラーニー》の井戸水淸らならざれば
そをもて、死せるユダヤ人を洗うに何のこだわりかあらん。

人々は言えり、『石灰もて作れる漆喰は清からず』と
われら言えり、『そをもて便所の孔をふさがん』と。」

私が聞いたところによると、乞食は王の命令に頭をそらし、爭論を始め、横柄に振舞ったので、王はおどかしたり、しかったりした末、とうとう問題の物を彼から取り上げるように命じたという。

穏かに事の成らざるとき
止むなく暴力に逆うべし。
自ら與えんとなさざる者に
人また與えざるとも正しかるべし。

物語（その二十三）

（二三八）私は、百五十頭の荷物用らくだと四十人の奴隷や召使を持っている商人のことを聞いた。† キーシュ島で、ある夜、彼は私を自分の部屋へ連れて行き、一晩中、「トルキスターンには自分の商賣仲間某が居り、インドに某在庫品がある。これは某地の地劵状だ。また、ある品のために某氏を保證人に立てている」などと、取り止めもない話をし續けて止めなかった。時には、「私はアレキサンドリヤへ行く氣です。そこ*の空氣が快適なので」と言い、再びまた「いや地中海が荒れ

るからよしましょう。あゝサァディーさん！　私は別な旅を考慮中です。自分*の餘生を隱居して送りましょう」というのであった。私が、「どちらへ御旅行ですか」と訊くと、商人はこう答えるのであった。「ペルシャのいおうをシナへ輸送しようと（一二九）いうんです。大變な高値だと聞いていますが。そこから磁器を東ローマへ持って行き、東ローマの錦をインドへ、インドの鋼鐵をアレッポへ、アレッポ†のガラスをヤマン（一三〇）へ、そうしてヤマンで出來る縞※の布地をペルシャへと運ぶんです。その後は貿易を止めて店に坐っていましょう」と。思う存分、空想を述べたて過ぎたので、もはや話す力も無くなったが、また「おゝサァディーさん！　貴方も一言、御覧になったりお聞きになった事柄のうちから、お話し下さいませんか」というのであった。私は言ってやった。

「君聞きしや、ある時、一人の首領《かしら》†
ガウル（一三一）の果てにて、そのらくだより落ちたるを。
彼は言いぬ、『拜金主義者の慾深き眼は
滿足か、墓場の土に滿たさるゝか、のほかなし。』」

物　語（その二十四）

私は、仁慈におけるハーテム・ターイーほどに慾の深いので有名なある金滿家のことを聞いた。彼の外面は、この世の富で飾られ、内に備わる先天的な精神の卑しさは、何人にも一片のパンさえ與えず、アブー・ホライラのねこをたゞの一口の食で慈しんだこともなく、また、ほら穴の友

（一三二）人たちの犬にも骨の一本も投げ与えなかったほどに根強いものであった。つまり、誰も彼の家の戸が開いたり、食卓が擴げられているのを見たことがなかった。

　　托鉢僧、香いのほかは彼の食を知らず
　　鳥は一片のパンをもついばまず、彼の食せる後に。

私の聞くところによれば、その男はいわゆる〝彼がおぼれ去りし時まで（一三三）、つまり死ぬまで〟、頭にエジプト王を想像しながら、地中海を経てエジプトへ向ったということであった。ところが、突然逆風が起り、海が荒れ狂った*という。

　　汝の憂鬱にそぐわざるとき、†人は如何になすべきや
　　微風は常に吹かず、船のために。

　男は祈願（一三四）の手を差延べ、空しい叫びをあげ出した。〝彼ら神に忠實なれば、船に乗込むとき、アッラーに祈る。〟

　　窮乏のしもべに、祈願の手は何の益ぞあらん
　　祈りの時は神に、惠みの時はわきの下に。

　慰安を与えよ、金銀とともに
　自らもまた喜びを得べし。
　されば、汝の後に、家は安泰なり

金銀の敷瓦を張るべし。

その男には、エジプトに貧しい親戚たちがあったが、彼の死後*、その財産の殘りをもらい金持になったそうである。彼が死んでから、親戚たちは、その古着を引裂いてしまい、絹や美しい綿布で衣服を仕立てた。それと同じ週に、私はその縁者の一人が駿馬に乗り、背後に小姓を従えながら走っているのを見た。私は獨語した*。

「あゝ！若し家族や親戚の間に
死者の歸り來るならば、
遺産の返還は、縁者の死よりも痛ましからん
後繼者たちにとりては。」

われ〳〵は、互いに以前からの知り合いであったので、私は彼のそでを引いて言った。

使い果せ、おゝ善良なる人よ！
彼の卑しき者の蓄えて使わざりしものを。

物語（その二十五）

あるひ弱い漁師が、一尾の魚を網に捕えたが、魚の力が強かったので、漁師の力及ばず、魚は網を斷ち切って逃げてしまった。そこで、彼は驚いて言った*。

「ある若者、水くみに行きしに

　　上げ潮來りて、若者を奪い去れり。
　　網は常に魚をもたらせど
　　今や魚は逃げ、網を持去れり。」

ほかの漁師たちは失望し、「これほどの獲物が君の網にかゝったのに、つかむことを知らぬ†なんて」と言って、ひ弱い漁師を非難した。彼は、こう答えた。「おゝわが兄弟たちよ！一體、どうすればよいいんだ。ぼくに、運がなかった。魚の方に、その運があったのだ。聖賢たちも言っている。†*『運の無い漁師はチグリス河でさえ魚*を取らず、不運な魚は乾いた丘で死ぬ』と。」

　〔獵師、必ずしも常に獲物をもたらさず
　いつかは、とらの彼をつんざくこともあるべし。」

物　語（その二十六）

手足を切斷された人が、一ぴきのむかでを殺した。ある聖者が、そこを通りかゝって言った。「おゝ聖なる神よ！千本の足を持ちながら、運に負けた時には、手足の無い者からすらのがれ得なかった」と。

　　命取りの敵、背後より來るとき
　　運命は走る馬†の脚をも縛る。
　　敵の一歩々々近寄る瞬間

ケヤーン(一三五)の弓を引くも益なし。

物　語（その二十七）

私は、頭にエジプト製の美しいリンネルを附け、高價な着物を身にまとって、アラビヤ馬に乗っているある肥滿した馬鹿者を見た。ある人が、「サァディーさん！どうお考えですか。この無智な動物の上のあのきらびやかな錦の服は」と言った。私は答えた。「それは、金色のインキで書かれた悪筆だ。

　げに、彼は人に混るろばにも似たり
牛の鳴き聲する赤き金色の子牛の如き。

美しき自然の姿は千枚のにしきの衣にまさる。※

この獸、人に似たるや、
その胴衣・頭被い・外部の飾りのほかは。
彼のなべての物・土地・財産†を見よ
許さるべきもの、一物も見ざるべし、彼の血のほかは。

〈貴き人、たとえ無力なるとも
想うなかれ、その高き威厳、弱まらんと。
されど銀の敷居に金のくぎ打つとも
想うなかれ、ユダヤ人の尊ばるべしと。〉」

物　語（その二十八）

盗人が、こじきに向って、「お前は一粒の銀を得るために、欲深い人の前に手を差延べるなんて、恥しくないのか」と言った。こじきは答えた。

「一粒の銀（二三六）を求めて手を差延ぶるは
一ダーング半のために切断さるゝよりはよし。」

物　語（その二十九）

ある拳闘家が、逆運に見舞われて失望落膽の果て、太い食道を支えかねて餓死しかゝった。彼は父に苦衷を訴え、不圖すると腕の力で希望のもすそ*がつかめるかもしれぬというので、旅に出る許可を求めた。

美徳も腕前も、現るゝまでは價値なし
沈香も火にかざされ、じゃ香も碎かる。

父は言った。「おゝ息子よ！ 馬鹿らしい考えは、追拂ってしまうがよい。滿足の足を安全なもすその中に入れるんだぞ。聖賢たちも言っているじゃないか。『富は努力だけでは得られない。その對策は、餘り興奮しないことだ。

　何人も力もて富のもすそを捕え得まじ
　盲人の眼に目薬(一三七)さすは空しき努力なり』と。

たとえ汝の頭髪各〻百の知識†を持つとも
運の傾くとき、知識†も役立たず。

〈力強くとも、不運なる者何をかなし得ん
運の腕は、强き腕よりもよし。〉」

息子は、言い返した。「おゝお父さん！ 旅の利益は多いですよ。その效果は無限です。* 氣晴らし、利益を得ること、珍らしい物を見ること、變った事を聞くこと、町々の見物、親友たちとの交際、名譽・知識*・行儀作法などの獲得、富の増大、友人たちと舊交を暖めること、生計上の經驗など。同様にスーフィー教團の旅人たちも、こう言っていますよ。

『店鋪や家に執着する限り
おゝ馬鹿者よ！ よもや人間たるまじ。

行け、世界中を歩け
汝がこの世を去る日までに。』」

父は答えた。「まあ息子！ 旅の利益は、お前もいう通り、無限だ。† しかしながら、それは特に五種類の人々にのみ、正當として許されることなんだ。第一は商人で、金力と勢力のほかに、美しい小姓や侍女たち、それに氣のきいた召使たちを持っていることとて、毎日のように別な町に、毎夜のように別な場所にと、絶えず歡樂の地を求めて、世俗的な快樂をむさぼることができる。

富める者、山に沙漠に荒野に、よそ人たらず
赴くところに天幕を張り、寝所を作る。
世の樂しみも生活の手段《てだて》も無き者は
自らの故郷にすら、よそ人たり。

第二は學者で、美しい話、機智に富んだ言葉*、雄辯の力、美辭の蓄積、到る所で彼は歡待され、そうして落着く先々*で尊敬される。

賢人の存在は黄金にも似たり
彼の行くところ、その力と價値(一三八)を認めらる。
高貴の生れの愚か息子は、革の貨幣にも似たり
外國《とつくに》にて、そは通用せざれば。

第三はみめ麗しい人で、聖者たちの心でさえ彼と交際したいと望む。先輩たちも、『わずかの

美は多くの富にまさる』と言っている。また美しい顔は、傷ついた心の膏薬であり、閉ざされたとびらのかぎであるともいわれる。* 確かに、到る所、※彼とつき合うのを喜び、彼に奉仕するのを有難がるんだ。

美しきものは榮譽と尊敬を受く
たとえ、その父母、彼に辛くとも。
われ、孔雀の羽をコラーンの頁《ページ》の中に見たり
われ言えり、『この位は、汝の眞價より大なり』と。
そは答う、『默せよ、美に惠まれたるはみな
足を置くとも、何人も手を出さず。』

息子に調和と魅力あるとき
父の不興も憂いなし。
彼は寶石なり、貝がらの中に留むるなかれ
たぐいなき眞珠には、なべて(一三九)が買い手たるべし。

第四は美聲の持主だ。彼はダビデののどを以て、流れをせき止め、飛ぶ鳥をも止める。この藝能によって、愛好者†の心を捕え、宗教家たちすら、彼とつき合うことを願い、いろ〳〵と奉仕するのだ※。

わが耳は傾きぬ、美しき歌聲に
そがびわの絲に觸るゝは誰ぞや。

しめやかに、またうら悲しきその音は樂し
曉の一盞に醉える友どちに。
美しき聲音は花の顏《かんばせ》より佳きかな
そは、感覺の喜び、こは魂の糧。

第五(一四〇)は職人だ。彼は、その腕の働きで生計を得ているので、パンのために、その名聲を失うようなことはないのだ。賢人たちも言っているように、

『たとえ外國《とつくに》へ旅すとも
職人†は困難や痛苦を受けず。
されど、王國(一四一)より轉落するならば
ニームルーズの王は、飢えつゝ眠る。』

あゝ息子よ！わしが説明したこういうことは、みんな旅行をするのに氣樂にする原因であり、悦びのもとなのじゃ。しかし、こうでない者は、空想だけで世間へ出て行くことになり、誰もが彼の名前や名聲について何も聞くところはあるまい。

世の運命の囘轉にさいなまるゝものは

時代によりて導かるべし、その意に反しつゝ。
再びその巣を見ざるよう運命づけられしはとも
運命もて穀粒とわなに導かるべし。」

息子は言った。「まあお父さん！ 私が聖賢たちの仰せに、どうして反對出來ましょう。あの方方が言っています。『日々の糧は皆に分配されていても、それを得る手段には苦勞が要る。不幸は運命づけられているとしても、それには入る門戸に注意せよ』と。

日々の糧、得らるゝとも
理性は求む、われらの戸外に探さんことを。
人は運命を待たず死せざらんも
汝、龍《りゅう》の口に入るなかれ。

現在、私は狂暴な象をも襲撃し、荒れ狂うししと取組むこともできます。あゝお父さん！※ 私はもうこれ以上貧困に耐え切れませんから、旅行する方がよいと思います。

人は己の地位・場所を去りしとき
また何をか悲しまん、なべての世界彼の住居《すまい》なり。
夜到れば、富める者、それ〴〵†その館《やかた》に赴き
托鉢僧には、夜の來りし所、彼の宿なり。
〈神に仕える者、よそ人たらず東に西に

　彼の行く所、なべてが神の國なり。」

こう言ってから、父に別れのあいさつを述べ、祝福してから出發した。そうして獨語した。

　「腕ある者は、その運、意に適わざるとき
　その名の知られざる地に行くべし」と。

彼は旅を續けながら、ある河のほとりまで來た。その流れの烈しさは石と石とが打ち合い、そのとゞろきが數マイルの距離までひゞくくらいであった。

　　その恐るべき水は、水鳥にすら安全ならず
　その小さき波すら岸邊より石うすを押し流す。

一群の人々が、各〻一片の金貨を用意し、旅行用具を束ねながら、※渡し場にたゝずんでいるのが見えた。その若者には料金を支拂う手段もなく、たゞ神に祈るほかなかった。如何に嘆き悲しんでも誰も助けてくれなかった。不人情な船頭も、彼をあざ笑い、こう言いながら横を向いた。

　「〈文なしには、何人も力をかし難し
　されど汝にもし金あらば、力の要なし。」
　汝に金なくば、力もて河を渡り難し
　十人力も何の益かある、一人分の金を持ち來れ。」

若者は、船頭のいやみで立腹し、彼に仕返ししようとした。船は出てしまった。そこで、彼は絶叫した。「もしも、ぼくが着ているこの着物で辛抱してくれるなら構わんぞ」と。船頭は、着物*が欲しかったので、船を引きもどした。

欲は利口者の眼を縫う
欲は鳥と魚をわなにもたらす。

若者の手が、船頭*のあごとのど首に届くや否や、船頭を自分の方へ引き寄せて、情け容赦もなく打ちのめし、加勢しようとて船から出て來たその仲間†も、同様な目にあって船に引きかえした†。船頭らは、仲直りを申出て料金を默許するほかに方法がなかった。すべて親切は慈善である※。

汝、爭いを見なば耐え忍べ
やさしさは爭いのとびらを閉ざすものなれば。
〔汝、爭いを見なば穩かなれ
鋭き劍は軟き絹を斷ち得ず。〕

甘き言葉・穩かさ・朗かさもて
汝は頭髪にて象を引くを得べし。

船頭たちは、先刻の謝罪をするために、彼の足もとにひざまずき、頭と眼とに僞善的な接ぷんをしてから、船に乘せて出發した。そうして、遂に河の中に立っているギリシャ建築の柱の所に到達したのであった。船頭は言った。「船が損傷を受けたんで、貴方がたのうちで一番勇敢な人†

を、この柱に登らせ、わしらが修繕†するまで、船の綱を取ってもらわにゃならんが」と。若者は、常々勇氣を誇っていたので、氣持を損った敵の事も考えず、また聖賢たちの言っている金言も採り入れもしなかった。※すなわち、『汝が一度、人の心※に悲嘆を與えれば、その後、たとえ百の喜びを與えるとも、先きの一つに對する復しゅうに氣を許してはいけない。槍は、たとえ*傷から抜き取られても、その悲しみが心に殘るから』というのに。（一四二）

良くこそ言いたり、ヤクターシュはヘイルターシュに

『汝もし敵をかきむしらば、
安んずるなかれ、汝もまた惱むべければ
汝の手もて、一つの心苦しむとき。
石を城壁に投ずるなかれ
石また城より來らん。』

彼が、船の綱を腕で巻き、柱の上に達したと見るや、船頭は、彼の手から綱を奪い取って船を出した。その氣の毒な男は、びっくり仰天した。二日間というもの、悲痛困苦に堪えつゝ、非常に難儀した。※三日目には、眠氣に胸ぐらを捕えられ、河の中に投げ込まれた。一晝夜してから、命から〲對岸にたどり着いたのであった。木の葉や草の根を引いて食べているうちに、幾分力を取りもどしたので、沙漠へ行く氣になった。のどが渇いて力が無くなるまで歩みつゞけたが、とう〱井戸のある所へ出られた。人々がそこに群がりながら、小錢を出して一杯の水を飲んで

いた。若者は、無一物であったから水を懇請するとともに、窮状を訴えてみたものの、誰一人同情してくれなかった。遂に彼は暴力を振ったが、それでも水を得られなかった。勢い、※数人の者をなぐり倒したところ、人々に抵抗され、逆にむごく打たれて、とう〳〵負傷してしまった。

　ぶよ群がれば象をも襲う
その巨大と威風とにかゝわらず。†
　小さきありに機《おり》あらば
猛きししの皮膚をも裂く。

若者は、必要あって、ある隊商に附いて行くことになった。夕暮どきに、盗賊の危険のある場所に到着した。若者は、隊商たちが手足を震わして、死ぬほど心配しているのを見て、「心配しなさんな、ぼくもこの中の一人なんだ。※ぼくだけで五十人と張合うし、ほかの若者たちも加勢するだろうから」と言った。こう言われると、隊商の人達は、若者の自慢で心強くなり、そのつき合いを喜んで、糧食や水など必要な援助をしてやった。若者の胃の火は燃えさかり、忍耐力の手綱は手から離れた。がつ〳〵しながらむさぼり食って、後で*水を飲むと、彼の内なる悪魔が静まり、睡眠が忍び寄って來て横になってしまった。その隊商*の中にいた經驗の深い老人が、「おゝ仲間たち！　わしは盗賊どもよりも、もっと君たちの護衛をする者の方がこわいんだよ。(一四三)人々の話によると、あるベドウィン族のアラビヤ人が、小金をためていたため、夜、ローリー人どものことが氣になって、自分の家で眠れぬというのだ。そこで、その男は孤獨の不安から免れるために、友人の一人を自分の所に呼び寄せて、その者と數晩一緒に過した。ところが、その友人は、彼の※金の事を聞くと直ぐ全部*持去って※消費し、旅立ってしまったのだ。翌朝、人々は、そのアラビヤ※人が盜難に遭って涙を流しているのを見たので訊いてみた。『一體、どうしたというんだ。多分、どろ棒が君のお金を持去ったんだろう』と。アラビヤ人は、『そうじゃないんですよ。決して。番人が持去ったんです』と答えた。

われ斷じてへびに†心を許さず
彼の性《さが》を知りたれば。

友をよそおえる
敵の齒による傷は、より惡性なり。

この男が、機會を捕えて、その仲間どもに知らせるために、欺いてわれ〳〵の間にもぐり込んだ盜賊團の一人かどうかということが、どうして分りますか。だから、この男を置去りにして追※っ拂うため、眠らしておくのが得策と思う。」年少者たち†には、老人の忠告が實際と思われ、拳鬪家に警戒心を持つようになった。そして、とう〳〵荷物を取りまとめ、若者の眠るがまゝに置去ったのであった。若者は、太陽が肩の上に輝くのに氣附くと、頭を上げ、隊商が去ってしまったのを知った†。氣の毒な若者は、道を見付けることが出來ないで、長い間さまよったのである。飲まず食わずで、ついに地面に寢ころんで、失望落膽して言った。

「誰かわれと語らん、黄色のらくだ去りし今外國人《とつくにびと》には外國人のほかに友なし。
　人は外來人に酷なり
　外國の旅を多くなさざる。」

　氣の毒な若者が、こうしたことを言っていると、獲物を追っているうちに從者たちから遠くはぐれた一人の王子が面前に現れて、その言葉*を聞いた。そうして、彼の顔を見たところ、美しく悲しそうなので、王子は、「どこから來たか。また、どうしてこんな所へ來合せたのか」と尋ねた。若者は、自分の身にふりかゝった事柄を少し説明した。王子は、その悲慘な有様に同情して、名譽の衣と財産を與え、若者の町にたどり着けるよう、信頼するに足る人を附けてやった。父は息子を見て喜び、無事で安全だったことに謝意を表した。夜分、息子は船で起ったこと、船頭の暴行、井戸端での村人たちの冷酷ぶり、道中*での隊商の裏切り（一四四）などを父に話した。父は言った。

「まあ息子！　わしは出發の時に、お前に言わなんだかな。空手の人達には折角の勇敢な手も縛られているし、ししのようなその足も折れているんだということをさ。

　よくも言いたり。その空手の鬪士は
　一粒の黄金は五十マンの力にまさると。」

　息子は答えた。「あゝお父さん！　確かに苦勞※がなくては寶は得られないし、命がけでなければ敵に勝てません。また、種子をまかねば收穫が得られません。私がわずかな苦勞でどんな樂しみを得たか、また私が受けた針でどれほど蜜の蓄積をもたらしたかを、貴方は御覧になりませんか。

たとえ神の許したもう以上には受け得ずとも
そを得んとする努力怠るなかれ。

眞珠採る人、もしわにの口を怖れなば
よもや貴き珠《たま》を得まじ。

下部の石うすは動きません。だから重荷に堪え得るんですよ。

猛きししは、ほら穴の底に何をか食す
落ちたるたかに何の力ぞある。
汝もし、家にて獲物を得んとせば
汝の手や足はくもの如くなるべし。」

父は言った。「おゝ息子よ！この度は、天がお前を助け、幸運に導かれたので、〔お前のばらをとげから、またお前のとげを足から引抜くことが出來た。〕金持がお前にめぐり合って贈物をしてくれ、お前の打ちひしがれた狀態を親切に面倒見て、いやしてくれたのだ。こんな機會は、めったにしかない。まれな出來事で、事を判斷するわけにはゆかんぞ。もう二度と、この貪慾に囚われることのないよう注意することだ。[一四五]

獵師、常に獲物を得るとは限らず

いつかとらのえじきとなることもありぬべし。」

同じようなことが、ペルシャ王の一人――最高の神よ彼を守らせたまえ*――に起った。王は指環にはめた高價な寶石を持っていたが、ある時、氣晴らしのために、特に寵愛していた數人の者と共に、モサッラー・エ・シーラーズ(二四六)に出かけ、誰でも矢をもって指環の輪を射抜いた者に其れをやるからとて、指環をアゾドの圓屋根の上に置くように命じた。たま〳〵王に侍っていた四百人もの巧みな射手たちは皆射損じてしまった。しかしながら、一人の少年が、僧院の平屋根の上で、出たらめに四方から射續けたが、朝の微風に惠まれて、彼の矢が指環の輪を貫いたのであった。少年は名譽の衣*と財寶とを受け、また指環も與えられた。彼は弓と矢を燒き捨てたと言*われる。人々が、「何でそんなことをしたのか」と問うたところ、「最初の榮えが永續きするように」と答えた。

時には、輝かしき意見を持てる賢人も
計畫を誤ることあるべし。
時には、經驗なき少年も
誤りて的を射止むることあるべし。

物　語（その三十）

ある托鉢僧の話を聞いた。その托鉢僧は、穴倉の中に坐しながら世人から門を閉ざし、王も金持※も彼の慈悲深い眼には偉くも尊く※もうつらなかった。

　自ら物ごいのとびらを開くものは
　死する時まで貧困なるべし。
　欲望を捨てよ、支配せよ王者の如く
　欲なき首は高し。

その地方のある王が、如何に人々[一四七]の慈悲心と徳義心とに期待をかけているかは、長老《シェイフ》がわしとパン*と鹽を共にすることを承諾して欲しいほどだとほのめかしたところから、長老は、招待を受諾することは教祖の習慣法と一致するので、承諾を与えた。翌日、王は彼に近づく口實で訪問に出かけたところ、行者は起上り、王を抱擁し、親切にし、かつほめたゝえた。王が立去*って見えなくなると、その仲間の一人が、「君が今日、王様にした親切ぶりは習慣に反し、ほかに見たことがないが」と、長老*に尋ねたので、彼は答えた。「こう言われているのを聞いたことがありませんか。

　『汝、人の食卓につくとき
　敬意のために起立するは義務なり』と。」

　耳は終生聞かざることあるべし
　太鼓・びわ・横笛の音を。

眼は庭のながめを無視し
鼻はばらや水仙(一四八)の香りなくとも事足らん。
たとえ、まくらは羽毛もて詰めざるとも
頭の下に陶器†もても眠り得べし。
よしんば、添伏の佳人なくとも
手を自らの胸に置くを得べし。
されど、この曲りくねりたる卑しき胃袋は
食なしには忍ぶ能わず一四九。

第四章　沈黙の益について

物　語（その一）

私が友人の一人に、「話をするとき、多くの場合、善いことと悪いこととが話題に上るが、敵どもの眼は悪いこと以外は見ないから、ぼくは話すのを慎しむことにした」と言ったら、友人は「善いことを見ようとしない敵はまだましですよ」と答えた。

敵意の兄弟は正しき人の側をよぎらず
彼の虚僞と虚飾とをとがめずして。

敵意ある眼に、美徳は最大の缺點なり
サァディーはばらなり、その敵の眼にはとげたらん。

世界を照らす光の泉も
盲のもぐらもちには醜悪ならん。

物語（その二）

ある商人が、一千ディナールの損害をこうむった。息子に向って、「この事は誰にも話してはいかんぞ」と言ったら、「おゝお父さん！ お言附けですから話しませんが、内證にして置くことがどうして良いのか聞かして欲しいんです」と問うた。父は、「二重の不幸を招かぬように。つまり一つは金を失ったこと、もう一つは近所隣りの人達を悦ばすことだ」と答えた。

　語るなかれ、敵どもに自らの嘆きを
　彼ら「仕方なし」と言いながら喜べばなり。

物語（その三）

學者たちの會合に出席する程に學識人格の極めて優れ、明敏な思慮分別のある若者がいたが、その若者はふだん口を閉じて語らなかった。ある時、父が、「おゝ息子よ！ お前もまた、知っていることを言ってごらん」†と言ったら、「私は、自分が知らないことを訊かれて、恥をかくのを恐れて語らないんです」と答えた。

　君聞かずや†、あるスーフィー派の人
　自らの木靴に數本のくぎを打ちしを。
　ある役人の、彼のそでをひきて言いける

「來れ、わが馬に金ぐつをはめよ」と。

〔語らざる限り、誰も汝と用を達し難し
されど、語るとき、その證《あかし》をもたらせ。〕

物　語（その四）

ある尊敬すべき學者が、たまく不信心者――彼らの各ゝに神ののろいあれ――の一人と論爭を起したが、議論は思わしくなかったので、打切って引下った。ある人が、「あなたは、それ程の學識を持ちながら、不信心者との議論※がうまくゆかぬなんてどうしたんですか」と尋ねると、學者はこう答えた。「私の學問はコラーンであり、傳承《ハディース》であり、祖先の言葉なんです。彼はそれらを信じようとも、また聞こうともしないんです。彼の悪口を聞いて、私に何が役立ちましょう。

コラーンや傳承《ハバル》もて、なおも心服せざる者には
彼への最上の答えは默するにあり。」

物　語（その五）

醫者ガレン*(一五〇)は、ある馬鹿者が一人の賢人のえり首を捕え†、亂暴しながら次のような事を言っているのを目撃した。「もし、この人が本當に愚かでないなら、馬鹿者相手に事をこゝに至らす筈

がない。人々も言っている。*

『二人の賢しき者には恨みも争いもなし
賢しき者は卑しき者と争わず。
よしんば、愚かなる者、粗暴に語るとも
賢しき人、穏かに心を和らげん。
二人の聖者は一本の髪を破らず
片意地なる人と温和なる人との間もまた然り。
されど、兩者ともに愚かなるとき
たとえ、鎖あるとも斷ち切らん。
ある意地悪き者、他をのゝしれり
彼、そを忍びて答えけるは、『おゝ生れ良き人よ！
われ更に悪し。汝の言わんとするよりも
われ汝の知らざる缺點を自ら知ればなり』と。」

物　語（その六）

サフバーネ・ヴァーエル（一五一）は、その雄辯にかけては實に無敵であった。彼は、會合の席上で一年間話しても言葉の反復をせず、もし同じ言葉が起れば別な述べ方をしたものであったが、これがまた諸侯に仕える廷臣たちの作法の一つでもあった。

　言葉は、たとえ魅力あり美しきものなるとも
　また眞實性と賞讃とに値するものなるとも、
　ひとたび語らば、二度とくり返すなかれ
　ひとたび菓子を食さば、それにて足らん。

物　語（その七）

私は、一人の賢人が、「他人の話中、まだ終りもしないうちから話を始める人を除いては、誰も自分の愚かさを自ら告白しない」と言っているのを聞いた。

　言葉には始めあり、おゝ賢人よ！　また終りあり
　言葉に言葉を混ずるなかれ。
　分別・見識・才智の持主ならば
　語らず、沈黙を見るまでは。

物　語（その八）

ソルターン*・マフムード（一五二）の召使たちが、ハサネ・マイマンディー（一五三）に向って、「今日、王様は、某事件について、貴方に何を仰せになったのですか」と尋ねた。すると、マイマンディーは、「お前

たちにさえ隠せないのか」と言った。召使らは、「王國の玉座の守護であり、*國策上の相談役である*貴方に仰せられる事柄を、われ〳〵風情に告げられるなんて、許されるはずがありません」と答えた。「それなら、わしが誰*にも言わぬということを信頼されてのことだのに、どうして質問するのか」ときめつけた。

智者は知れるだけの語を他言せず
王者の祕密もて、自らの頭を賭するはふさわしからず。

物　語（その九）

私は、一軒の家を購入する契約を結ぶことをためらっていた。その時、あるユダヤ人が、「私はこの邊の古*い家主の一人なんだが、この家の間取りについては、私にお尋ねなさい。格別缺點もありませんから、お買いになったらよろしいです」と言った。そこで、私は答えた。「あんたが、ぼくの近所の人でなければね。

家は、汝の如き隣人のあるかぎり
惡貨の十デラム銀貨にて可なり。
されど、見込みあるべし
汝の死後には、一千に價すべき。」

物語（その十）

ある詩人が、盗賊の親方の許に來て、※頌詩《しようし》を吟じた。親分は、その着物をはぎ取り、村から追※拂うように命じた。氣の毒なその人は、冬だのに裸になって立去った。※その背後に、犬どもが追い迫ったので、石を拾い上げて犬どもを撃退※しようとしたが、石は地面に凍りついていた。悲しくなって、「こいつらは、何と見下げた人間だろう。犬を放って石をくくりつけて置くなんて」と言った。これを露臺からながめ、かつ聞きつけた親分は、笑いながら、「あゝ哲學者さん！わしに何か所望しなさいよ」と言った。そこで、詩人は答えた。「自分の着物が欲しいんだ。それを褒美《ほうび》にくれるんなら。

われらはたゞ逃るれば足るべし、汝の贈物代りに。

人は慈善を期待すれども
われは汝の慈善を期待せず、たゞ悪をもたらすなかれ。」

盗賊の親分は、彼を氣の毒がり、着物を返すよう命じたうえ、それに毛皮の着物と若干の金錢を添えてやった。

物語（その十一）

ある占星師が、自分の家には入ったところ、一人の見知らぬ男が自分の妻と親しそうに坐っているのを見て、その男を野卑な言葉でのゝしったので、騒動が持ち上った。ある聖者が、この事を知って言った。

「汝、如何でか知り得ん、天の頂きに何あるや
汝の家に誰あるやすら知らざるに。」

物語（その十二）

ある説教家が、耳障りな聲を美聲と思い込み、無暗に大聲を張り上げていた。言わば、遠く隔ったからすのしわがれ聲が彼の長音階に當てはまり、あるいはコラーンの詩句〝實に聲の最も不快なるは、ろばの聲なり〟*が、彼に當てはまるのであった。

説教家アブール†・ファワーレス（一五四）ほゆるとき
彼の騒々しさはペルシャのエスタホル（一五五）をも揺がす。

村の人たちは、説教家の地位を考えて苦痛を忍び、彼をいじめることを良い事と認めなかった。そのうちに、彼に個人的な悪感情を抱いていたその地方の説教家が、ある時、彼に質問するためにやって來て、「あなたのことを夢に見たんだが、善い結果になってほしいものだ」†と言った。「どんな夢ですか」と訊いたら、「私はあなたが美聲を持ち、人々が樂しんでいるのを見たんですよ」と答えた。説教家は暫く考え込んでから言った。「あなたの見られたのは、仕合せな夢です。

なぜなら、あなたは、私に自分の缺點を知らして下さいました。私が不快な聲をして、人々が私の高※い聲で讀むのを苦にしていたことがわかりました。今後は低い聲でなければ※、説教するのを†ひかえましょう。

　われは友との交りを悲しむ
　わが惡風をば美と見せ、
　わが缺點をば長所や完全と見
　わがとげをばばらやジャスミンと見せるなり。
　大膽にして恐れざる敵はいずこぞ
　わが缺點をわれに指し示すべき。」

物　語（その十三）

ある人が、サンジャール（一五六）の寺院で、聞き手の憎惡するような聲で、勝手に祈りの時刻*を知らせていた。その寺の持主は、正しい親切な貴人《アミール》であったが、その男を悲しませることを望まなかったので、「おゝ若者よ！　この寺には、古くからのモアッゼンが居り、めい／＼に五ディナールの給料*を當てがっている。しかし、今*、あんたが他所へ行ってくれるなら十ディナール差し上げよう」と言った。彼は、この言葉*に賛成して立去った。暫く經ってから、その男は再びその貴人の所へもどって來て、「あゝ御主人！　あなたはこゝから十ディナールで私を追い出し、私に損害をかけましたが、今度、*私が行った所では、私に他の所へ行くなら二十ディナールくれるというんですが、私は承諾しませんでした」と言った。貴人は大笑いして言った。「受け容れぬように氣をつけなさい。直ぐまた、*五十ディナール*でも構わんというかも知れんからな。

おのもて、堅き石面《いしづら》より土をかき落し難し
汝の雄叫びの、魂をかきむしるが如く。」

物　語（その十四）

あるしわがれ聲の人が、聲を張り上げてコラーンを讀んでいた。一人の聖者が、その側を通りかゝって、「月給は幾らか」と問うたら、「無給です」と答えた。「では、何でこんなに苦労するのだ」と重ねて訊いたら、「神様のために讀んでいるのです」と答えた。「神のためなら讀まんがいゝぞ。

汝もし、かくコラーンを讀むならば
回教《モサルマーニー》の光彩を奪い去らん。」

第五章　戀愛と青春について

物語（その一）

「ソルターン・マフムードは、そのいずれもが世界の驚異であるほどの美しい奴隷を澤山持っていながら、そんなに美しくもないイヤーズ程には誰にも心を傾け寵愛※しなかったというのは、どういうわけなんでしょう」と、人々がハサン・マイマンディーに訊いた。彼は答えた。「何でも心をひくものは、美しく見えるということを聞かんのか。

王の心にかないなば
たとえ、悪事をなすとも善となるべし。
王の拒みしものならば
王家の誰人にも愛されず。

人、もし憎悪の眼もて見るならば
ヨセフ*すらも醜ならん。
もし欲求の眼もて悪魔を見るならば

その眼には天使とも天童とも見えん。」

物　語（その二）

ある紳士が、珍らしく美しい一人の奴隷を持っていて、友情と誠實を盡してながめていたが、その友人の一人に向って、「あゝ！　美しさと善い素質†を持っているこの奴隷が、もしおしゃべりで粗暴でさえなかったら*どんなによかろうに」と言った。それで、友人が次のように答えたといわれる。「おゝ兄弟よ！　すでに友情を告白した以上、服從を期待してはいかんよ。愛する者と愛される者との間では、主人と奴隷の關係はおしまいだ。

主人《あるじ》、愛らしきしもべとともに
戯れ、笑いさゞめくとき、
何の不思議ぞある、しもべ主人の如く命令し
主人、しもべの如く追從の重荷を忍ぶに。
〈奴隷は水を運び、煉瓦を作るべし
愛らしきしもべは拳闘家たらん。〉」

物　語（その三）

私は、ある人の情愛におぼれ、我慢する力も無ければ、話しかけるだけの大膽さも持†たない一人の行者を見た。いくら非難され、また損害を受けても、愛着を捨てるとは言わず、次のように言うのであった。

「われ、汝のもすそより手を引かず
たとえ、鋭き劍もて、よしわれを打つとも。
汝のほかには、われに避難所なし。
われ、汝にのみ逃げ得べし、もし逃ぐるならば。」

ある時、私は彼を非難して、「君の尊い知性が卑しい心に壓服されるなんて、一體どうしたんだ」と言ってやったら、暫く思案した後に言った。

「いずこにせよ、戀愛の君主來る所、
聖なる腕の力に機會なし。
みじめなる手もて、いかで淸きもすそをつかみ得ん
そのえり首までどろに落ちし者なるに。」

物　語（その四）

一五七
ある人が失戀の果て、その魅惑されるものはたゞ危險な場所、つまり死であった。一杯の食も口に入らず、一羽の鳥も網にかゝる見込みはなかった。

愛人の眼に、汝の黄金入らざるとき
黄金も土塊《つちくれ》も汝には等し。

ある時※、友人たちが*、彼に、「こんな馬鹿々々しい考えはよしたまえ。多くの人たちが、君のように情慾に囚われ、足を鎖《くさり》につないでいるのだ」と忠告したら、彼は嘆いて言った。

「わが友たちよ！　われに忠告するなかれ
わが眼は彼の意志の上にのみあれば。
戰士たちは、手と肩との力もて敵を殺せど
美しき者はその友を滅ぼすなり。

死を怖れて、愛する人たちの情愛から心をそらすことは、愛のおきてに反します。

己に囚わるゝ汝は
戀の戯れに虚言者たるべし。
友に近づく道なくば
そを追いて死ぬるは、愛のおきてなり。

【われは起つべし、われに策なきとき
たとえ劍や弓もて、敵のわれを打たんとも。】

もし、手屆かば彼のそでを捕えん。
然らざれば、われ行きて彼の敷居に死なん。」

親戚縁者たちが、彼の事を思い、その有様に同情し、忠告を與え、遂には拘束してみたが、何のかいもなかった。

〔戒めは、たとえ千の益あるとも
ひとたび戀到れば、何の餘地ぞある。〕

あゝ痛まし！ 醫師は[一五八]藥を盛れど
この飢えたる情慾は砂糖を求む。

君聞きしや、戀人ひそかに
戀を失いし人に言いけるを。
「君に自身の尊厳ある限り
わが如何なる威厳ありや、君の眼には。」

彼の魅惑の對象であった王子は、かように人々から知らされた。「陽氣でさわやかな話振りの青年が、†上品な言葉を話しながら、†よくこの野原へやって來るのだが、彼が奇妙な戯言を言うところを見ると、どうも氣が狂っているように思われる」と。その青年から愛されていることを、またこの禍の埃《ほこり》を立たせた元が自分であることを知っていた王子は、馬を彼の方へ走らせた。若者は、王子が自分に近づこうとしているのを見て泣いて言った。

「われを殺せるその人は、再び歸り來ぬ
自ら殺せし者をあわれみてや。」

王子は、彼を慰め、「どこから來ましたか。何という名前ですか。どんな技《わざ》を知っていますか」と尋ねたにも拘らず、氣の毒な若者は、*愛の深海におぼれていたので、†話す力も持たなかった。賢人たちが言っている。*

たとえ、七つの章(一五九)を暗記するとも
戀に狂うとき、「いろは《アレフ・ベー・テー》」すら知らず。

「どうして、ぼくに話さんのです。ぼくも、托鉢僧の集いに屬するばかりでなく、彼らの忠實なしもべなんだからね」と、王子が言った。すると、漸く愛する人の溫い情で愛の波打ちから頭をもたげて言った。

「君と共に、わが生くるは不思議ならずや
君語らえば、われもまた語らん。」

彼は、こう叫びながら死んでしまった。

愛人の館《やかた》の戸口に殺さるゝは驚くに足らず
されど彼もし生きて魂を持ち歸らば驚くに足らん。

物　語（その五）

ある教師が、人間的な感情からして、非常に美しい姿と美しい聲を持った一人の生徒に心を傾け、彼が獨りで居るのを見つけると、よく次のような詩を吟ずるのであった。†

　おゝ天使の顔せる者よ！　われは汝に心ひかる
　自らのおもいにて、わが心に浮ばざるほどに。
　汝より、わが眼をふさぐ能わず
　たとえ、眼前に矢の來るを見るとも。

ある時、少年は彼に言った。「私の學修態度※を御覧下さると同じように、私の精神的方面も御指導願います。もしも、私の行儀が、たとえ私には好もしく見えても、貴方が好もしくないとお認めでしたら、それを私にお知らせ下さい。私はそれを改めるように努めますから」と。「おゝ少年よ※！　この事は他の者に訊き給え。ぼくが君を見る眼は、たゞ美點より見えないのだから。」と彼は答えた。

　悪意ある眼よ！　裂けよかし
　彼の美點を缺點と見なすところの。
　されど、汝もし一つの美點と七十の缺點を持つならば
　われは、その一つの美點より見ざるべし。

物語（その六）

ある夜、私の親愛なる一人の友が入口からは入って來たので、われ知らず、席から飛び上ったために、燈火がそでで消えたことがあった。

夢うつゝのうちに、彼の顏、暗夜を照らし
（夜もすがらわれを導けり、わが旅に伴う幽靈の如。
わが愛する人はわが許に來りぬ、輝きのうちに
われ言えり、「よくこそ來れ君の友へ、安らけき所へ。」

わが幸運に驚きぬ
かゝる富、いずこより來る。

そこで、彼は坐り、私が彼を見るなり、どうして燈火を消したのかと、私を非難しはじめた。私は答えた。一六〇「こういうわけです。一つは日の出だと思いました。もう一つは、私のこの對句が心に浮んだので。」

氣《け》うとき人、ろうそくの前に來るとき
起ちて人中に打ちのめすべし。
されど、もしそのほお笑み、そのくちびるの佳き人ならば

そのそでを取り、ろうそくを消すべし。」

物　語（その七）

友人に永らく會わなかった人[一六一]が、「どこへ行っていたんですか。ぼくが待ちこがれているのに」と言ったら、「こがれることは、きらうことよりいゝ」と返答された。

君、如何に遲かりしぞ、おゝ醉いたる戀人よ！
われ、しばし君がもすそを離さず。
久々に戀人をみるは
見飽きるよりもよし。[一六二]

戀人が親しい人々と一緒に訪ねて來ることは、いじめに來るようなものだ。ねたみと反感から免れ得ないから。

他人に伴われて、君のわれを訪うとき
たとえ、なごやかに來るとも君は爭いなり。

もし、わが戀人の、一瞬たりと敵らに混らば
わが餘命幾許もなかるべし、ねたみわが身を殺すべければ。
ほお笑みつゝ彼は答う。「われは集いの燈火《ともしび》なり、おゝサァディー[†]よ

蛾の自らを滅ぼすに、われは如何になすべきや。」

物　語（その八）

私は、その昔、自分と一友人とが、殼の中にある一對のはたんきょうの實のように、つき合っていたのを思い起す。たま〳〵、私は急に留守にすることになった。久振りで歸って來ると、彼は便りをくれなかったとて、私を非難し出した。それで、私は答えた。「君の美しさで、使いの者の眼が輝き、自分だけ損をするのが悲しかったんだ。

　わが古き友に告げよ。舌もて悔ましめざるよう
　劍もてしても、われ悔まざれば。
　われはうらやむ、心ゆくまゝ人の汝をながむるを
　われ再び言わん、何人も飽き足るを得まじと。

物　語（その九）

私は、一人の賢人が、ある人の愛※におぼれ、その祕密が公になったため†に、大いに迫害され、非常な忍從を餘儀なくされているのを見た。ある時、私が穩か†に、「君がその戀人の愛にひたることは別に罪ではなく、また愛に基いてのことで、何も卑しさからでないことを知ってはいるが、それにも拘らず※、自ら中傷を受けたり、粗暴な人々から迫害されたりするなんて、學者の威厳の

手前ふさわしくないことだ」といってやったら、彼はこう答えた。「おゝ友よ！　ぼくの運命のもずそから非難の手を取去って貰いたい。ぼくも度々君の考えているようなことを心配したが、結局彼に會うのを辛抱するよりも、彼の薄情を辛抱する方がまだしも易いのだ。聖賢たちも言っている。『戀人から眼をそらすよりも、心を苦しめる方が易い』と。」

彼なしに暮し得ざる者は
たとえ彼より辱しめらるゝとも、忍ばざるべからず。
ある日、われ彼に言える、[一六三]「心せよ、君の友に
いくそたび、われは悔みぬ、その日のことを。
友は友のために己を顧みず
われはわが心を彼の心に結べり。
彼、懇《ねんご》ろにわれをその許に招かんとも
はたまた嚴しくわれを拒まんとも、彼の意のまゝなり。」

〔心を戀人にさらす者は
あごひげを他人の手に委ぬるに似たり。
首に手綱を附け[一六四]しかもしかは
自ら歩む能わず。〕

物語（その十）

私の青春時代に起った事であるが、御存じの通り、私は、ある美しい若者が音樂的な聲と滿月のような容姿をしているので愛していた。

彼のほおの若草[一六五]は不朽の水もて培われ
甘やかなそのくちびるを見る者は、眞白き砂糖を味わうに似たり。

たま〳〵、わが意に反するような彼のある行動を見て取ったので、いとわしくなり、彼との交際*のもすそを引上げ、情愛の棋子《こま》を追いのけて言った。

「行きて汝に要るものを採れ
もし、わが願いを守らざれば、自らの意に従うべし。」

彼が立去る時、私はその言葉を聞いた。

「こうもり太陽と友たらずとも
太陽の輝きは減ぜず。」

こう言いながら、彼は旅立ったが、私の心は、その別離で動揺した。

われは友情の機を失えり
人は逸樂の價値を知らず、悲しみを得るまでは。

歸り來よ、しかしてわれを殺せ
汝の前に死するは、汝の後に生くるよりよし。

しかし、有難いことには、※彼は暫くしてから歸って來たが、そのダビデのような音樂的な聲は變り、ヨセフのような美しさも失せ、彼のあごのりんごはマルメロの實のように埃《ほこり》を被り、美の輝きは損われていた。彼は私の抱擁を期待したが、私はわきに押しのけて言った。

（汝が青春の花薫る頃
汝は追いぬ、汝を見んとする者を。
されど今日し、汝は安らかに歸り來りぬ
口ひげ、あごひげを蓄えつゝ。）

汝が綠なす春の葉は黃ばめり†
なべをかくるなかれ、わが火は冷えたれば。
汝の自負と虛飾は何時までぞ
思わずや、汝の力過ぎたるを。
汝を求むる人の許に行くべし
汝を購わん者を愛すべし。
人々の言う、「庭の野菜は愛《いと》し」とや

かく言いし人はそを知れり。
すなわち、美しき人々の顔のうぶ毛は
戀人の心をより多く求む。
汝の花園にはにらの床《とこ》あり
そを摘めば摘むほどに生い茂るなり。

【過ぐる年、汝はかもしかの如く行けり
されど今しひょうの如く歸り來りぬ。
サァディーは若者のうぶ毛（一六六）*を愛す
かゞり針の如きひげには非ず。】

あごひげを忍ぶと忍ばざる（一六七）にせよ
この美しき日の寶は果つべし。
わが生命《いのち》に力あらば、汝があごひげにあるが如き
最期の審判《さばき》の來るまで、われ死することあるまじ。

われ問うていわく、「君が面《おも》の美しさ如何になりしや

(一六八)小蟻は月の周圍に荒立てり」と。
彼は答えぬ、「われ知らず、わが顔の如何になりしや
たゞわれ、わが美の失せし嘆きに喪服をまとうのみ。」

物　語（その十一）(一六九)

人々が、バグダードのある住民に、人間について意見を求めたところ、その答えはこうであった。「人は美しい間は生意氣で良くないが、見すぼらしくなると溫和になる。つまり、綺麗できゃしゃである間は粗暴であり冷酷であるが、それが役立たなくなると、丁寧になり粗野でなくなるのだ†。

ひげ無き若者、美しく愛らしきとき
言葉すげなく、氣むずかし。
されど、あごひげ生え成人なせば
社交に入り、友情を求む。」

物　語（その十二）

人々が、ある學者に、「一人の者が、月のような美人と密室に坐し、戸という戸は閉め切られて、見張人†たちは皆眠りこけ、情慾は激し、煩惱に征服され、アラビヤ人が、『なつめやしの實は

熟し、見張人は制止しない』というような場合、人は禁慾の腕の力*によって、無事にそれから逃れ得るだろうか」と尋ねたら、學者はこう答えた。「たとえ、月のような美人たちから完全に逃れ得ても、惡口屋たちの舌*から非難*されずに逃れられまい。

たとえ、人は自らの劣情より安かりとも
敵手の惡意より安からず。
人は己を制し得べし
されど、人の舌を制し難し。」

一七〇

物語（その十三）

からすと一緒に鳥かごの中に入れられたおうむは、相手の風采が醜いのをひどく苦にして言った。「これはまた、何といういやな顔附、不快な風采、また不調和な作法であることと！　おゝ遠國からの渡りがらす君！　あゝ、ぼくと君との間には、東と西ぐらいの距離があってくれればよいが！

目覺めに汝の顔をみるとき
平和なる朝も、暗き夕暮に變ずべし。
汝が如き不吉者は、汝のともがらのうちに在れ世界のいずこに見出さん、汝が如きを。」

奇妙なことには、からすもまたおうむとの近づきをいやがった。そうして、いら立ちながら運命の浮沈をかこつのであった。彼は、失望のけずめを互いにこすりつゝ言った。「これはまた何という悪運であり、カメレオンのような時勢なんだ！　ほかのからすと一緒に庭のかきの上を威張って歩いていた方が、ぼくの威厳にふさわしかったのだ。

もはや十分ぞ、聖き者に、この監禁は
※道樂者と馬小屋に居るのみにて。

本當に、こんなうぬぼれの強い恥知らずのつまらない馬鹿者と一緒につき合い†ながら責苦のうちに暮し、こんな監禁と禍とに苦しめられなければならぬなんて、一體ぼくは何うしたというのだろう。

何人も壁の側に近づくまじ
その上に、汝の姿書かるゝとき。
もし汝の住居《すまい》、天國に在るならば
他の者は地獄を選ばん。」

このたとえ話の引用※は、賢人が如何に愚者をきらうにしても、愚者もまた賢人との*つき合いを、更に百倍※もきらうことを知らせるためのものである。

ある行者、道樂者らと歌舞※會を共にしぬ

その中のバルホ（一七一）の美人は言いぬ。
「たとえ、われらに飽きたりとて、苦《にが》り切るなかれ
われらの間には、汝もまた苦ければ。」

ばらとチューリップ、共に混る集いに
汝は、その中に生えし枯木にも似たり。
あるは逆巻く風、あるは嚴しき寒さにも似たり
あるは積れる雪、凍結せる氷ならずや。

物語（その十四）

私は、ある友人と多年一緒に旅行し、米鹽を共にしつゝ度※り知れないほどの深い友情を誓い合った。ところが、遂にちょっとした事で（一七二）、私が氣を損ね、われ〳〵の交遊は終ることになった。それにも拘らず、雙方に未だ愛着が残っていたのは、ある時、彼が次のような私の作った二つの對句を、ある會合の席で吟ずるのを聞いたからである。

「わが戀人の、美しきほお笑みもて入り來れば
傷つける者の傷に、なおも鹽をふりかくるなり。
何たる幸ぞ！ 彼女の巻毛の端、わが手に落つるとき

氣前よき人らのそで、貧しき者の手に落つるが如く。」

一群の友人たちは、この言葉の優雅なこと――詩そのものの性格が優秀なせいではあるが――を證明*し、ほめそやした。彼もまた、この詩文を激賞し、古くからの交遊を失ったことを悔み、自分の過誤を告白した。彼の方から熱望していることが私に分ったので、このような二三の對句を送って和解した。

われらの間に、友情の契りなかりしや
汝はわれをさいなみ、契りを破りぬ。
一度は、われ汝に心を結びぬ、世を打捨て
われは知らざりき、汝かくも速かに變らんとは。
されど、もしなお和解を欲せば歸り來れ
ありし時よりも更に喜び迎うれば。

物　語（その十五）

ある人の若※くて美しい妻が死亡したが、妻の年老いた母親は、持參金のため家に留まることになった。男は彼女とのつき合いで死ぬ程つらかったが、一團の友人が悔みに彼を訪ねて來るまで、※他に方法がなかった。友人の*一人が、「愛する人と死別してどうです」と尋ねると、こう答えた。

「妻が見られないことは、妻の母を見ることほどつらくはないよ。

ばらはちぎられ、とげは殘れり
寶は取去られ、へびは殘れり。〔一七三〕
眼は槍の先を見るをよしとす
敵手らの顔を見るよりは。
一千の友と斷つはよし
汝の一人の敵を見ざらんがために。」

物語（その十六）

私がまだ若かった頃、ある町を通るとき、一人の美人を見たのを覺えている。折から七月のこととて、暑熱のためにのどが渇き、息づまるような暑苦しい疾風で、骨の髄まで煮えたぎるようであった。氣の弱いために、私は正午の太陽の熱に耐えられず、誰かが七月の暑熱を私から追い拂い、氷水*で消してくれるのを期待しながら、私はとある壁の蔭に避難した。すると、突然、家の玄關の暗がりから光が輝き出した。つまり、一人の美人が——その美しさは、如何なる雄辯な舌も說明できない——が、丁度、暗い夜が明けるように、あるいはまた、不滅の水が暗がりからわき出るようにして、砂糖と果汁を混ぜた氷水のコップを手にしながら現れたのであった。彼女が、其れをばら水で薫らしたか、あるいは彼女の顔の花から數滴したゝり落ちたか、私は知らない。間もなく彼女の麗しい手からぶどう酒†を取り上げて飲み、生氣を取りもどしたのであった。

そうして言った。*

「わが心の渇きは消されず
　冷き清水の一飲みもても、また海を飲めばとて。

如何ばかり樂しからまし、その幸運者は
朝な朝な、か丶る花の顏《かんばせ》にまみえ得る。
酒に醉える者、夜半にまた目覺むべし
されど酒くみ人に醉える者は、最期の審判《さばき》日の朝まで目覺めず。」

物語（その十七）

ある年、モハムマド・ハーラズム王（一七四）──彼の上に神の慈悲あれ※──が、ある目的のために、ハター（一七五）の王と平和を結んだ。カーシガル（一七六）の寺院には入ったところ、次の詩に述べられているような、如何にも身體の均齊が能くとれて美しい文法學者†である一人の若者を見つけた。

†汝の師は汝に教えしや、すべての手管を、惱殺を
また殘酷を、追從を、非難を、暴虐を。
われかつて見ざりき、か丶る美しき姿・氣質・背丈・行爲の人を
か丶るならわしを小仙女より學びしか。

彼はザマホシャリー（一七七）の文法書の序文を手にしながら、「ゼィド（一七八）はアムルを打ち、アムルの攻撃者となった」と讀み續けていた。私は、「おゝ若者！ハーラズムとハターとは平和を結んだのに、ゼィドとアムルはまだ爭っているのかね」と言ってやった。彼は笑って、私の生地を訊いたから、「シーラーズの聖地」と答えた。するとまた、「何かサァディーの詩をお持ちですか†」と訊かれたので、アラビヤ語でこう答えてやった。

「われは文法家に惱まさる。彼はわれを猛襲するなり
アムルと鬪うゼィドの如く。
彼は夢中にもすそを引きずりて、その頭をもたげず
いかでか向上せん、他に引きずられつゝ。」

彼は、暫く思案してから、「あの人の詩の大部分は、この國では※ペルシャ語で行われていますから、ペルシャ語で言ってもらえば、一層わかりやすいでしょう。人々には、その理解力に應じて話して下さい」と言うから、私はこう答えた。

「汝の心、文法にひかるゝ限り
わが心、よく忍ぶ†能わず。
おゝ戀人らの心は、汝がわなの獲物なり
われは汝に夢中なり、されど汝はアムルとゼィドとに。」

明くる朝、私が旅立ちの準備をしていると、私がサァディーであることを、人々†が彼に告げた

らしく、彼が走って來て親切にし、「こんなに永く御滞在なさりながら、なぜ※、ぼくがサァディーだと仰言って下さらなかったんでしょう。こんな偉い方のお出でを感謝するために、どんな奉仕でもする用意をしましたものを」と嘆くので、私はこう答えた。

「汝在るに、『それはわれなり』と告げ得んや。」

彼がまた、「如何です。この國※に、もう暫く†お留まりになっては。われ〱もお仕えして得をしますし」と言うから、私はこう答えた。「わしには、次のような逸話のため、それが出來ないんだ。

われは見たり、ある山國に偉大なる人を
彼は心足りて退きぬ、世よりほら穴へと。
われは問いぬ、『如何でか市に出でざるや
君の心のきずなを緩めるために。』
彼は答えぬ、『かしこには、美しき小仙女あり
土くれ多ければ、象どももつまずくなり。』※」

こう言ってから、われ〱は、お互いに頭と顔に口づけして別れた。

友の顔に口づけするに何の益ぞある
また、その瞬間に早や別れを告ぐる。
汝は言わん、花園†に別るゝりんごに似たりと

こちらの面は†赤く、他の面は黄なり。

別れの日に、われもし、悲しみもて死なざれば、
見なすなかれ、友情に眞實なりと。

物　語（その十八）

ある托鉢僧が、ヘジャーズ行の隊商で、われ〳〵と一緒になった。アラビヤの貴族の一人が、施†しとして、その托鉢僧に百ディナール與えたが、ハファージャ[一七九]族の盗賊が突然隊商を襲って綺麗†に持去った。商人たちは、あるいは泣き、あるいは嘆き、無益な不平をこぼしていた。

汝、如何に哀願し、また苦情を述ぶるとも
盗人、金を返さんとはせざるべし。

たゞ、その※聖き托鉢僧のみ、泰然自若として何の變りも見せなかった。私が、「多分、どろぼうは、あなたのお金を取上げなかったのでしょう」と訊いたら、彼はこう答えた。「やっぱり取られたんだが、わしは其れを失くしたからとて、心を痛めるほど、それに執着しないだけなんだ。

よもや心を結ぶなかれ、物や人に
心を持去るは、いと難きことなれば。」

私は言った。「あなたの仰言ることは、私の場合と、そっくりなんです。私の青年時代に、あ

る若者と大變親しくしていましたが、その美しさは私の眼にとり魅惑の焦點であり、彼に會うことは私の生命のもとであった程に心からの愛着を感じていました。

彼は天における天使たるべし
地における何人も、彼の美には及ぶまじ。
友情に誓わん！彼亡き後の交友は不法なり
如何なる胎兒も彼が如き人とはなるまじ。

突然、彼の生命の足が死のどろの中に沈み、死別の悲しい煙がその家族から起ったのです。私は幾日も墓場に坐っていたが、その悲しみを歌った詩の一つ*がこうです。

『願わくば、運命のいばら汝の足にさゝりし日
運命の手の、死の劍もて、わが頭を打たんことを。
わが眼の、汝亡き世を見ざらんよう
あゝ！われ今汝が墓の上にあり、墓のわが頭上にあれかし。』

在りし日は、憩いも眠りも採り得ざりしに
ばらや黄水仙をまき散らすまでは。
運命の浮沈、彼の顔《かんばせ》のばらを散らし
とげ多きやぶ、今や生うる彼の墓に。

私は彼と死に別れた後、煩惱の數物をたゝみ上げ、社交界に近寄らず餘生を送ることに固く決心したんです。

海の幸は良し、沈む怖れだになくば
ばらとの交りは樂しかるべし、とげの憂いなくば。
去る夜、われ孔雀の如く社交の庭を誇らかに歩めり
されど、今や友無ければ、われへびの如くうなだれぬ。」

物　語（その十九）

人々が、あるアラビヤ王に、ライラーとマジヌーン[一八〇]の物語をして聞かした。王は、マジヌーンが立派なたしなみと雄辯とに惠まれていたにも拘らず沙漠に隱遁し、自制力の手綱を失い、獸類との交際を選ぶが如き*、彼の精神錯亂狀態をあわれんで、彼を自分の前へ連れて來るように命じた。そして、彼が動物の習性を採り入れ、人間の樂しい社交を捨てるに至らしめたような如何なる缺點を人間の魂の中に發見したのかと非難し始めた。マジヌーンは嘆き*悲しみながら言った。

「わが多くの親友、われをのゝしりぬ、彼女を愛せるが故に
あゝ、彼ら一度も彼女を見ざりしや、わが理《ことわり》のうなずかるゝに。

願わくば、わが缺點を探し求むる者の

汝を見よかし、おゝ心を奪う者よ！
汝を見て、オレンジならぬに
彼ら手を切るやも知れざる。」

事實は、主張の證據となる。〃こは彼女なり、彼女ゆえに、汝われをのゝしりたり。〃(一八二)王は、このような騒ぎの原因となるなんて、一體どんなみめかたちなのか、ライラーの美しさを見たくなった。そこで、彼女を呼び寄せるように命じた。アラビヤ中の各種族を探し回って、とう〳〵彼女を見つけ、宮殿の庭にいる王の前に連れて來た。王は、彼女の風采を見たところ、色黒で、か弱い身體《からだ》つきをしていて、王の眼にはいやしげに映った。王の後宮の最も下級のしもべでさえ、美しさと優しさとでは、彼女よりも秀れていたからである。マジヌーンは、機敏にも看破して言った。「あゝ王様*！彼女の姿の神祕を貴方様に示すには、このマジヌーンの眼の窓からライラーの美をながめなければならないのです。

〔君はわが悩みをあわれみたまわず
わが友にもまた同じ悩みあり。
われは彼女に物語らん、夜となく晝となく
二本の薪は共に快く燃ゆるべければ。」
わが愛人の起伏《おきふし》の便り、屆きぬ

灰色のはと聞かばわれと共に嘆かんを。
おゝわが友らよ！ 愛のきずな無き者に告げよ
願わくば君よ知れかし、悩める者の心を。

健かなる者に傷の痛みなし
われ自らの悩みをもらさず、等しく悩める者のほかには。
蜂《はち》の話は益無かるべし
生れ來てこの方、刺されしことのなき者に。
君のさま、わが如くならざる限り
わがさまは作り話ならん、君にとりては。
わが苦悩を他と比ぶるなかれ
彼はたゞ鹽を手にするのみ、傷はわが身にあり。」

物　語（その二十）

ハマダーン（一八二）のある裁判官が、ある鐵かじ屋の息子と熱くなり、彼の心の鐵《かな》ぐつが動揺したといわれる。永い間、彼を思い煩い、こゝに述べられているように、彼の後を追いまわしていた。

「わが眼に映りぬ、その高く直なる緋杉は

われ、心騒ぎて、その根もとにひれ伏しぬ。
か丶るいたずらなる眼差は、わが心をわなに引入れぬ
汝もし、人に心を與えじとせば、眼を閉じよ。」

聞くところによると、彼は道*で裁判官に出會ったが、何かしら一寸耳にした事柄から極度に憤慨し、さては大膽にの丶しり、暴言を吐いたうえに、石までひろい上げて、あらん限りの侮辱を加えたという。裁判官は、その乘馬仲間であった尊敬すべき一人の學者にこう言った。

「見よ、その尊大ぶりと憤りとを。
またまゆの上の美しきしかめ額《ぬか》を。
『戀人の一撃は乾ぶどうの如し』と、アラビヤの國※で言われています。
汝の手もて口に一撃を受くるは樂し
自らの手もてパンを口にするよりは。」

そこで、彼は裁判官に對し、直ぐその傍若無人ぶりを和らげ、寛大になった。あたか[一八三]も諸王が内心平和を求めながら、往々嚴しい言葉遣いをするように。

「新しきぶどうに酸味あり
されど、二三日忍ばば甘くなるべし。」

こう言いながら裁判官は裁判所へ出かけた。その裁判所にいる行い正しく德の高い數名の人々が會釋して言った。「失禮ですが、一言述べさせて頂きます。聖賢たちもこう言っています。

『なべての事柄に議論するは許されず
　長上の過失を取上ぐるは罪なり。』
しかしながら、召使たちが、その主人から受けた過去の恩義に顧みて、彼らが良いと認めた事柄をお知らせしないのは一種の裏切りですね。正義の信條からすれば、その息子に對する欲望をお捨てになり、情慾の敷物をたゝんでしまわれることです。裁判官の職務は近寄り難†い威厳のあるものですから、さもしい罪惡でこれを汚してはなりません。あなたは、あの傍若無人の奴を御覧になっているのだし、そいつの話もお聞きになっているのですから。

　多くの不名譽を犯せる者
何ぞこだわらんや、他人の名譽を。
五十年このかたの、數々の名聲も
　一つの惡名に損わる。」

裁判官は、親友たちの訓戒をもっともだとし、彼らの立派な判斷をほめて言った。「わしの事を思っての、友人たちの好意は全く正當で、抗辯の出來ない問題だ。しかし、

【もし戒むることによりて友情の失わるゝものならば
　正義は虚僞として責めらるべし。一八四】

われをとがめ†よ、汝の氣のまゝに

されど、黒人より黒さを洗い落すこと能わざらん。

われは、よもや汝への思いを忘れ得ず
われは頭を打ちひしがれしへびなり、向きを變え得ず。」

こう言って、裁判官は、かじ屋の息子の樣子、並にばく大な金を消費したことについて取調べさせるために、人々を派遣したのであった。「秤《はかり》の中に錢を持つ者は、その腕に力があるが、錢†を支配出來ない者には、どこの世界でも人が近寄らぬ」と言われているから。

黃金を目指す者は、その頭を下ぐ、秤の如く
そは、たとえ、鐵製のさおにもせよ。

ある夜、裁判官は密會をしていた。同じその夜、警察署長に知らされたところによれば、裁判官が一晩中酒を飲み、若者†を胸にしながら、うれしくて眠り切れず、次のような詩を口吟んでいたという。

「こよい、いつもの時刻に、雄鷄《おんどり》鳴かざりしや
愛人らなおも飽き足らず、口づけに抱擁に。
〔戀しき人のほおは、彼女の卷毛の中に輝きぬ
ポーローの黒檀バットにうず卷く象牙の球の如く。〕
心せよ、惡意ある友†の眠るひとときに

眠るなかれ、身に憂きことの起らざるよう。
金曜日(一八五)の寺より、暁の祈りの叫びを聞くまでは
またアターバク王の城門よりひゞく太鼓の連打を。
愚かしき雄鶏の眼の如し、くちびるとくちびるは
語らざるは愚かなる雄鶏ぞ。」

裁判官が、かゝる状態にある時、一人の召使が戸口*からは入って来て言った。「何で坐り込んでおいでなんです。起きて出来るだけ早く逃げて下さい。ねたみ深い人達が、邪なことを企らんでいますから。あの人たちは本氣で言っているんです。しかし、この騒ぎの火がまだ小さいうちに、處理の水でお消しなさい。明日に延ばしてはいけません。燃え盛ると、世間中に擴がりますよ。」裁判官は、笑いながら彼をみつめて言った。

「ししの、獲物につめをかくるとき
犬ほゆるとも何のかいある。
顔を友に向けよ
敵には手の裏をかますべし。」

その夜、彼らは、國王にも、「貴方様の國にこんな非道が行われて居ります。如何したものでございましょう※」と通告した。王の答えるには、「わしは、彼が當代随一の學者であることを知っている。かたきどもが彼に何か陰謀を企らんでいるのに相違ない。わしは、自分ではっきり見

届けるんでないと、この話はわしの耳に受取りかねる。聖賢たちも言っている。

『輕はずみに劍を手にせば
歯もて手の裏をかむべし、悲しみつゝ。』」

私の聞くところによると、その明くる朝、王は數人の従者と共に裁判官のまくらもとに現れたところ、ろうそくを立てながら戀人は坐り[一八六]、酒はこぼれ、さかずきはこわれ、※そうして裁判官は酔いつぶれて眠って居り、全く無我の境にあるのを目撃したという。王は徐々に彼を思いやり深く眼を覚まさせて、「起きなさい。太陽が出ているから」と言*った。裁判官は、どんな狀態に立至っているかを悟って、「どちらの方向から出ましたか」と問うてみた。「東の方から」と、王は答えた。裁判官は、「有難や、ではまだ悔恨のとびらが開いている」と言った。傳承《ヘディース》によれば、太陽が西から上らぬうちは、悔悟のとびらはまだ神のしもべに閉ざされないということなので、彼は早速附け加えた。「おゝ神《アツラー》よ！ 私は貴方様にお赦しをこいます。貴方様に後悔を誓います。

この二つのもの、われを罪に誘えり
不運と無分別と。
君、われを捕うとも、われ其れに値すべし
されど、君、われを赦さば、容赦《ゆるし》は報復《むくい》にまさる。」

王は言った。「この場合、悔悟とは自*らの死であることを知っているだろう。もはや何の益もあるまい。最高の神も言っている。*『人間がわれの嚴罰を受けることになった場合、もはや彼らの信仰も助けとならぬ』と。

盗人の悔いに何の益かある
露臺の輪索《わなわ》を投げ得ざる限り。
背高き者に告げよ、果實をひかえるよう
背低き者、枝に手を延ばし得ざれば。

お前には、こんな大罪が明かにされた以上、逃れる道※があろうとは思えん。」王は、こう言って刑罰*の看守人たちに彼を捕えさせた。裁判官*は「王様に、もう一言申上げたいことが殘って居ります」と言った。王が、「それは何じゃ」と問うたので、彼は答えた。

「不興のそでをわれに振る限り
君が衣のすそを手離すと思いたもうな。
たとえ、わが犯せし罪より逃れ得ずとも
なおも、君が仁慈《いつくしみ》を期待するなり。」

王は言った。「お前は、恐ろしく氣のきいた名句を吐き、奇妙な警句を述べたが、しかし、お前の學識と雄辯で、今日、わしの刑罰の支配から免れることは、理性に反し法律にも反する。わしとしては、他の人々への教訓※と見せしめのために、お前が城から眞逆樣に投げつけられる方が好ましいと思う」と。

「おゝ世界の主よ！ 私は、この王家の惠みで育って來たものでありますし、また、こんな罪を犯したのは私だけでありません。ですから、私への見せしめのために、ほかの者を投げ落して欲しいのです」と、彼は答えた。王は笑って、改めて彼の罪を堪忍してやり、裁判官を殺害するようにほのめかした†敵どもに向って言った。

「已に過失のある者は†
他人の過失をのゝしらず。」

物　語（その二十一）

愛嬌あり、行い正しき若者ありき
彼は美しき少女と婚約せり。
われ讀みしは、彼ら大海にて
共に大波のうずに巻きこまれしとぞ。
かゝるを死なせじとて
手を取るべく水夫到れば、†
彼は叫びつゞけぬ、たける波のさ中より
「われを捨てよ、わが愛人の手を取れ」と。
この言葉のまことに人は魅せられぬ
人々は聞けり、彼のこと切れるとき言いけるを。

「愛の話を聞くなかれ、不信の徒より
苦難の時に愛人を忘るゝが如き。」
かくして愛人らの生命《いのち》は果てぬ
この事に學びて知るべし。
サァディーは戀の道とならわしを知ればなり
バグダードにアラビヤ語の話さるゝを知るが如く。
汝の愛人に心結べよ
眼を閉ざすべし、他のなべての世人に
もし、マジヌーンとライラー生き殘りしならば
愛の史を覺えよ、この書より。

第六章　老年と衰弱について

物語（その一）

ダマスカスの本山で、一群の賢人たちが論争していると、突然*、ある若者が戸*口からは入って來て、「この中にペルシャ語を知っている人がいますか」と尋ねた。大部分の者が※、私を指したので、私が、「どうしたんですか」と訊くと、「百五十歳になる老人が斷末魔の苦しみに陥っていますが、ペルシャ語でものを言っているため、われ〱に分らないんです。若し御足勞願えたら、遺言でも作って欲しいらしいのです。報酬はもらえましょうよ」と答えた。私がその老人のまくらもとに行くと、老人が言った。

「ひととき前にわれ言いぬ。希望《のぞみ》通り起ち上らんと
されど悲し、息の根はすでに絶えなんとす。
あゝ悲しや、人生の多彩の食卓に
われら瞬時食すれど、早や告げらるゝは『十分なり』と。」

この言葉の意味を※、私がダマスカスの人達にアラビヤ語で説明してやったら、それほどの長命にも拘らず、非常に生命を惜しんでいることに驚いた。私が、老人に、「御容態はどうですか」

と訊いたら、こう答えた。「どういったらよいだろう。

汝見ずや、何たるみじめさぞ
口より一本の歯を抜き去られし人すら。
思いみよ、何たるさまなるや
その愛すべき身體《からだ》より生命《いのち》去り行くとき。」

私が、「御※自身の念頭から、死に對する想像を捨てなさい。恐怖心に負けてはなりません。ギリシャの哲學者たちも、『たとえ體質が良くても永生きするとは限らないし、また、たとえ恐ろしい病氣であっても、確かに死ぬとは限らない』といっていますからね。もし貴方が仰言れば、治してもらうためにお醫者さんを呼びましょう。」と話したら、彼は眼を開けて、笑いながら答えた。

「巧なる醫師は手を打つ
たま〱かたきの老いぼれたるを見て。
主人《あるじ》は廣間の色彩《いろどり》を氣遣う
家は根もとより朽ち居るに。
老人は斷末魔（一八七）の苦しみをあえぐに
老婦は彼に白檀を塗り續く。
されど體質の均衡損われしとき
まじないも藥も役立たず。」

物　語（その二）

ある老人が語るのに、「わしがある娘と結婚した時、花で部屋を飾り、彼女と向い合って坐りながら、わが眼と心のすべてを彼女に傾けていたものだ。彼女と親しみを増し、またおじけさせないために、長い幾夜も眠らずに冗談や戯言を言い續けたものだ。そのうちに、ある夜のこと、*わしはこう言ってやった。『あんたは幸運に惠まれたもんだ。あんたの幸運な眼は開いている。というのは、この分別盛りで教養はあり、經驗に富み、中庸を得、生*活の暑さ寒さを知り、世の中*の善も悪も味わった老人と、あんたがつき合うことになるなんて。社交の道理をわきまえ、友愛のおきてを實行し、情深くて親切で、愛想がよくて、話上手なこの老人とさ。

能う限り、汝の心を求めん
たとえ、われを悩ますとも、われ悲しまず。
よしんばおうむの如く、汝の食物、砂糖たりとも
わが甘き生命をさゝげん、汝を支えんがために。

うぬぼれが強くて根性が汚†く、※激し易くて絶えず氣が變り、始終感情を動か※し、毎夜新しい所に眠り、毎日新しい愛人を作るような落着きのない青年の手に、よくも陥らなかったものだ。

若き者らは敏《さと》く美しからん[一八八]
されど人への誠を缺く。

信を置くなかれ、うぐいすの眼持てる者に
絶えず異るばらに歌うなれ。

これに反して、老人は青年の無智†ではなく、理智とよい身だしなみのうちに暮しているのだ。

己よりも優れたるを求めよ、そを天福と思うべし
汝自らの如き輩《やから》と在りては、運を失う†べければ。」

彼はまた言うのであった。「わしがこんな具合に澤山話してやったんで、彼女の心を虜にし、獲物にしたとばかり思ったら、あに計らんや、彼女は冷いため息をして頭痛を催†しながらこう言ったんだ。『これほど澤山なお言葉でも、私の理性の秤には、以前、私の乳母から聞かされた〃若い女には、たとえ一本ぐらいの矢が横腹に當っても、老人とのつき合いよりはましだ〃という一語ほどの重みも持たないんですもの』と。」

〔彼女その夫のものをながむれば
ものの氣《け》無きこと斷食者のくちびるの如し。
彼女は言えり、「こは死せるなり」と
たゞ眠れる者にのみ魅力あらん。〕

女、男の抱擁もて満たされざるとき
平和《やすらぎ》のうちにありても、争い多し。

老人、自らの居所より起ち得ざるとき
つえなくば彼のものいかでか起ち得ん。

結局、和合が不可能になり、別れることになった。その法定期間が過ぎると、性急で意地悪そうな顔附をし、しかも貧乏で根性曲りの若者と結婚したのであった。そのため、彼女は亂暴と虐待を受け、悲しみと苦しみをこうむったにも拘らず、神の恩恵を感謝してこう言った。「有難や、私は最も痛ましい責苦から免れて、やっとこの不断の悦び†を得ました。

〔美しき顔、錦の衣
白檀、沈香、彩《あや》なる色、香、情慾。
なべて、これ、女たちの飾りなるべし
されど、男には一物[一八九]こそ全き飾りなり。〕

なべての暴虐と性急とにかゝわらず
われ汝の重荷†を忍ばん、汝美しければ。
汝と共に責苦のうちに燒くるがよし
他と共に天國に在るよりは。

美しき人の口より漏るゝ玉ねぎの香は
醜き人の手なるばらの香より良し。」

物　語（その三）

私は、ディヤール・バクル(一九〇)で、ある老人の客となったが、彼は多くの財産と顔立ちの美しい息子を持っていた。ある夜、彼の語るには、「私には生涯を通じてこの子一人よりありません。近くの谷間に祉があって、一本の樹があります。そこへ人々がお祈りをさゝげに行くのです。幾晩も、その樹の下で神様に祈願したお蔭で、この子が授かったのです。」私は、その息子が、聲をひそめながら※彼の友人らに、「ぼくの父が早く*死んでくれるようにお祈りするため、その樹がどこにあるか分ったら、どんなによかろうに」と言っているのを聞いた。老人はわが息子の知的なのを喜び、息子はわが父の血*のめぐりが悪く、老衰したのをあざ笑っていた。

汝、訪わざること幾歳ぞ
汝が父の墓を。
汝、その父に如何なる善をなせるや
汝の息子より同じ期待を持ち得ざるが如き。

物　語（その四）

ある日、私は自分の若さのあまり、無理な旅をしたことがあった。夜分、ある丘のふもとに、疲れ切って打ち倒れてしまったところ、一人の弱々しい老人が隊商の後からやって来て、「何で横になるんだ。眠る場所じゃないよ」と言った。私が、「どうして歩けましょう。足が動かなくなったのに」と言ったら、彼は、「歩いてまた立ち停ることは、走って疲れ果てるよりましだと、賢人たちの言っているのを聞きませんか」と答えた。

おゝ目的地にたどり着かんとする者よ、急ぐなかれ
わが戒めを聞け、忍耐を學ぶべし。
アラビヤ馬は二倍の速さもて走るも
らくだはしずしずと行く、夜となく晝となく。

物　語（その五）

氣がきいて、上品で、愛嬌がよく、言葉遣いが上品で、*話上手なある若者が、われわれの樂しい會合に加わった。彼の心には憂鬱さはみじんもなく、そのくちびるは、ほお笑みからほとんど閉じられたことがなかった。その時から、彼に會う機會が無いまゝに、長い期間が過ぎ去ったが、その後、彼に會って見ると、妻をめとり、子供らまで出來て居た。元氣の根源は斷ち切られ、その情慾の花はしなびていた。

〈運命は虚飾を奪えり、彼の頭より

無能の頭を彼のひざに乗せつゝ。」

私が「どうしたんだ。これはまた何ということだ」と訊いたら、彼はこう答えた。「子供をもうけたために、ぼくが子供らしさを失ったんです。

豊かなる童心は失われぬ、老い[一九一]はわれを變ぜり
時の流轉はこよなき忠告者なり。

老いてはあどけなさより手を引け
若者らへの冗談・おどけを捨つべし。

若者の歡びを老人に求むるなかれ
行く水は再び歸らず。
麥畑の刈り入れ時ともなれば
波さわがず、綠なす日のごと。

青春は去りぬ
悲し！ 元氣あふれしその頃おいの。
ししのつめの力は失せぬ

今やわれ、チーズにて足れり、豹《ひよう》の如く。」
あるおうな、その髪を黒く染めしに
われ言いぬ、「おゝわが老いたる小さき母よ！
汝は手際よくも髪を染めたり
されど、曲れる背は直にならざるべし。」

物語（その六）

ある時、私は若氣のいたりから、母にひどくどなったことがあった。母は心を痛めながら、すみっこに坐って、「お前が私につらく當るなんて、多分子供の頃のことを忘れたんでしょう」と、泣きながら言った。

何たる良き言の葉ぞ、あるおうなその子に言いけるは、
彼が象の如き身體もて豹をもひしぐを見つゝ。
「もし、汝の幼時を思い出さば
わが懷にか弱く横たわりし頃の、
よもやこの日、われに辛かるまじ
汝は勇しき若者、われは老婦なり。」

物語（その七）

ある金持で、けちんぼうの息子が病氣になった。彼に好意を寄せている人々が、偉大にして榮光ある神が治して下さるかも知れぬから、息子のためにコラーンを終りまで讀むか、あるいは何かお供物でもするがよかろうと進言した。彼は、しばらく考えにふけってから言うには、「手近なコラーンを讀む方がよい。お供物の動物の群は遠くにいるので※」と。ある聖者が、これを聞いて言った。「彼がコラーンを讀む方を選んだわけは、コラーンは舌端にあるし、黄金は魂の中にあるからだ。

情なや！　禮拜の首を曲ぐるなり
もし、彼に施與《ほどこし》の手伴うとき。
彼ら金ゆえにどろの中にも留まるべし、ろばの如
されど、汝もしコラーンの第一章を求めんか、彼ら百度讀むべし。」

物語（その八）

人々が、ある老人に向って、「なぜ結婚なさらんのですか」と問うたら、「老婆とでは好ましくないのでのう」と答えた。そこで、「若いのをお求めなさい。お金があるんですから」と言うと、「老人のわしが年のいったのを好かんのだから、まして、若い女が年寄りのわしと親しくなるな

んで、想像出來んではないか」と答えた。

七十歳の老人、靑年の役を勤む
生れながらの盲人は夢に見ず、汝※が輝けるひとみを、

花嫁に要するは力なり、黄金に非ず
十マンの重さの肉よりも友の一物《ゴルズ》なり。一九二

物　語（その九）

われは聞けり、ある老人
その老年もてして、なお配偶《つれあい》を得んと願えるを。
かくて、彼の婚せるは「寶石」なる名の美しき小娘なりき
彼女は寶石の小箱の如く人の眼より祕されてありぬ。
婚禮は型の如く華十かなりしも
さて、如何にせん、長老《シェイフ》の一物《アサー》の眠れるを。
彼は弓一九三を引きたれど的を射ず
鋼鐵の針なくばズックの衣は刺し得ず。
彼は友らに苦衷を訴え、論爭は起りぬ

この蓮葉娘、わが家の譽れを洗い去れりと。
夫と妻は争いぬ
事は遂に警察の長と裁判官に到りしなり、サァディー言う
「娘に罪科《とが》はなし、論争と悪口もてなしたりとも
寶石を貫く術を如何で知るや、手の震う汝は。」

第七章　教育の效果について

物　語（その一）

ある大臣に、一人の愚鈍な息子があった。多分賢くなれようというので、教育してもらうために、ある學者の許に送った。暫く教育してみたが何の效果もなかったので、「この息子さんは賢くなりません。私の氣を狂わせます」と、教師がその父親の許に言ってよこした。

生來、受け容るゝべき素質なくば
教育も效なかるべし。
如何にみがけりとて、良くはならじ
鐵もし生來惡質ならば。
汝犬を七つの川に洗わんか
濕らばます〳〵汚れるべし。
よしんばキリストのろば、メッカに到るとも
歸りは、なおもろばたるべし。

物語（その二）

ある哲學者が、その息子らに訓戒を與えた。「おゝ父*の愛しい者どもよ！ 業《わざ》を修めなさい。この世の土地も財產も、當てにはならんぞ。また、金銀とて旅には危險な場合があり、いつか盜難に遭うか、それとも持主が次第に消費してしまうかだ。ところが、業は盡きることのない泉で、永久の財產だ。才能のある者は、たとえ財產を失っても悲しむに及ばない。業それ自身が財產だからだ。彼は何處へ行っても尊敬され、上席に着けられる。これに反し、能無しは、わずかな當てがい扶持を受けて、憂き目を見るぞ。

威を失いし後に威に屈するは痛まし
また、愛撫に慣れいて、人の暴を忍ぶも。

ある時、ダマスカスに騷動起りぬ
人々、その住いを捨てて去りたれば。
村の賢しき若者らは
國王の大臣《おとど》となりぬ。
前の大臣の無智なる息子らは
村へ物ごいに赴けり。

〔汝、もし父の遺産を欲せば、父の學識を習うべし
父の富は十日にて費し得ればなり。〕

物　語（その三）

學者の一人が、ある王子を教育していたが、容赦なくむち打ち、極端にむごく取扱っていた。ついに王子が我慢し切れなくなって、父親の前に苦情を持ち出し、痛む身體を、着物を脱いで見せた。父親は悲痛のあまり、先生を呼んで言った。「あんたは、わしの子に對するほど人民の息子らを冷酷にしたり、しかりつけたりしないのは、一體どうしたわけか」と。「それは、こういうためでございます。つまり、王様方の仰言ること、爲されることは、何でも必ず人のうわさにのぼりますから、餘程、愼重にものを言い、立派にふるまわなければなりませんが、普通人の言動は左程關心を持たれないからであります。

たとえ、托鉢僧に百の不行跡あるとも
友らその百の一も顧みず。
されど、王もし一つのしゃれを言わんか
國より國へと傳わるべし。

それですから、王子の教師としては、普通人の子らに對するよりも、高貴な子弟らの德性を養

うことに努力を拂う必要があるのでございます――神《アツラー》は彼らをして麗しき植物に成長せしめ給えり――(一九四)

幼時に訓育されざる者
成人しても榮ゆることあるまじ。
新しき木は欲するまゝに曲げ得べし
ひとたび乾かば、火なくしては直になし難し。」

王は、その大學者の立派な訓戒と釋明が氣に入り、名譽の衣と賞金を與え、かつ高い地位にのぼせてやった。

物語(その四)

私は、アフリカで、ある習字學校の教師に會ったが、彼は意地の悪そうな顔附の男で、言葉遣いは粗く、怒りっぽく、人いじめをやり、しかも、けちで、身持が悪いので、彼を見ただけでも、回教徒たちの樂しみは損われ、彼がコラーンを讀むと、人の心を滅入らせるという始末だった。一群の綺麗な少年たちや清淨な少女たちは、彼の暴虐の手に捕われて、敢て笑うだけの勇氣も、話すだけの大膽さも持たなかった。というのは、ある者の銀のようなほおに平手打ちをくわし、他の者の水晶のような足に足かせをはめたりしたからである。聞くところによると、結局、彼の邪な本性が幾分知れたので、打たれたうえに放逐されたということであるが、その後*學校に任命されて來た改革者は、親切で氣立てのやさしい君子であった。必要に迫られない限り語らず、また人の氣に障るようなことは口から出さなかった。子供らは最初の教師に對する恐怖心がすっかり頭から去り、二番目の教師が天使のような風格を備えているのを見て、一人々々が悪魔のようにふるまい、その寛容な態度に便乗して學問を怠り、大部分の時間を遊び戯れて暮し、書板を整えようともせずに、互いに†打ち砕くというような有様であった。

師、むちを節すれば
子ら市場にてヘルサク遊び（一九五）をなす。

二週間後に、私がその（一九六）寺を通りかゝったところ、人々が最初の教師を激勵し、元の地位にもどしているのを見た。私は†正義のために悲しみ、「仕方のない奴らだ。何でまた、天使のような教師を元の悪魔に代えたのか」と尋ねると、賢くて經驗のある一人の老人が聞いて笑*いながら言った。†

「ある王、その息子を學校に出せり
銀の書板を懷に當てがわせつゝ。
その書板に書かれたる金文字は
『師の酷は父の愛にまさる』なりと。」

物　語（その五）

ある聖者の息子が、叔父たち†の遺産でばく大な財産を手に入れたので、放蕩に身を持ち崩し、浪費し始めた。つまり、彼が犯さない罪悪とては無く、未だ飲まない酒類とては無かった。ある時、私は彼に忠告してやった。「おゝわが息子よ！　收入は流れる水のようなもの、ぜいたくは回轉する水車のようなものだ。浪費をするのは一定の收入がある者だけに許されることなんだ。

汝、收入なくば質素たれ

船頭らは歌う。

『山に雨降らずば
一年にしてチグリスの流れも干上る』と。

知性と美徳を採り入れ、悪い戯れを捨てなさい。金が無くなれば悲嘆し、後悔しなければならんから。」若者は、笛の趣味※と酒のために、この言葉が耳には入らず、私の言うことに反對して言っ※た。「來世の憂き目を氣にして、現世の快樂を妨げることは、賢人の意見に反します。

悦びと良き運の持主ら
いかで悲しまんや、悲しみを恐れて。
行けよ、樂しめ、おゝわが心をそゝる友よ！
明日の悲しみを今日受くるなかれ。

これ以上に、[一九七]ぼくがどうすればよいというんだろう。ぼくは慈しみの最高座を占め、非常に金ばなれがよいから、ぼくの惠み深い話は、一般人のうわさにものぼっているほどだのに！

恵みや慈しみにて名をなせし者
財布のひもを締むるはふさわしからず。
善き名、街に擴がるとき
その聲に、君はとびらを閉じ難し。」

私の忠告を受け容れず、また私の熱い息が冷い鐵に何の影響も與えないのを見て、彼を諭すのを止め、つき合うのを避けた。「汝のなすべきことを傳えよ、彼ら其れを受け容れざるとも、そは汝の罪にあらず」と、賢人たちの言っている言葉を採り入れながら。

たとえ、彼らの聞き容れざるを汝知るとも
話せ、何なりと善きこと、†戒むべきことと認めたるを。
汝、間もなく愚か者を見るべし
彼の足の足かせにかゝるを。
また手をねじられつゝ言うを
「あゝ賢しき人の言の葉を聞かざりし」と。

私が彼の不幸な状態に陥ることを心配してから暫くすると、彼が補布《つぎ》に補布を縫い合せたぼろをまとい、一口々々の食をかき集めている姿を見た。彼の弱々しい様子で、私の心は滅入り、かかる場合には貧困者の傷を非難がましく言ってかきむしったり、それに鹽を振りかけたりするのは男らしくないと思った。それゆえ、※自分の心※に言った。

卑しき道樂者、醉いしれなば
窮乏の日を思わず。
春、果實をまき散らす樹は
冬來るや一葉だになし。

物　語（その六）

ある王が、一人の息子を教師に託して、「これは、あんたの子じゃ、自分の子の一人と同じように、この子の教育をしてもらいたい」と言った。教師は、敬意を表しながら承諾†し、數年間、王子のために努力してみたが、成功しなかった。他方、教師自身の息子らは學問と雄辯とを完成した。王は、學者に向って、「あんたは約束を破り、不眞實であった」と抗議し、かつ非難した。彼は、「世界の統治者*、地上の主の御意見に基いても明かでありますように、教育は同じでも素質が違うのでございます。

たとえ金銀、石より來るにせよ
なべての(一九八)石に金銀含まれず。
カノパス(一九九)星は全世界に輝けども
アンバーン革もアディーム(二〇〇)革も出來るは一つ所なり。

物語（その七）

私は、ある老教師が、その弟子にこう言ったのを聞いた。「おゝ息子よ！　人間の最大の關心事は日ごとの糧だ。もしも、その日の糧を與え給うお方に、それだけの關心を拂うならば、地位においては天使たちをもしのぐことになろう。

神は忘れ給わざりき、その様を
汝、胎兒として祕され、感覺のなき折も。
汝に與え給えり、魂を、性格を、知性を、理解力を
また美を、言語を、判斷を、默想を、感情を。
汝が手に十の指を備えたまえり
肩に二つの腕を附けたまえり。
なおも思えるや、おゝ卑しき心の人よ！
彼、忘れたまわんやと、その糧を汝に貢ぐを。」

物語（その八）

私は、ある沙漠のアラビヤ人が、その息子に言っているのを見た。「おゝ*私の可愛い息子よ！　最期の審判日に必ず訊かれるのは、お前は何を得たかということであって、お前は誰に所屬する

かということではあるまい。すなわち、審判日*に彼らの訊くのはお前の行い†がどうであるかであって、お前の父が誰かではあるまい。

口づけさるゝカァバの衣は
蠶により名を得しにあらず。
數日の間、尊き人と交らば
彼の如くまた尊き人たるべし。」

物語（その九）

哲學者たちの書いた物に、こういうことが述べられている。さそりは他の生物のように普通の生れ方をせずに、母の内臓を食い、その腹を破って沙漠へと出て行く。さそりの巣の中にある皮が、その證據である。ある時、私がこの變な話をある先輩に話すと、彼は、「私自身の心も、この言葉の眞實性に對して證明することが出來ます。こうならざるを得ません。幼年時代に、母や父※にこんなやり方をしていたのだから、大きくなっても、やはり大事にされず可愛がられないんです」と言った。〔二〇〕

ある父、その息子に言い遺せり†

「おゝ若者よ！この戒めを忘るゝなかれ。
己を産みし者に誠ならざる者は

慈しまれ、栄ゆることもあるまじ。」

〔ことわざ＝人々がさそりに向って、「冬はなぜ出てこんのか」と訊いたら、「ぼくが冬にも出て來るほど、夏にもてはやされているだろうか」と答えた。〕

物　語（その十）

托鉢僧の妻が姙娠し、月のものが止った。この托鉢僧は、まだ子供を持ったことが無いので、「もしも偉大にして榮光ある神†が、私に息子をお授け下さるならば、私が着ているこのぼろ服のほかは、自分の持っている物は何でも貧しい人たちに施そう」と言った。たまたま、息子が生れたので、托鉢僧は悅び*、誓約どおり、托鉢僧†らをもてなしてやった。數年後、私がシリヤの旅から歸ると、その友人の居る所を通り合せたので、彼の様子をうかがってみた。人々の言うには、彼は警察の留置所には入っているとのことなので、私がその理由を尋ねたら、ある人†が、「彼の息子が酒を飲んで、けんかをし、人の血を流しながら、自分※は町*から逃げ去ったために、父親が息子のおかげで首に鎖を、足に※重い足かせをかけられているんです」と答えた。私はこう言ってやった。「彼は、この禍を偉大※にして榮光ある神に祈って求めたんだ。

身ごもれる妻らが、おゝ賢しき人よ！
よしやお産の時に、へびを生まんも、
賢しき人は言える、

行い悪しき子らを生むにまさる。」

物　語（その十一）

私が子供であった時、ある先輩に、成人について質問したことがあった。先輩は答えた。「書物に*書いてあるところによると、成人には*三つの特色がある。第一は十五歳になること、第二は遺精、第三は陰毛の發生。しかしながら、實際は一つの特色を持っている。それは、自己の情慾の*滿足に囚われることよりも、一層多く榮光あり氣高い神を滿足させることに心を使うことだ。誰でもこの素質を持合せぬ者をば、哲學者たちは成年者と認めない。」

見かけは水のしずく、人の形となる
四十日、子宮の中にとゞまりて。
もし、四十年の間、理智と教養なくば
人と呼ぶにふさわしからず。

男らしさとは親切と慈愛なり
肉體的なる意志にあらず。
美徳もまた必要なり
人の姿は、宮の門にも描かる、朱色や緑青もて。

人に徳と慈しみなきとき
人と壁の繪姿とに何の別かあらん。
世の富を得るが徳にあらず
一人の心をつかめ、出來得る限り。

物　語（その十二）

ある年、メッカへの徒歩巡禮者の間にけんかが起った。作者も、その旅人らに混って歩いていたのであるが、お互いの*顔が立つように†とて、もめ合った末、結局毒舌や爭論を取り繕うことになった。私はらくだのかごに乗っている一人が、自分の片方の相乗客に向ってこう言っているのを聞いた。「何とまあ不思議なこっちゃ、象牙の歩《ふ》が、将棋盤を横切って王妃になるなんて。つまり、前よりは良くなったんだが、メッカへの徒歩旅行者たちは沙漠を横切ってから一層悪くなった。

われに代りて告げよ、人をかむ巡禮者に
彼らは人の革衣を裂く、苦しめつゝ。
汝は巡禮者にあらず、らくだほどにも
あわれ、こはいばら（二〇二）を食しつゝ荷を運ぶなり。」

物　語（その十三）[二〇三]

あるインド人が、花火を上げることを習っていたので、一人の賢人が彼に言った。「君の家はよしで出来ているんだから、これは君に不適當な遊びだ。」

　話すなかれ、その言葉の眞に適當なるを知るまでは
　また訊くなかれ、良き答えを期待し得ざるとき。

物　語（その十四）

ある人が眼を病み、治療してもらいに獸醫の所へ行った。獸醫は、四足動物に對してやっていることを彼の眼にほどこしたため、ついに盲目になってしまった。そこで、裁判官に訴え出たところ、「去りたまえ。何の手落ちもないじゃないか。もし、こいつがろばでなければ、獸醫の所へなど行く筈がない」と言った。この話のねらいどころは、誰でも重大事に際して無經驗者を利用すると後悔しなければならぬことを知らせるためで、賢人たちの意見によれば、思慮分別の不足のせいにしている。

　心澄める賢しき人は
大事を話さず、いやしき者に。
むしろ織りは織手なれども

絹工場の織手たり得ず。

物語（その十五）

ある高僧が、一人の息子を失った。「石棺の上に何を書きましょう」と訊かれたので、こう答えた。「有難いコラーンの文句は、こんなところに記すには餘りにもったいない。永い間に消えてしまうかもしれんし、人々が、上を歩いたり、犬どもが放尿するかも知れんから。もしも、どうしても何か書く必要があれば、次の二句*で十分でしょう。

『あゝ花園に緑の芽、もえ出ずるとき
樂しからずや、わが心。
待て、しばし、わが友よ！ 春到るまで
汝は見るべし、わが地上に緑の芽出ずるを。』」

物語（その十六）

ある聖者が、一人の金満家の側を通りかゝった。折柄、彼は一人の奴隷の手足を堅※く縛りながら、處罰しているところであった。聖者は言った。「おゝわが息子よ！ 偉大にして榮光ある神は、あんたの様な人間にあんた自身のしたいようにすることと、彼に對し優越權をお與え下さったが、最高神の御惠みに對して感謝をさゝげなさい。そうして、彼にこんな亂暴をしてはいけません。†

明日、最期の審判日には※、彼の方があんたよりも良くて、あんたが恥をかくようなことのないようにね。」

汝、奴隷に多く怒るなかれ
さいなむことなかれ、(二〇四)彼の心を悩ますなかれ。
汝は彼を購えり、十デラムにて
されど、引き立て得ず汝の力もて。
何時の日までぞ、この命令・うぬぼれ・怒りは
汝より偉大なる主あれば。
おゝアルスラーンとアーゴーシュ(二〇五)の主よ
自らの主を忘るゝなかれ。

人類の頭*、世界の主(二〇六)——神よ彼に惠みを垂れ、彼を守らせたまえ——の傳承《ハディース》に、「最大の悲痛は、最期の審判日に一人※の徳高き奴隷天國に、罪深き主人の地獄に連れ行かるゝことなり」と述べられている。

汝に喜び仕える奴隷に
はてしなき怒り、氣まぐれをなすなかれ。
裁きの日に恥あればなり
奴隷は自由に、主人《あるじ》は鎖《くさり》に。

物語（その十七）

ある年、私はバルフ（二〇七）の町からダマスカス人と一緒に旅行したが、道中、盗賊の危険があった。ある若者が護衛のために私に同行したが、彼は楯《たて》使いで、弓の射手で、腕に覚えがあり、非常に力が強いので、十人で弓を持っても彼の強い弓のつるが引けず、また何処の力士も彼を地面に打ちつけた者はなかった。しかしながら、彼は裕福で日蔭に育って來たために經驗もなければ、旅行したこともなく、また戰士らの太鼓の連打も耳にしたこともなければ、騎士らの劍のひらめきを見たこともなかった。

彼は敵の手に虜となりしことなく
彼の周りに矢の雨ふりしことなし。

たま〳〵、私はこの若者と二人でかけずりまわったが、彼は古い塀《へい》に出遭う度に腕の力で取除き、大木を見受ける度に掌の力で引抜くのであった。そして、自慢してこう言った。

「象はいずこぞ、勇士らの肩と腕とを見るべし
ししはいずこぞ、人の指と掌を見るべし。」

この時、二人のインド人が、われ〳〵（二〇八）を殺そうとて、岩蔭から頭をもたげた。一人の手には棒が、他の方のわきの下には金づちがあった。私は若者に言った。「さあ、なんでためらっているんだ。

汝の持てる勇氣と力とをもたらせ
敵は己の足もとに來れるを、墓場へ行かんとて。」

私は、若者の手から矢が放たれたが、彼の骨の節々が震えているのを見た。

なべてが一筋の髪をも裂き難し、よろいを貫く矢もて、
また踏みこたえ難し、戰士らに襲わるゝ日に。

われ〳〵は手荷物・武器・着物を捨てて、生命の安全のために逃げるほかに方法が無いことを知った。

重大事には經驗ある人を遣るべし
猛きしいしをわなにもたらすために、輪索《わなわ》もて。
よしんば若者の胸強く、象の身體《からだ》をなすとも
節々は千々に碎かるべし、敵との戰いを怖れて。
戰いは豫め知らるなり、鬪いに慣れたる者には
學者における法律の問題の如く。

物　語（その十八）

ある富者の息子が、父親の墳墓の前で、一人の托鉢僧の息子と議論していた。「ぼくの父*の墓標は石造りで、彩色を施した碑文、大理石を敷きつめた床、それにトルコ玉色の煉瓦が使用され

ている。ところで、君のおやじの墓はどうかというと、二つの煉瓦を合せ、一握り[二〇九]の土をかぶせてあるだけだ」と言った。托鉢僧の息子は、これを聞いて、「君のおやじが、その重い石を持上げるまでに、ぼくのおやじは天國へ着くよ」と答えた。

ろばその荷少きとき
樂に旅すること疑いなし。†
〔教祖は言える、「貧者の死は安易なり」と
托鉢僧に悩みの種となる物なし。〕

貧困の重荷を背負う托鉢僧は
その荷も輕やかに死の門に入るなり。
されど、惠み・のどけさ・安易のうちに生きる者は
これら故に、その死は痛まし。
さもあらばあれ、きずな解かれし虜は
囚われの長者にまさる。†

物　語（その十九）

ある先輩に、私が、〃汝の最も恐るべき敵は、汝の兩側にある汝自身の魂にあり〃という傳承《ハディース》

について尋ねたところ、彼は、「あらゆる敵は、君が親切にすれば味方となるが、情慾だけは君が親切にすればするほど敵意を示すのだ」と答えた。

節制もて、人は天使の性《さが》をも受くべし
さあれ、もし獸の如く食せば、無生物に墮すべし。
なべての人、その志を容るれば、汝の命に從うべし
されど情慾は命令す†、その志を得るとき。

物　語（その二十）

サァディーと反對者との貧富論

私は、托鉢僧の姿をしているが、托鉢僧の性質を持たない人が、ある會合の席に連っているのを見受けた。彼は毒舌を振って、不平の書物を開きつゝ、富者らを非難し出した。そうして、話はたま〳〵托鉢僧は慈善を行うに足る能力の手が括られているし、富める者は、慈善に對する意圖の足が挫かれていることにまで及んだのであった。

慈しみ深き者らの手には金なし
富める者らには惠みの心なし。

貴顯がたの富に養われている私にとって、この言葉は痛かった。私は言った。「おゝわが友

よ！　富者は貧者らの財源、世捨人らの倉庫、巡禮者らの目標、旅人らの避難所であって、しかも他人の慰安のために、重荷を背負うものです。飲食の手を従者やしもべたちに先ず差延べ、彼らへの悪みの殘りは寡婦・孤兒*・老人・親戚・近所の人達に支給されるんです。

富める者の務めは、奉納・寄附・款待《もてなし》
施し・奴隷解放・供物（二一〇）・犠牲（二一一）。
いかでか汝、彼らの力まで達し得るや
二度の禮拝（二一二）、百の苦なくば汝に能わざる。

もし、慈善の力、禮拝の力というものがあるとすれば、富者はそれを有効に發揮することが出來ます。彼らは淨財、清潔な衣服、ゆるぎなき名聲、屈託のない心持を持っているからです。そうして、歸依の力は先ず美味の一口から出で、禮拝の正しい實行は淸らかな衣服にあります。言わずとも明かなことだが、空腹からどんな力が出るでしょうか。空手からどんな慈善がもたらせよう。縛られた（二一三）足で、どうして歩けましょう。また飢えた手で施しなんて。

夜は不安のうちに眠るなり
明日の支えなき者は。
蟻《あり》は夏に貯うるなり
冬、安からんがために。

暇と窮乏とは一致しないし、社交と貧困も一緒に考えられません。一つは夕べの祈りの準備をしているし、他は夕食を待っている。これと其れはどうして似合わしかろう。

　力ある者は信心に従い

　生活に窮する者はその心亂る。

だから、金持の禮拜は一層受け容れられ易い。というのは、精神の集中と満足があって、亂されることがない。生活物資が備わり、信仰に沒頭できる。アラビヤ人も、神は憂鬱な貧苦と、自分の好まない隣人とから己を守らせたもうと言っている。また傳承にも、〃貧困は兩界において、顔面の暗黒なり〃(二二四)とあります。」すると、彼は、「豫言者――彼の上に平和あれ†――が〃貧はわが譽れなり〃と、仰せられたのをお聞きになりませんでしたか」と言ったので、私は、「お默りなさい。世界の主*――彼の上に平和あれ――が、ほのめかされたのは、満足の戰士や運命の弓の忍從の貧困であって、正義のぼろ衣をまといながら、施された一食†を賣るような人たちを指しているのではありません。

　おゝ高鳴れども、中の空《うつろ》なる太鼓よ

　進軍のとき、食なくして汝は如何になすや。

　人より欲望の顔をそむけよ、汝もし人たらば

　汝が手中にある一千玉の珠數をまわすなかれ。

神を知らない(二二五)托鉢僧は、彼の貧困が神をのゝしる結果にならねば納まらない、〃貧困は不敬になる一歩手前だ〃から。金が無くては、裸の人に着せることも、また囚われ人の解放に努力する

ことも出來ない。われ〳〵風情が、どうして彼らの富貴まで到達することが出來よう。そうして、與える手と受ける手とが何で似ていよう。榮光あり尊き神がコラーンの中に、天國の人達の快樂について默示しているのを御覽になりませんか。すなわち、『生計に沒頭する者は、純潔の幸福を奪われ、安樂の王國は食の權威下に在ることを汝も知る通り、彼らは一定の食を所有している。

　渇せる者は夢に見ず
　全世界の泉となれるを。』」

私がこう語るや否や、托鉢僧の力強い手綱も忍耐の手からはずれ、舌の劍を拔き放って、おしゃべりの馬を無恥の原野に疾驅させながら、私に向ってこう言った。「貴方は餘りにも彼らを誇張してほめそやし、途方もない話をするので、人は彼らを解毒劑か、食糧食庫のかぎかとばかり疑って考えるかもしれません。しかし、彼らは、なか〳〵横柄で尊大で、高慢で憎ったらしく、また財貨を追うに忙しく、地位と富裕に夢中になっています。また無禮なものの言い方より知らず、いやなこととしか見ようとしません。彼らは學者をこじき扱いしますし、貧しい者には、素寒貧の汚名を被せます。彼らが持っている財産を名譽とし、彼らが持っていると思っている[二六]威嚴を競い、最高の席に坐し、自身を誰よりも立派だと認めているんです。頭を人に下げようなんていうことは念頭になく、『信心において他に劣り富において勝る者は、表面的には富んでいても實際は貧しい』と、言っている聖賢たちの金言にも無智なのです。

　能無き者、もし賢しき人に富を誇らば

彼を大馬鹿と見なせ、たとえ龍涎香を出す牝牛《めうし》たりとも。」

私が、「彼らを侮辱するのを正しいと思わんがよい。慈善心を持っているのだから」と言ったら、彼はこう答えた。「貴方は間違ったことを言っています†。彼らは金の奴隷なのです。何の役に立ちましょう。三月の雲でありながら人に*慈雨を惠まず、太陽の源泉でありながら人を照らさず、能力の馬に乗りながら敢て驅り立てようともしません。彼らはまた、神のためにも一歩も動きまわろうともせず、責任と迷惑を強いるのでなければ一文も出そうとしません。『守錢奴の金は、彼が土には入る時に土から出て來る』と、聖賢たちも言っているように、彼らは骨折って蓄積し、けち臭く見守り、惜しそうに手離すのです。

勞苦・骨折りもて、一人の者、富を握れど
他の者來りて持去る、苦勞・骨折りなしに。」

私が彼に、「貴方は、金持のりんしょくについては、こじき根性であるということ以外には存じませんね。欲を捨てた者には、惠み深い人もけちん坊も同じだからです。試金石は黃金が何であるかを知り、こじきは誰がけち臭いかを知っています」と答えたら、彼はまたこう言った。「私は經驗から言っているんです。すなわち、彼らは從者どもを門口に置き、『誰も此處に居りません』と言いながら、親しい人たちをも入れないため、また賢明な方々の胸ぐらに手を當てさせるために、亂暴で殘酷な奴どもを配置しているのです。實際*、彼らはまた本當のことを言っています。

理性・勇氣・分別・判斷に缺くる者に
家令は良くも言いたり、『家には誰も居らず』と。」

私は答えた。「彼らは物を期待する人々の手でいや氣がさしているし、こじきらの要請《ねだり》で悲觀しているのだから、言譯が立ちます。そうして、若し沙漠の砂が眞珠に變ったら、こじきらの眼は滿足すると思うのは理性に反します。

慾深き人の眼は、世の富にて滿たされず
露もて井戸の滿たされざるが如し。

貴方は、到る所に困苦のため辛酸をなめている者を御覧になりましょう。貪慾のために自己を危險な行爲にさらしてその結果を避けようともせず、神罰を恐れようともせず、合法と不法の區別が出來ないのです。

犬もし土塊もて頭を打たるゝとき
喜びもて小躍すべし、骨と思いつゝ。
もし、死骸《むくろ》を二人の肩に運ぶとき
卑しきものは食器皿と思わん。

しかしながら、富む者は神様から好意的な眼で見られているし、合法行爲は不法行爲から守られています。私は、[二一七]たとえこの事を明確に述べたてたり、*議論をしたり、また明かな證據を擧げたりしなかったが、今や、*貴方の公正に期待します。貴方はかつて貧困という理由が無くて、詐欺師の手が肩に縛られたり、飢えのために牢獄に入れられたり、あるいは貞操のヴェールを引き裂いたり、また掌を手首から切断(二一八)されたのを御覧になったことがありますか。勇敢な人達も、必要に迫られては壁破りをやり(二一九)、かどとに孔を開けてつながれます。また、托鉢僧たちとて、情慾の激するところ、それを制する力がなければ、罪に誘われるのはあり得ることです。というのは、腹と陰部とは雙生兒なんです。つまり、それらは一つ腹の二つ兒なんです。この一つがおとなしくしている限り、他もまた落着いています。私の聞くところによると、ある托鉢僧がある青年にみだらな行爲をしているのを見つけられて恥じ入ったが、石を投げられる恐れ†があるので、こう言った。『おゝ回教徒たちよ！ ぼくには妻をめとる力もなければ、辛抱する力もない。どうすればよいんだ。〃回教に禁慾は無い(二二〇)〃のに。』金持に得られる内心の平和安靜の色々な動機となる一つは、毎晩胸に戀人を抱き、毎日新しい若者を捕えていることだ。その戀人といったら※、照り輝く朝も、彼女の美しさに手をこまねき、波打つ絲杉も彼女に恥じろうて足をどろの中に踏み外すほどだ。

親愛なる人らの血につめを浸しつゝ
指先をなつめ色に染めぬ。

彼女の美しいきりょうでは、罪の周りをうろつき、あるいは破滅をもくろむなんて不可能なことだ。

上天の花嫁を奪い、虜とせる心は

いかでか眼をくれん、ヤグマーの偶像に。（三二一）

彼のあこがるゝ新しきなつめやしの實を持てる者は
木の葉の群に石を投ずる要なし。

一般に、貧しき人たちは、貞節のもすそを罪で汚し、飢えた者は、人のパンを盗むものです。

飢えたる犬、肉を得るや
問わず、サーレフ（三二二）のらくだのそれか、反基督派《ダッジャール》のろばのそれかを。

どれほど多くの純潔な人たちが、貧しさのために悪の泉に陥り、貴重な名聲を汚名の風に吹き去らせたことだろう。

飢えゆえに節制の力も絶え
貧は敬虔なる手綱を奪う。

ハーテム・ターイーは沙漠に隠退していたが、もしも都會にいたら、こじきらの襲撃を受けてみじめになったであろうし、彼の着物は寸斷されたであろう。（ちょうど、こう記録されているように。

『われを見るなかれ、他の者の見ざるよう
こじきらの手より何の報いも得難ければなり。』）

彼が、「いや、ぼくは彼らの境遇に同情しますよ」と言ったので、私は、「そんなことはありません。貴方は彼らの富にあこがれて嘆息しているんです」と答えた。われ〳〵は、このようにして共に議論に囚われ、彼が歩《ふ》を進めるごとに私は撃退に努め、また彼が王手でいどむごとに私は王妃で守るのであった。結局、彼は努力の結晶である財布の金をすっかりかけて失い、議論の矢筒の矢をすっかり射盡した。

心せよ！　雄辯家の攻撃に楯《たて》を棄てざるよう
借り物の誇張のほか持たざる彼なれば。
宗教と神の知識を求めよ、虚飾多き辯舌家は
門に武器を持てど、城に人無きを如何せん。

遂に議論の餘地がなくなって、私はその托鉢僧を降參させた。すると、彼は亂暴の手を差延べ、愚にもつかぬ話を始めた。相手の議論に敗けると恨むのは、愚かなる者のしきたりである。あたかも、彫刻師アーザル(二三三)が、議論(二三四)で息子に打勝てなくなると、「もしお前が本當に止めなければ、必ずお前に石を投げつけてやるぞ」と言いながら、息子とけんかを始めたようなものである。彼は私をのゝしったので、私も彼を嚴しく反ばくし、彼が私の着物の胸先を捕えたので、私も彼のあごを、捕えて†やった。

彼はわれに、われは彼に落ちかゝり
人々はわれらの後より走り、また笑いぬ。
われらの論爭にて、群集は

驚きの指を歯に當てぬ。

間もなく、われ〳〵は回教徒たちの裁判官が適當と認めるところを採擇してくれるように、この議論に對する訴えを提出し、公平な判決をこうことに一致した。裁判官は、われ〳〵の姿を眺め、かつわれ〳〵の論法を聞いて頭を瞑想の懷†に沈め、十分考えた後に、彼は頭*をもたげて言った。「おゝ富者たちをほめたゝえ、托鉢僧たちにつらく當り散らすのを潔しとする人よ！　こういうことを御承知あれ、ばらのある所に刺があり、酒に醉があり、寶のあるところにへびが居り、高貴な眞珠のある場所には人を食うわにがいる。また、世間的な享樂には死の刺し針が後に控え、天國の喜びも忌むべき壁でさえ切られているんですよ。

敵《かたき》の暴は何するものぞ、（二三五）もし友を求むる者にふさわしからずば
寶・へび・ばら・とげ・喜怒・なべてが一連なり。

花園には枯木と一緒に麝香柳のあるのを見受けませんか。それと同樣、裕福な者の群にも感謝を知る者もあれば、不信心な者もあり、また、托鉢僧の群の中にも、辛抱強い者もあれば、短氣な者もあるんです。

もし霰《あられ》の一粒々々、眞珠たらば
それにて市場は滿たさるべし、貝がらの如く。

榮光あり氣高い神の親しいしもべは、貧乏人の性質を備えた金持と、金持の心をした貧乏人から成っています。最も偉大な金持は、貧乏人の悲しみを味わう人で、また最も優れた人は、餘り

金持のそでを捕えない人(二二六)です。〃神《アッラー》を信ずる者には、神の加護にて十分なり(二二七)。〃」それから、彼は不機嫌な顔を托鉢僧の方へ※向けて言った。「お〻金持は浪費者で怠慢†で、世俗的な快樂に酔っていると述べ立てた人よ！　もっともです。お説のような素質の人々も、確かに居りましょう。彼らは信仰の熱意に缺け、恩惠を有難がらず、持去っては貯え、自らは食べて人に與えぬ輩です。例えば、もし雨が降らず、大水が世の中を洗い去ろうとも、自己の力に信頼して、貧者の悲慘をも顧みず、偉大にして榮光ある神をも恐れることなく、こう言うでしょう。

『たとえ、他人《ひと》窮して滅するとも
われは在り、あひるは出水を恐る〻や』と。

らくだのかごに乘れる多くの女は
砂山に埋る〻人を顧みず。

卑しき人ら、自らの毛布を持ち出して言える
『何の憂いぞある、たとえ全世界滅するとも。』

お聞きのような種類の人々も居れば、また、惠みの盆を擴げ、慈しみの手†を開き、愛想よくしながら奉仕の準備怠りなく、*名聲や神の知識を求めるとともに現世と來世にわたっての樂しみの持主である人たちもいるんです。ちょうど、神の加護があり、勝利者であり、正義に厚い世界の

王者、人類に對する手綱の所持者、回教の國境の保護者、ソロモンの國の後繼者、當代諸王中での最大正義者モザッファロッドニャー・オ・オッディーン・アターバク※・アブー・ベクル・ベン・サァド・ベン・ザンギー――アッラーよ、彼の時代を永からしめ、彼の旗に勝利あらしめたまえ――のしもべたちのような人々がです。

　父すらも、その息子にかゝる慈しみをなさず
　君の惠み深き手の、人の子らになすが如き。
　神は欲したまえり、世に惠みを垂れんと
　そのお情にて、君をば世界の王となせり。」

　裁判官が、話をこの限度にまで長びかせ、われ〳〵が豫想した以上に誇張の馬※を驅り立てたので、われ〳〵は判決の要求するところで滿足し、過去の事は葬り去り、報復†しあった後に和解の道を選び、後を取り繕うために頭をお互いの足に垂れ、また頭や顔に接ぷんし合いながら次の文句を以て議論を終えたのであった。

　この世の回轉《めぐり》をかこつなかれ、おゝ貧しき者よ！(二二八)
　汝不幸になるべければ、もしかゝる樣にて死なば。
　おゝ富める者よ！　汝の心と手の榮ゆるうちに
　食べ、かつ與えよ、この世、あの世をかち得んために。

第八章　社交上の戒めについて

――その一――

富は人生の慰安のためのもので、人生は富を蓄積するためのものではない。ある賢人が、「誰が幸運で誰が不運か」と尋ねられたので、「食べてなお種子をまく人が幸運で、何ら樂しむこともなく死ぬ人は不幸だ」と答えた。

無爲に過す人のために祈るべからず
彼は一生を富の蓄積に過し、費さざるなり。

――その二――

モーゼ――彼の上に平和あれ――が、カールーン(二二九)に、「神樣が君に善くして下さったように、君もまた善いことをしなさい」と戒めたが、カールーンは聞き容れなかった。彼がどんな目に遭ったか、*その結果はお聞きでしょう。

黄金もて善を積まざりし者は
黄金のために、その來世への希望を賭《と》せり。

汝もし、兩界†に惠まれんと欲せば
人々に惠むべし、神の汝に惠める如く。

アラビヤ人は言っている。「恩にきせることなく施せ、利益はまた汝に歸るのだから」と。

惠みの樹、根を下ろす所
その枝、天にもとゞき張るべし。
その果實を食せんとせば
その根もとにのこぎりを當てがうなかれ。

神に感謝すべし、仁慈に惠まれしを
その惠みの贈物より汝を拒まざりしを。
王に仕うるとて誇るなかれ
彼に仕うる身を神に感謝すべし。

—— その三 ——

ある二人が、無用な苦勞をし、無益な努力をした。富を積んだ一人は費すことを知らず、學問を修めた他の一人はそれを實*行に移すことをしなかった。

如何ばかり多くの學を修むるとも

行わざる限り、汝は愚かなり。
學深まり、また賢しくもなり難し
四足獸、書籍の荷を積めりとて。
如何でか知り得んや、その頭腦の空なるものに
その上に在るは薪なるか書物なるかを。

――その四――

知識は宗教を育むためのもので、世俗的な富を得るためのものでない。
禁慾・學問・苦行を賣りし者は
收穫しつゝ燒き盡せるなり。

――その五――

節制のない學者は、松明《たいまつ》を持った盲人のようなものである。人を導くことは出來ても、*自らを導き得ない。*
無益に齡を費せる者は
物を購わずして黃金を棄てしなり。

―― その六 ――

國家は賢人によって麗しく、宗教は徳高き人によって完全になる。王が賢人と交る†ことは、賢人が王の近づきになることよりも一層必要である。

わが忠言を、君もし容れなば、おゝ王よ！
世†にこれほどの良き戒めはあるまじ。
「賢人のほかに用務を話すなかれ
たとえ、そは彼の役にあらざるとも。」

―― その七 ――

三つの物は、三つの物なしに、*永續しない。取引のない財産、議論のない學問、政治のない國家。

〔二三〇〕話せ、時には親切に、穏かに、また男らしく
人の心を受け容れのわなにもたらすべし。
話せ、時には嚴しく、〔二三一〕眞白き砂糖の百瓶《がめ》も
時々、一服のコロシントほどにも役立たざるべし。」

―― その八 ――

悪人に同情することは善人を壓迫することであり、壓制者を赦すことは貧し†い者を壓迫することである。

　卑しき者を愛撫し、親切を施すは
　汝の富もてなせし共犯の罪を問わるべし。†

――その九――

國王の友情に信頼してはならない。また、若者の美聲にも欺かれてはならぬ。* 前者は、ささいな疑いにも心變り†、後者は一睡†のうちに變化する。

　一千の愛人を持つ彼女†に心を與うるなかれ
　もし與えなば、その心は離別《わかれ》のためなるべし。

――その十――

君の持っている祕密を、友に打開けてはならぬ。他日、彼が敵になるかもしれぬことがどうして分ろう†。また、君に出來るどんな種類の不法行爲をも敵に與えてはならぬ。いつかまた、味方に（三三）ならぬとも限らないから。たとえ親友の間柄であっても、その友にもまた多くの親友があるのだから、内證にして置きたい祕密は何人に對しても話してはならない。同樣※、これに關連して……

沈黙するに如かず、己の祕め事を人に語るよりは
人に語るなかれと告げつゝ。
おゝ單純なる人よ！　水は源にて止めよ
滿つれば、せき得ざればなり。

內證話をすべからず
人中に語り合われざるが如き。

――その十一――

從順で友情を示す弱敵の意圖は、强敵にならんがために外ならぬ。世人も、「仲間の友情も信賴出來ない。いわんや、敵のお世辭においてをや」と言っている。

〔わが友は敵より惡し
敵たること、すでに背反の印《しるし》なり。〕
小敵を輕視する者は、小火を無視する者に似ている。
今日、消し得る時に消すべし
火力たかまらば世界をも燒き盡すべければ。
弓に弦を張らしむべからず

矢もて汝を貫き得る敵をして。

―その十二―

二人の敵の間に立てば、彼らが仲直りした時、君が困らぬ†ように語れ。
二人の間の争いは火の如し
あわれむべき告口屋は燃え木なり。
他日、かの二人喜びを共になすとき
彼は二人の間に不幸となり、恥入るべし。
二人の間に火を點ずるは思慮なく
自ら焼け死なん。

友に語るには低き聲もてすべし
残忍なる敵の聞かざるよう。
壁の前に語るを心せよ
壁の後に耳あるやも計られず。

―その十三―

友の敵と和するは、友を損うものである。
おゝ賢しき人よ！ その友より手を洗うべし
汝の敵と仲間となるが如き。

――その十四――

事を處理するに當って、不確かな場合には、何でも害の無い方を選ぶべきである。
穩かなる人に粗く話すなかれ
平和のとびらを打つ者と争うなかれ。
金で事が遂げられる限り、生命を危險にさらすべきでない。〔「劍は最後の策なり」と、アラビヤ人は言っている。〕
あらゆる策の盡きたるとき
手を劍にやるは許さるべし。

――その十五――

敵の弱さに同情してはならぬ。強くなると、君を容赦しない。
敵の弱きを見るとも誇るなかれ、ひげをひねりつゝ
各〻の骨の中に心髓あり、各〻の衣の中に人あり。

―その十六―

悪人を殺す者は、人々を彼†の災害から救い、また彼自身をも偉大にして榮光ある神※の罰から救う。

寛容は好もし
されど暴君の傷に膏薬を塗るなかれ。
知らざりき、すべてへびをあわれむ者は
人の子をさいなむことを。

―その十七―

敵の忠告を容れることは間違いである。しかし、それと反對に行動するために、單に聞くのはよい。また、その方が、實際常識的である。

心せよ、「そをなせ」と言える敵の言葉に
苦惱の手もて、汝のひざを打つべければ。
もし、汝に矢の如く右手の路を示さば
向きを變えよ、左手の路に。

―その十八―

怒りが度を越せば狂暴となり、不當な親切は權威を損う。君が飽かれるほどに嚴格にしてもならぬし、また君に對して大膽になる程やさしくしてもならぬ。

嚴しさとやさしさとは、共にマルメロの實なり
放血者の如く、外科醫もすれば膏藥も塗るなり。
賢しき人は嚴しからず
またやさしからず、己が威嚴を損うほどに。
彼は已を高しとせざれば
また人にないがしろにさるゝところともならず。

ある羊飼、その父に言えり「おゝ賢人よ！
われに一つの戒めを與えよ、老人らしく。」
父は答えぬ、「あわれみ深くあれ
されど鋭ききばのおゝかみを圖太くならしめざれ。」

―その十九―

寛仁なき國王と學問なき行者、この二人は國家と宗教の敵である。
かゝる王を君臨せしむるなかれ
神の忠實なるしもべとならざるが如き。

――その二十――

王者は、その友人が信頼の念を失うほどに、敵に怒ってはならぬ。怒りの火は、先ず怒りの持主に落ち、後で、その炎が敵に屆いたり屆かなかったりする。

地に生れしアダムの子にふさわしからず
自慢・短氣・横柄を頭に描くは。
かくまでに熱情†と强情を持てる汝をば
土より成るとは、われ思わず、汝は火なり。

バイラカーン(二三三)の地に、ある行者を訪いてわれは言えり
「汝が教えもて、わが無智なるを清めよ」と。
彼答えぬ。「行きて土の如く忍從せよ、おゝ回教法學者よ!
さなくば、地中に埋めよ、すべて汝の學びしものを。」

— その二十一 —

根性の悪い人は、敵の手に囚われている。どこへ行っても、自らの責苦から逃れ得ず、自由になれぬからである。

もし心悪しき者、禍の手より天に逃るとも
禍は待つべし、自らの悪しき性《さが》のため。

敵軍が離散するのを見たら安心してよいが、もし團結していたら、自身*の混亂を心配せよ。

行きて友と共に安息せよ
敵の間に争いを見しとき。
されどもし彼ら一つ心になれるを見なば†、
弓に弦を張り、城壁に石を運ぶべし。

— その二十二 —

敵は萬策盡きると、友情の鎖を結ぶ。それから後は、友情によりて、敵としては出來ないような行爲をする。

— その二十三 —

二つの徳の一つがむだにならぬように、へびの頭を敵の手で打たせよ。後者†が勝てば、君はへびを殺したことになり、もし前者が勝てば、君は敵の手から逃れる。
戦いの日に安んずるなかれ、敵弱しとて
その必死なる時、ししの頭脳をもつんざくものなれば。

―― その二十四 ――

人の心を痛める知らせであることを知ったら、ほかの誰かが告げるまで黙っていよ。
おゝうぐいすよ！ 春のよき音信《おとずれ》をもたらせ
悪しき知らせはふくろに残せ。

―― その二十五 ――

必ず受け容れられる確信がない限り、國王に人の不信を告げてはならぬ。さもないと、君自身の破滅に努めることになる。
言わんと欲するならば
汝の言葉容れらるゝを知りて語るべし。
【言葉は人間自身の完成なり
言葉によりて、自らを損うなかれ。】

— その二十六 —

おしなべて、氣の強い人に忠告をする者は、彼自身にも忠告者を必要とする。

— その二十七 —

敵に欺かれても悪いが、またほめられたために心おごってもならない。前者は詐欺の網を張り、後者は貪慾のもすそを開いているのだから。愚か者は、甘言を喜び、死體のようにそのかゞとが脹れ上り、一體に肥満している。

心せよ、雄辯家のほめそやしを聞かざるよう
彼は汝より益を得んとするなり、わずかの手持品もて。
いつの日か、彼の願いを満たさざるとき
汝が二百の缺點を數え立つべし。

— その二十八 —

誰かが、演說家の缺點を指摘してやらぬ限り、その談話が立派になるまい。
己の話の美しさを誇るなかれ
愚か者の賞讃と自らのうぬぼれもて。

―― その二十九 ――

誰にも己の知性は完全で、わが子は美しく見える。
あるユダヤ人と回教徒と論議しぬ
そは[†]、われを笑わしめしほどに。
回教徒の怒り[†]ていわく、「もし、わが行いの正しからずば
おゝ神よ！ われを死なしめよ、ユダヤ人として。」
ユダヤ人は言えり、「われはモーゼのおきてに誓わん
われもし背かば、われ回教徒たるべし、汝の如く。」
もし、地上より知性消えなば
自らを無智と思う者なかるべし。

―― その三十 ――

十人は一つの食卓についても、二匹の犬は一片の腐肉を共にしない。どんらんなる者は、たとえ全世界を意のまゝにしても、なお飢えている。足るを知る人は、一片のパンで満足する。賢人たちも言っている。「足るを知る貧者[二三四]、商品を持つ富者にまさる」と。

狭き腹は一切れのパンにて飽き足るも

（二三五）
狹き眼は世界中の富もても滿たされず。

わが父、その臨終に
われに一つの戒めを殘して去れり。
「煩惱は火なり、そを愼しめよ！
地獄の火に自らを燒くなかれ。
その火の中に汝耐え得ず
忍び、水もてこの火を消すべし、今日のうちに。」

――その三十一――

能力ある時に善をなさざる者は、無力の時に憂き目を見る。
暴君ほど不運なるはなし
逆境の日に、その友たる者なければ。

――その三十二――

急速に生じたものは、何でも永續きしない。
われ聞けり、東の國には

一つの花瓶を作るに四十年を費すと。
マロドシト（二三六）に造らるゝは日に百個なり
うべなるかな、その價の汝知れるが如きは。

ひなは卵より出ずるや食をあさる
されど、みどり兒にはその理智と分別なし。
前者は速かにおとなになれど、何ものにも成り得ず
後者は威嚴と美德とにて、何ものにも優る。
ガラスは到る所に見るべし、故に價値なし
ルビーは手に入り難し、故に高價なり。

── その三十三 ──

事は忍耐によって成就し、急ぐ者は失敗する。
われ自らの眼もて見たり、沙漠に
遲き人の速き人を追い越せるを。
神速なる馬は疾驅に疲れ
らくだの馭者は緩かに驅る。

── その三十四 ──

愚かなる者には、沈默に優るものはない。もし、この事柄を知るなら、彼は愚かでない。

汝に全き美德無きとき
舌を口の中にとゞむるに如かず。
舌は人を恥かしむ
實の無きくるみは輕し。

ある愚か者、ろばを馴らしいぬ
絶え間なき努力をなしつゝ。
ある賢しき人言えり、「おゝ愚か者よ！　汝何を努むるや
惡口屋のとがめを恐れよ、かゝる空しき試みへの。
獸《けもの》は汝より言葉を學ばざるべし
汝は獸より沈默を學ぶべし。」

よく考えずに答える者は
その言葉の多くは正しからざるべし。

理智の人らしく言葉を飾るか
獸の如く默して坐せ。

― その三十五 ―

人もし他人に自分の學識を知らせようとて、已より學識ある者と議論するならば、他人は彼の無智を知るであろう。
汝より話にすぐるゝ者あるとき
たとえ、汝、より良く知るとも逆うなかれ。

― その三十六 ―

惡人と交る者は、善い目に遭わぬ。
天使もし惡魔を友となせば
恐怖・不信・詐欺を學ぶべし。
惡人より善†を學び難し
おゝかみは革衣を作らず。

― その三十七 ―

人が内證にしている悪事をあばいてはいけない。彼らを辱しめるばかりでなく、自らもまた信頼されなくなる。學問して實行しない者は、耕して種子をまかない者に似ている。

—— その三十八 ——

精神のない身體に從順は求め難く、實のないもみがらは、商品に向かない。

—— その三十九 ——

議論に長じた者、必ずしも事の處理が正しくない。
チャーダル姿(二三七)、如何ばかり美しとも
開かば、母の母たる老婆なる。

—— その四十 ——

もし、夜毎が榮譽(二三八)ある夜であるならば、榮譽ある夜も何ら價値なき夜となるであろう。
もし、すべての石、バダホシャーン(二三九)のルビーならば
ルビーと石とは等し。

—— その四十一 ——

美しい姿の中に美しい性質が宿るとは限らぬ。行いは内にあって※、皮膚の上にないから。※
いつかは、人の良き素質を知り得べし
學識の如何をも。
されど、彼の内なるものに安んじ、欺かるゝなかれ
惡心は多年感知し得ず。

――その四十二――

お偉方《ボソルガーン》らと爭う者は、己の血を流すであろう。
己を偉し《ボソルグ》と思う者を
やぶにらみとは良くも言いたり。
やがては見るべし、額の割らるゝを
角ある牡羊《おひつじ》と汝の頭と戯るゝならば。

――その四十三――

しいと手を打ち合い*、劍に[二四〇]手を當てがう*のは、賢人のすることでない。
酔漢と爭い、力を驗すなかれ
つめの前には、汝の手をわきの下に置くべし。

― その四十四 ―

力強き者と争う弱者は、己の破滅によって敵を助ける。
日蔭育ちの者に、如何でかゝる力やある
戰士と戰いに行くが如き。
腕弱き人は、徒らにこぶしを振りかざすのみ
鐵のつめせる人に逆いつゝ。

― その四十五 ― 二四一

忠告を聞かない者は、非難を聞くことを願うものである。
戒めの耳に入らざるとき
われ汝をのゝしるとも默すべし。

― その四十六 ―

徳の無い人は、徳の高い人を凝視することが出來ない。ちょうど、市場のやくざ犬どもが獵犬にほえかゝりはするが、敢てその前に近づけないようなものである。すなわち、心の卑しい者は、有徳の誰人をも打負かすわけにゆかない。悪意の中傷をするばかりである。

か弱くねたみ深き人は蔭口をきく
されど、面と向いなば、その口数多き舌は黙する。

——その四十七——

飢に迫られねば、どんな鳥もわなにかゝらぬし、また猟師も網を張るまい。

〔腹は手かせ、足の鎖なり
食慾の奴隷は神を崇めることとまれなり。二四二〕

聖賢は緩かに食べ、行者は食慾の半分程度に、隠者は餘命を支えるだけ、若者は皿の取上げられるまで、また老人は發汗するまで食べる。しかしながら、カランダル(二四三)僧たちは餘りに多く食べるので、胃の中に呼吸する餘地もなく、また食卓には他の者の食物も殘らない。

腹のきずなに囚わるゝ者は二夜眠れず
一夜は胃の重きため、一夜は心の悲しみのため。

——その四十八——

女に相談することは破滅のもとであり、壊亂者に惠み深くすることは罪悪である。

〔鋭き歯の豹《ひょう》をあわれむは二四四
羊をさいなむものなり。〕

(悪人を助け慈しむとき※
汝の富も協力して罪を犯すなり。※)

— その四十九 —

面前の敵を殺さない者も、また己の敵である。

手の中に石、石の上に[245]へびあるとき
賢しき人はためらわず。

ある一團の者は、*この忠言に反對してこう言うのであった。*虜を殺害するのをためらう方がよい。選擇權はこちらにあって、殺すことも出來れば赦すことも出來るから。ためらうことなく殺してしまえば、それを償うことが不可能になり、好機を失う可能性がある。

人の命を奪うはいと易し
死せる者をば再び生かす能わず。
理のおきてなり、射手の忍ぶべきは
ひとたび弓を離れなば二度と歸らざれば。

— その五十 —

賢人が愚者と議論したとて、名譽は望めない。もし、愚者が雄辯でもって、賢人を打負かした

からとて不思議はない。たゞの石でも寶石を碎くから。
　何の不審ぞある。もしその聲をひそめたりとて
　うぐいすのからすと同じ鳥かごにあるとき。

もし德高き人、無賴漢に辱しめらるゝとも
悲しみ惱むことなし。
質惡しき石の、黃金のコップを割るとも
石の値打增さず、黃金の價値減ぜず。

—— その五十一 ——

賢人が、無賴の徒の群にあって、話を控えるからとて驚いてはいけない。たて琴の音は太鼓の騷々しさに打勝てず、龍涎香はにんにく※の惡臭に敵わぬのだから。
愚か者の高聲、誇らかに首をもたげぬ
賢しき者をば厚かましくも打負かしたれば。
君知らずや、ヘジャーズ人の音律は
陣太鼓の響に敵わざるを。

―― その五十二 ――

寶石は、たとえどろの中に落ちても、依然として貴重であり、埃《ほこり》は天へ上ったとて依然としてつまらない。教育のない才能はあわれむべきであり、才能のない教育は浪費である。火は崇高な寶であるから、灰も貴重な要素である。しかし、それ自身には何の價値もないから、土に等しい。砂糖の價値は、砂糖きびに由來するのでなく、それ自身の本質にある。

カナーンに愚かなる質あらば
豫言者の生れたることにその價値を増さず。
美德を示せ、さもなくば寶にあらず
ばらはとげより、アブラハムはアーザルより。

―― その五十三 ――

麝香は、自ら香るから尊いので、薬種屋が述べたてるから※ではない。賢人は、薬種商の香料入れのようなもので靜かであるが、德がある。愚か者は、それ自身戦士の太鼓のようなもので、聲は高いが中味は空虚である。

愚か者の中の賢人は
譬《たとえ》にも言わるゝ如く、

盲人の中の麗人なり
拝火教徒らの家における†コラーンなり。

――その五十四――

長い間、親交のあった人を、一瞬にして苦しめるのは適當でない。
石は多年にしてルビーとなる
心せよ！　一瞬にして石もて碎かざるを。

――その五十五――

心弱い人の、陰險な女の手*におけるように、理智は煩惱の手に囚われる。
〔享樂の家の戸を閉めよ
内なる女の叫び聲起るが如き。〕
力の無い信仰は詐欺であり、迷想であり、判斷力のない力は愚であり、狂氣である。
必要なるは分別・細心・†理智・そして國土
愚かしき者の國土と富とは己への武器なれば。

――その五十六――

食べ、かつ与える恵み深い人の方が、断食し、かつ貯える行者よりも良い。世人から良く思われんがために、煩悩を捨てる者は、合法的な煩悩から非合法的な煩悩に陥る。

行者、神のために隠遁せざるとき
あわれ、彼は真黒き鏡の中に何を見るべしや。

―― その五十七 ――

少々ずつが澤山になり、一滴々々が大水になる。すなわち、力の手を持たない者は、機會あらば†暴君の自負心をくじくために、石のかけらを貯える。

一滴々々の結ぶとき川となる
川また川の結ぶとき海となる。

少と少とは共に多となり
一穀々々は穀倉となる。

―― その五十八 ――

賢人は、普通人の愚行を寛大に見逃すべきでない。雙方ともに損われるから。すなわち、前者の威厳は減じ後者の愚が常習的になる。

卑しき人に親しくまた樂しげに話さば
彼の横柄と自負心を增すべし。

―― その五十九 ――

罪惡は誰が犯したとて非難すべきであるが、學者による場合が最も良くない。學問は惡魔と戰う武器であり、もし武器の所有者が捕虜となれば、大きな恥を受けるからである。

零落せる無智の平民たるは
愼しみなき學者にまさるべし。
彼は盲目のため道を失い
こは二つの目持てるに井戸に落ちぬ。

―― その六十 ――

生命は、一つの呼吸で保たれる。そして、現世は二つの絶滅の間(二四六)の存在である。現世の宗教を賣ってはならぬ。* 現世の宗教を賣る者どもは、ろばであるから、人々は、何を買うためにヨセフを賣ったのか。〃われ汝ら(二四七)と契約せざりしか。おゝアダムの子らよ！ 汝らが惡魔に奉仕せざるよう。眞に、そは汝の公敵なり。*〃

敵の言葉もて、汝は友との契りを破れり
見よ、汝、何者と離れ、何者と結びしかを。

――その六十一――

悪魔は有徳者に、國王は貧者に打勝てない。
祈らざる者を信頼するなかれ
たとえ彼の口、飢えのために開くとも。
神への義務を果たさざる者は
汝に負うものをも顧みず。
今日は更に二人の謀反人を捕う
明日は言わん、こゝより引抜くべしと、大根《トルプ》の如く。†

――その六十二――

生存中、人にパンを施さなかった者は、死ねば、その名を忘れられる。ぶどうの美味を知るのは、寡婦であって果物の持主ではない。正義者ヨセフ――彼の上に平和あれ――は、エジプトのひでりの折、飢えた人々の事を忘れないために、腹一杯には食べなかった。
安樂と幸福のうちに生きる者

いかでか知らん、飢えの何物かを。
不幸の何たるかを知るは
己の境遇の貧しき者のみぞ。

心せよ、おゝ速馬《はやうま》に乗れる者よ
水やどろの中に、いばらの束を運ぶあわれなるろばに。
はた、貧しき隣人に火を請う[二四八]なかれ
彼の煙突よりもるゝは心の煙なれば。

── その六十三 ──

ひでりの年に困窮している虚弱な托鉢僧に對しては、その傷に膏薬をつけてやるか、その前に幾らかの金でも差出すのでなければ、「如何ですか」と尋ねてはいけない。

荷を擔《にな》いつゝどろに陥るろばを見なば
心よりあわれむべし、その頭を踏むなかれ。
行きて、如何して陥りしやを問うとき
腰をかゞめ、その尾を捕うべし、人らしく。

— その六十四 —

二つの事柄は理智に反する。神によりて割當てられた以上に食すること、定められた時期以前に死ぬこと。

運命に變更なし、よしんば千の嘆きあらんとも
また神をのゝしり†、口より不平の出でんも。
風の倉を司る天使
いかでかあわれまん、老婦†の燈消ゆるとも。

— その六十五 —

おゝ食を求める人よ！ 席に着きなさい。食べるために。おゝ死を宣告された人よ！ 逃れるな。命は助からぬ。

糧のために努むるも努めざるも
等しく與うべし、偉大なる神は。
よしんば顔を豹《ひょう》†の口に入るゝとも
汝を食わざるべし、運命の日にあらずば。

——その六十六——

當てがわれないものは手にし難く、當てがわれるものは到る所に見出されよう。
君聞きしや、アレキサンダーは暗黒の世界に入りぬ
多くの骨折りもて、味わいたるは不朽の水なりき†。

——その六十七——

不運な漁夫は、チグリス河で魚を獲らず、また幸運な魚は、陸へ上っても死なぬ。
慾深き貧者はすべての世界に行く
糧を求めつゝ、されど運命そのかゞとにあり。

——その六十八——

裕福な無能者は、金めっきを施した土塊であり、徳高い托鉢僧は、土で汚れた美人である。後者のぼろ服はモーゼのぼろ衣であり、前者のフィラウン（二四九）の晴着には寶石がちりばめられている。

——その六十九——

善人たちは、逆境†にあっても樂しそうな顔をし†、惡人は榮える時でも頭をうなだれている。

位・富持てる者とて
それが故に心痛める者を救い得ず。
彼に知らすべし、富も位も
來世には得られざるを。

—— その七十 ——

ねたみ深い人は、神の恩恵にも慾深く、罪なきしもべを敵視する。
われ脳髄の足らざる小人を見たり
地位ある人をあしざまにのゝしりいたれば、
われは言えり、「おゝ御主人よ！　如何に不運なりとて
幸運の人らに何の罪科《とが》ありや。」

心せよ！　ねたみ深き者に、禍を願わざるよう
その不運なる者、自ら禍の中にあればなり。
彼に敵意を示す要ありや
彼の背後に、かゝる敵あるに。

―― その七十一 ――

意圖の無い學生は、金の無い戀人であり、觀察力の無い旅人は、翼の無い鳥である。また應用のきかない學者は、果實の無い樹木であり、學問のない行者は戸の無い家である。

―― その七十二 ――

コラーンを降し賜うた目的は、立派な品性を得るためで、單に書いてある章句を吟ずるためではない。無教育な宗教家は、徒歩で旅行するようなもので、怠惰な學者は、眠っている騎手のようなものである。祈りのために手を持上げる罪人は、頭に誇*を持つ行者よりも良い。

愛嬌あり、やさしき將校は
人を惱ます法學者にまさる。

―― その七十三 ――

ある人が、「實行の伴わない學者は何に似ているか」と訊かれたので、「蜜を持たないみつばちに†」と答えた。

無慈悲なるみつばちに告ぐべし
「蜜を與えずとも刺すなかれ」と。

――その七十四――

元氣の無い男は女であり、貪慾な行者は山賊である。
　おゝ譽れのために白衣をまとう者よ！
人に誇†ることは、己の行いを黒くなすことぞ。
　手を世俗より控うべし
そでの長くとも短かくとも。

――その七十五――

二人の者は、悔恨が心を離れることがなく、苦惱の足はどろから抜け切らない。難船に遭った
商人とカランダル回教僧らと交る若者。二五〇
　托鉢僧ら、汝の血を流すをよしとせん
もし、汝の富に近づき得ざれば。二五一
　僧服をまとう者と交るなかれ
それとも、汝の家に青線を引くべし。(二五二)
　象の主《あるじ》らを友とするなかれ
さなくば、象にむく家を求むべし。

―その七十六―

たとえ、王の名譽ある衣は大切でも、自身の着古した衣の方が一層大切である。高貴な人たちの食がいかばかり美味であっても、自身の合切袋の中の一片《ひとかけら》の方が一層美味である。

自らの苦勞になりし酢《す》と野菜とは
村長より受けしパンや小羊にまさる。

―その七十七―

單なる推量で藥を飲み、未知の道路を隊商も連れずに行くことは理性に反し、賢人の意見†にも反する。イマーム・モルシェド・モハムマド・ガザーリー(二五三)――彼の上に神の慈悲あれ――は、「どうして、それほどの知識の高さまで到達したのか」と、人々に訊かれたので、「何でも自分の知らないことは、尋ねるのを恥としなかったから」と答えた。

健康への希望も理に適わん
脈を名醫にとらすならば。
汝の知らざるを尋ねよ、質問の恥は
汝の知識を高位に導くべし。

―― その七十八 ――

やがては確かに知れると分るようなことには、その質問を急ぐ必要はない。威厳を損うから。

ロクマーンはダビデの手の中に
不思議にも鐵の、蜜蠟の如くなれるを見て
問わざりき、「如何にしてかくはなせしや」と
そを訊かざるもいずれは知れることを知りたればなり。

―― その七十九 ――

人と交際する資格の一つは、家事にたずさわるか、神の家で満足するかである。

聽き手に應じて語るべし
もし汝に傾倒するを欲せ†ば。
マジヌーンと交りし賢しき人たちは
ライラーのほかには述べず†。

―― その八十 ――

惡人らと交る者は、たとえ彼らの氣質の影響を受けなくとも、その生活態度†の點で疑われるこ

とは、ちょうど、もし人が居酒屋へお祈りには入っても、酒を飲むせいにされるようなものだ。

汝は愚かさを己が不幸とせり
愚か者と交り†したために。
われ賢しき人に一つの戒めを求めぬ
われに言えるよう。「愚かしき者と交るなかれ。
よしんば、汝賢しくとも†、いずれはろばとなるべし
もしまた汝愚かならば更に愚かとならん。」

―― その八十一 ――

らくだのおとなしさは、知られている通り(二五五)である。子供が手綱をとっても、百ファルサング(二五四)の距離はついて行く。至って従順なものである。しかしながら、もし死の原因となるような危険な谷間に出遭い、子供が愚かにもその方へ行かせようとするならば、手綱をその手から奪い取り、もはやおとなしくしない。なぜならば、残酷への従順は非難さるべきだから。敵は温順だからて味方とならず、かえって欲望を増すといわれる。

汝にやさしき者には、その足の埃《ほこり》たれ(二五六)
されど、逆わんか、その二つの眼に埃を投ぜよ。
意地悪き者には話すなかれ、やさしくまた慈しみつゝ

さびたる物は、やすりなしには[二五七]清くならざれば。

——その八十二——

自分の博學を知らせようとて、他人の話を妨げる者は、己の愚かさの度合を知らせるだけである。

賢しき人は應《いら》えせず
人々の彼に問わざる限り。
たとえ話の性[†]質眞なりとも
彼の主張は容れられ難し。

——その八十三——

私は着物の下に一つの傷を持っていた。長老《シェイフ》——彼の上に神の慈悲あれ——は、そのことで、※毎日、「君の傷はどうだ」とお尋ねになったが、「どこにあるのか」とはお尋ねにならなかった。長老が御遠慮なさったのは、身體の各部門を述べたてることは適當でないからだと、私は知った。誰でも言葉をよく考えない者の返答には閉口すると、賢人たちも言っている。

言葉そのものの正しさを知らざる限り
汝の口を開くべからず。

もし眞を語りて監禁さるゝとも
汝の虚言によりて監禁よりのがるゝよりはよし。

―― その八十四 ――

虚言は一撃に似ている。たとえ、傷が直っても跡が殘る。虚言で有名であったヨセフの兄弟たち――彼の上に平和あれ――は、その父*に眞實を語っても信ぜられなかった。神も仰せられた。〃されど、(二五八)汝自身の魂こそ汝に斯く言わしむる虚構を暗示せしめしなり。それ故に、*われは忍ぶべきなり。〃

〔聖き人は僞りととらず
眞を語るならわしの人には。
人もし僞りに名高くならば
たとえ眞を語るとも誤りと言わん。〕
眞實のならわしある者
誤るとも見逃さるべし。
されど僞りにて名高くならば
眞を語るも信じられず。

―― その八十五 ――

創造物のうちで、外見的に偉大なのは人間であり、生物中、最も卑しいのは犬である。しかし、恩を知る犬は、恩知らずの人間にまさること賢者たちの一致するところである。

犬は一片の食すら忘るゝことなし
たとえ、百度彼に石を投ずるとも。
されど、卑しき者を終生慈しむとも
いさゝかの嚴†しさにも汝と争わん。

―― その八十六 ――

放縦な者は、藝能に長じない。藝無しは、首長たる地位に向かぬ。
貪慾なる牝牛《めうし》をあわれむなかれ
彼は多く眠†り、多く食す。
もし、汝牡牛《おうし》の如く肥えんとせば
驢馬《ろば》の如く、人々の壓制に身を託すべし。

―― その八十七 ――

福音書にこうある。〝おゝアダムの子よ！　われもし汝に財を與えなば、汝はわれによりも富に傾くべし。われ、もし汝を貧しからしめんか、汝は悲しむべし。然らば、汝は何處にわれを崇むる樂しみを見出し、またいつわれを禮拝せんがために急ぐや〟と。

惠まるゝ時には、汝おごり高ぶり、怠慢なり
貧しき時には、悲しみ痛むなり。
幸と不幸とにおける汝の様は斯くあれば
われ知らず、汝はいつ己よりも神に侍るかを。

――その八十八――

神の意志は、一人の者を玉座から引降ろし、他の者をば魚の腹の中に保護したもう。
幸いなるは、人の汝〔神〕に祈れる時なり
よしんば、自ら魚の腹中に居るとも、ヨナの如く。

――その八十九――

もし、神が憤怒の剣を抜くなら、豫言者も聖人も頭を引込める。しかしながら、もし惠みの一瞥をくれるならば、惡人をも善人にする。
もし、最期の審判《さばき》の日に神怒りて宣わば

豫言者らにも、何の容赦の餘地あるべき。
言うべし、「慈しみもて顔被《パルデ》いを取除くべし
罪人ら赦しを望めば」と。

——その九十——

現世の苦行によって、公正な道を選ばない者は、來世の責苦を受ける。最高神も宣うた。*〃われは彼らに來世のより大なる罰のほかに、現世の小なる罰をも味わしめん〃(二五九)と。

上長らは先ず戒め、後に拘束す
彼ら戒めを與え、汝聞かざるとき、汝を拘束すべし。

——その九十一——

幸運の人たちは、後世の人らが自分の事どもを手本とせぬ前に、古人の物語やことわざを教訓にした。ちょうど、盗賊らが、その手を斷ち切られぬようとて手を短かくするように。

鳥は面前の穀粒に行かず
他の鳥のわなにかゝるを見なば。
他人の不幸より戒めを得よ
他人の汝より戒めを得ざるよう。

―― その九十二 ――

聴覚の鈍く生れついた者は、どうして聞くことが出來よう。また幸福の輪索《わなわ》を投げられている者は、どうして前進を避け得よう。

神の友らは暗き夜も
明るし、輝く日の如く。
この幸は腕の力もて得られず
寛仁なる神の與えたもうに非ざれば。

汝を誰にか訴えん、他に判事の在らざるに
また汝の手より優れたる手もなし。
汝の導く者は迷いなく
汝の迷わしむる者には案内者なし。

―― その九十三 ――

終りの良い托鉢僧は、終りの悪い王よりも宜しい。
先に憂い、後に樂しむは

先に樂しみ後に憂うにまさる。

――その九十四――

地には空から夕立があり、空には地からの埃《ほこり》がある。すべての容器は、その中に含まれるものを滴らす。

もしわが性質、汝にむかざるとも
自らの良き性質を棄つるなかれ。

――その九十五――

榮光ある氣高い神は、罪を見ても隠したもうが、隣人はそれを見なくとも、はやし立てる。
神《アッラー》はわらを守りたもう。されど人もしわが祕め事を知らば
その手にて安かる者なし。

――その九十六――

黄金は、鑛山を掘って得られるが、守錢奴からは魂を掘って得られる。
いやしき者らは、費さず貯うるのみなり
彼らは言う、「消費への希望は消費にまさる」と。

一日†、汝は見るべし、敵の願い通り
金は殘り、いやしき者死せるを。

——その九十七——

弱者を容赦しない者は、壓制者から壓迫される。

力ある腕、常に勇しく
か弱き者らの手をくじかず。
弱き者らの心を傷つくるなかれ
強き者の暴力に屈するべければ。

——その九十八——

賢人は反對に遭うと逃避する。そうして、平和を見出すと、錨《いかり》をおろす。なぜなら、前の場合には岸邊が安全であり、後の場合には自ら樂しめるからである。

ばくち打ちは三つの六點を希望し、三つの一點を外らす(二六〇)。

牧場は野原より千倍も快し
されど、馬は自ら手綱を持たず。

—— その九十九 ——

ある托鉢僧が、祈って言った。「おゝ神よ！ 悪人を慈しみたまえ。貴方様は既に善人を善ならしめた事によって慈しみたもうたから。」

着物に徽章《きしよう》を、手に指環を着けた最初の人は二六二ジャムシード（二六一）だと言*われる。彼は、人々から、「右手が優れているのに、どうして左手を飾ったんですか」と訊かれたので、「右手は、それ自身正しく立派に飾※られている」と答えた。

ファリードゥーン、シナの縫取師に命じぬ
その天幕の周りを縫取るよう。
「おゝ賢しき人よ！ 悪人に善をなせ
善人は自ら大にして幸福なれば。」

—— その百 ——

ある偉い人《ボゾルギー》が、人々に、「右の手は非常に優れているのに、何で左手に指環をはめるんですか」と尋ねられて、「優れた人は、常に無視されることを知らない†んですか」と。

運†を創り、運を与えしもの
美徳や幸運を割り当つるなり。†

――その百一――

國王を戒めるのは、己の頭を失うことを恐れず、また金を望まぬ人のみに許される。

一神論者は、その足もとに黄金を注がんも
はたまた、その頭にインドの青龍刀をふりかざさんも、
誰人をも恐れず、また期待せず
これこそ眞の一神教の基なれ。

――その百二――

王は暴虐者を、警察署長は殺害者を取除き、また裁判官はすりの捜索に關する適法を聞くための存在である。しかしながら、正しきに組する二人の敵對者は、決して裁判官の所へ行かない。

正しきことの與うるべきを知らば†
慈しみもてなすは、爭いや悲しみもてするにまさる。
人もし快く税を納めざらんか
税務官は力もて取り立てん。

――その百三――

各人の歯は酸味で鈍らされるが、ひとり裁判官のは甘味だ。
裁判官、五つのきゅうりを收賄するとき
汝には十†のまくわうり畑に生ずべし。

— その百四 —

年老いた遊女と不行跡で免職された巡査とは、人虐めを二度とやらぬと悔むほかに何が出來よう。

若き隠者は神の道の勇士なり
老いたる者は、その隠れ家より起ち得ざれば。
たくましき若者は、色慾を愼しまざるべからず
活氣なき老人には情慾の起らざれば。

— その百五 —

ある賢人が、人々に、「偉大にして榮光†ある神が創造したまい、かつ果物のなる多くの樹木があるのに、果物※のならない絲杉のほか、一本も自由と呼ばれぬのは、どうしたわけですか」と訊かれて、こう答えた。「どの樹木にも果物の實る一定の季節があって、時には†、それが有るため

に生々と栄えて見え、時には其れが無いために枯木のように見える。ところが、絲杉のみはかゝることはなく、始終美しく生々している。これがつまり、自由な人たちの特性なのだ。」

過ぎ行くものに心を寄するなかれ
チグリスの流れは永《とこし》えなり。バグダードのハリフ(二六三)ら過ぎて後も。
能うべくば、しゅろの木の如く大度たれ
もし能わずば、絲杉の如く自由たれ。

―― その百六 ――

二人の者が、惜しまれながら空しく*死んで行った。一人は物持ちであったが、それを使わず、他の一人は、物識りであったが、それを行わなかった。

學識ある守錢奴
その缺點をあばかざる者なし。
されど、惠み深き人、よしんば二百の罪科《とが》あるとも
彼の大度、その缺點を償うなり。

大 尾*

ゴレスターンの本*は完結した。アッラー、創造者——彼の名を輝かせよ、彼をたゝえよ*——のおかげで、この全巻を通じて、先人たちの詩を借り集めるような著作者のしきたりを踏襲せずに濟んだ。

わが古き衣もて飾るは
借り衣を求むるにまさる。

近視眼者流は、この陽氣で愉快なサァディーの談話の大部分を、徒らに人の腦髓を費し、無益に燈火の煙を吸うなんて賢い人々の行爲ではないとて、非難の長廣舌を振りまわすかもしれないが、しかし讀者たちの心が飽きて、これを容認する利益を拒まないように、†療法的な訓戒の眞珠が説明の絲につながれ、忠告の苦い薬が機智の蜜に混っていることが、言葉の理をかみ分け得る進歩的な方々の御高見を覆い隱せまい。兩界の主たる神をたゝえん。

われら戒めを與えられたり、その正しき所に
かくありて生を經來れり。
もし何人の熱望する耳にも達せずば
使者によりてことずてさるれば足るべし。

おゝそを見る者よ！　アッラーに慈しみを求めよ
著者のために、われは赦しを求む、その持主のために。
何なりと汝の欲する惠みを求むべし、自らのために
しかる後に、赦しを求めよ、著者のために。

【若し最期の審判の日に機を持たば
仁慈深き人の御前に、われ言わん。
「おゝ主よ！　われは罪人、君は情深き主人なり
われの犯せる悪にも拘らず、われ君の惠みを渇望するなり。二六四」】

神の加護にて本書を終る。*

原作者の生い立ちとその作品について

詩聖サァディー（一一九一年）は、フェルドゥスィー（九二〇年―一〇二〇年か二五年）竝にハーフェズ（一三八八年）と共に、ペルシャ三大詩人の一に數えられ、いみじくも國寳扱いされている。その人となりは、生れながらの詩魂詩才に加えて、幼年時代から青年時代にかけての師父による宗教教育や中年以後における數奇と苦惱とに滿ちた大旅行から得た深刻な體驗に培われたものに相違ない。サァディーは、世のいわゆる道學者でもなければ、聖人でもない。また、いわゆる夢見る空想詩人でもなかった。極めて常識に富んだ實際家であった。それでいて、宗教的意識の豐かな哲人であり、博學多才の賢人であった。そして、信念は強いが、寛仁大度の人情家であり、ユーモアのある苦勞人であった。彼自ら、托鉢僧の姿をして諸國行脚の旅を續けながらも、形式的な托鉢僧のしきたりや珠數には價値を認めなかった。教育や道德の基礎を宗教に置きながらも、獨善的な世捨人や隱者・行者の類には餘り共鳴しなかった。

さて、サァディーの傳記は未だ詳かにされていない。その作品の中に言及される事柄から斷片的なことを知り得る程度に過ぎない。從って、その生年月さえ今なお不明であるが、一一七五年説と一一八四年説とが最も有力である。いずれにせよ、アターバク王朝（一一四八年―一二八七年）の第三代モザッファロッディーン・トクラ・ベン・ザンギー王の治世に生れたことだけは確からしい。アターバク王朝は、當時、ペルシャに據っていた諸王國のうちでも最も強力な王家で、サァディーの生地シーラーズを首都とするファールスを本據としていた。トクラ・ベン・ザンギー王は、間もなく、その弟サァド・ザンギー（一一九五年―一二二六年在位）に後を繼がれたが、サァディーの父アブドッラー（「神のしもべ」の意）は、このサァド王に仕える身であった。この王朝の創設時代から餘り平和に惠まれなかったが、サァド王の頃から、更に蒙古の怪傑チンギーズ・ハーンの勢力が南下の氣配を示し出したので、全く內憂外患の狀態にあった。

サァディーの氏名は、一般にシェイフ・モスレヘッディーン・サァディー・シーラーズィー(Sheykh Moṣleḥd-dīn Sa‘dī shīrâzō)（二六五）として知られている。シェイフとは、聖者の域に到達し得た人に與えられる尊稱で、「長老」「尊者」「先輩」「教師」「族長」などの意がある。彼を呼ぶのに、單にシェイフをもってすることもあるが、一般にシェイフ・サァディーといわれる。モスレヘッディーンとは、「宗教改革者」の意の本名。シーラーズィーとは、「シーラーズの人」の意。サァディーとは、サァド王の名から取った雅號。サァドとは、「幸運」「繁榮」の意。彼の父は、托鉢僧の性格を備えた謹嚴實直な敬神家であった。わが子の教育には、世の常の父親以上に心を配った。サァディーが、子供の頃から既に禮拜に極めて熱心で、コラーン經に讀みふけるなど、世間一般の子供らと違っていたのは、一に、その父の偉大なる感化力を物語っている。彼は幼にして父を失い、父亡き後の家庭は、決して豊かなものではなかった。母が、代って教育の任に當った。母は、彼が詩人として名を成した靑年時代まで生き永らえたらしい。彼が修業のために、當時における回教の世界的中心地バグダードに何時出向いたかは不明である。一説には、ある分限者の世話で、同地の一私立學校に入學し、二十一歳の時に文藝論を發表したとある。また、同市における當代隨一の最高學府ネザーミヤ學院（二六六）の一文學教授に幾つかの斷片詩に長い寄題文を添えて獻上したことが動機となって、大いに才幹を認められ、やがて同校に入學を許されたという。そうして、當時のしきたりに從って、學院から手當を受けながら勉學を續けることになった。主として、ハディース（hadis）、つまり教祖の傳承を研究したといわれる。本ゴレスターンにも、「傳承《ハディース》によれば」が、隨所に見られるのも、そのせいであろう。とにかく、その學生生活は三十歳頃まで續いたらしいが、故國の混亂か何かで歸鄉する氣になれず、バグダードから直ぐ最初のメッカ巡禮の途についたという說もあれば、また一度は歸鄉したものの、やはり國内不安のためかで、再び一二二六年に故鄉を去り、一二五六年まで歸らなかったという說もある。この旅行期間三十年說に對し、二十年說もある。三十年說に從えば、彼の出鄉した一二二六年という年は、またサァド王の歿した年でもあった。その子アブー・ベクル（回教暦六二三年―六五八年＝一二二六年―一二五九年から六〇年在位）が代って卽位した。新王は、ファールスを外敵から守るとともに、二百年以來災禍で荒れ果てた同州を速かに復興し、また荒廢したシーラーズの寺院・僧院・禮拜所・學校などを皆元通りにしてしまった。そのうえ、各地に學校を新設もした。學者・詩人・聖賢らにして遠方から來集する者が多く、王の名聲は四方にとゞろいた。サァディーが旅から歸って二年目に、このゴレスターンを獻じた相手は、この新王であった。一種の寄題文である本書の序文で、あの皮肉屋のサァディーが、アブー・ベクル王に對し最大限の讃辭を敢て惜しまなかったのは、あながち單なるお世辭ばかりともいえないのである。それほどの名君でありながら、玉に瑕で、王に一つの缺點があった。學者や詩人と限らず、すべて身邊の有能者・有德者を一應疑ってみる癖があったのである。直情徑行の自由詩人サァディーには、そうした王の氣性も宮廷生活そのものも適合するはずがなかった。かつての熱心な後援者であったアブー・ベクル王もまた彼を重視しなくなった。旅から歸った彼は、暫し宮廷詩人として宮仕えしたものの、面白くないので、やがて隱遁したことは、本書の序文からもうかゞえる。

サァディーの永い流浪の旅は、實に曲折に富んだ人生航路であり、試錬の時代であった。東は、インドから、西は小アジヤや北アフリカにまたがる國々を、多くは徒歩で、時にはらくだの背で、時には裸足で、旅を續けたのであった。そうして、その間に體驗した數々の奇談や逸話が、本書やブースターンに滿載されているが、わけても、人の感興をそゝって止まないのは、本書に掲げられている物語の一つ、シリヤのトリポリにおける失敗談であろう。サァディーは、不圖したことから、十字軍に囚われの身となり、そのざんごう掘りという苦役に從事させられることになった。たまく〳〵、舊知の間柄である一有力者に出會わしたおかげで、身代金を拂ってもらって自由な身になったまではよかったが、そのために手に負えない娘を押しつけられ、夫婦げんかの絶間がなかったなど、笑えぬ悲喜劇であった。サァディーが、メッカに巡禮すること十數回、一生のうちの大きな部分を沙漠の中に暮したこと、百餘歳の長壽を保ち得たことなどから察すると、如何に健康に惠まれた人であったかがうなずけよう。それなればこそ、老境に達してなお續々と傑作を發表することが出來たのである。事實、彼は非常な精力家であり、勤勉家であった。

ペルシャ國內に蒙古の勢力が增大するにつれて、アターバク王家は次第に衰亡の一路をたどった。アブー・ベクル王も、サァディーの歸鄕後三、四年、つまり、イル汗國の創設者である蒙古の將フラグ汗によるバグダードの陷落後、一、二年にして退位した。その後、同王朝は三代續いたが、サァディーの死に先立つこと四、五年にして滅亡したのであった。その末期は、全く蒙古のかいらいに過ぎなかった。

かねて、官を退き、シーラーズの郊外にいおりを結んだサァディーは、宿望通り、静かな禮拜と詩作の生活とを本格的に樂しむようになった。その間、フラグ汗の宰相ハージェ・シャムス・オッディーンやその弟であるバグダード知事アラー・オッディーンは、共に學識と德とに秀でた人であったが、サァディーを極度に尊敬し、師事するに至った。フラグ汗の息アバーガーオン汗また同然であった。時の王侯貴族にして、彼を敬愛思慕する餘り、そのいおりを訪ねる者が少くなかったといわれる。彼は、アバーガーオン汗の子アルグーン汗の時代に、この世を去った。シーラーズの東北郊にあるサァディーの壯大なる墓所サァディーエ (Sa'diyeh) は、今では一種の巡禮地になっている。

サァディーの作品の大部分は、一二五六年の歸鄕後のものである。その詩は、自由奔放で、情熱的なのをもって特徴としている。歸還の翌年發表されたのが、ゴレスターンに次いで世界的に有名になったブースターン（Būstān〃薫る園〃）であった。全巻マスナヴィー詩形の採られた道德詩であるが、前記の通り、これにも幾多の面白い旅行體驗談が載せられている。餘り大作物の無いサァディーの作品中、これが最大編である。次位は、タッイエバート（Ṭayyebāt〃善行〃）と稱する抒情詩。第三位が、このゴレスターンで、歸鄉の翌々年の作である。他の道德詩パンド・ナーメ（Pand Nāmeh〃戒めの書〃）という小品は、一名カリーマー（Karīmā〃おゝ慈悲深きものよ〃）と呼ばれ、ゴレスターンやブースターンと共に、インドではペルシャ語の教科書として使用されて來た。なお抒情詩にバダーエ（Badā'e'〃珍物〃）やガザリッヤーテ・ガディーム（Ghazaliyyāt-ě Qadīm〃古き高調抒情詩〃）があり、また哀詩（marṣiah）にも、かなり大部な集錄もの（qaṣāyed）があって、この中に數種の作品が、ペルシャ・アラビヤ・トルコの諸語で書かれている。從來、この哀詩は個人のためのみに書かれていたが、始めて國家または國民のために哀詩を物したのはサァディーであった。そのほか、ハズリッヤート（Hazliyyāt〃こっけい詩〃）、モズヘカート（Moẓhekāt〃おどけ〃）、モターヤバート（Motāyabāt〃笑草〃）などがあり、ロバーイッヤート（robāī'yyāt〃四行詩〃）もある。彼の作品には、文藝に關する論文・逸話・奇談・金言に關した小品もの、斷片ものが特に多い。詩集（kolliyāt）の中に集錄されているものも多いが、載せられてないものも澤山ある。詩集によって、內容も違う。サァディーは、如何にもよく歌い、よく論じたと見え、當時の詩人仲間から、「シーラーズのうぐいす」と、あだ名されていた。

大旅行以前のサァディーは、父に似て謹嚴そのものであったが、永い苦しい旅行を體驗して後は、多少思想的にも變化を來したらしく、人間がかなりさばけて來た。半聖半俗になった。あたかも彼の時代には、回教徒の勢力が一時衰退を來したすきに乘じて、一般に享樂の風が生じていた。例の有名なオマル・ハイヤームの快樂主義の四行詩《ロバイヤート》の出現したのも、サァディーより一足先きであった。サァディーは、ユーモアの見地からして、ある程度、情熱の必要を認めるようになったが、僞戀は排斥しなければならぬとした。

註釋

（一）この原語 besmellâh ar-raḥmân ar-raḥîm は、回教徒によって書かれる一切の書籍の冒頭に記されるきまり文句で、こゝでは〝序文〟を意味する dîbâcheh や moqaddamah にも兼用されている點で、古典としての一特色が見られる。

（二）原語 nâh とは、〝甘蔗や葦などの莖〟の液。他版では、tâk〝ぶどう樹やつる草〟の液、または sabz varaq〝綠の葉〟の液、その他の語が使用。

（三）敎祖マホメットの異名。〝選ばれたる〟の意。

（四）豫言者ノアのことは、コラーン第七十一章に述べられている。

（五）メッカにある神殿の本尊たる正方形の堂宇。

（六）ファールス州に君臨した王朝（一一四八年―一二八七年）の名。

（七）〝世界と宗敎〟、つまり〝國土と敎會〟における勝利者の意。

（八）パールス（アラビヤ音はファールス）からギリシャ名〝ペルシャ〟が出たのであるが、こゝではパールス州だけを意味させた方が一層適切。

（九）形、透明、價値の諸點で涙と共通性がある。

（10）石のように堅固な心の館の意。

（11）りんぱ質、膽汁質、多血質、憂鬱質、つまり鈍重、短氣、陽氣、陰氣の四つ。

(一二) 直譯、〃冗談のじゅうたんを擴げていたが〃。

(一三) 敎祖の運命をかけたバドルの戰(西曆六二四年)で捕獲し、後で敎祖がその後繼者アリーに與えたもの。

(一四) ペルシャの新紀元名で、ジャラーロッディーン・マーレク・シャ時代(一〇七九年)に始まる。

(一五) 〃讀者〃のこと。

(一六) 直譯、〃出席者たち〃。

(一七) この小見出しは、譯者の手許にある八種の異版本のうち、インド版の一種にしかない。

(一八) この種の仰々しい賞詞は、あらゆる種類の權威者や恩人に對する場合の、ペルシャやインドにおける一つのしきたり。

(一九) ペルシャで有名な畫家マーニーの畫廊のこと。彼はマーニー敎派、卽ち明暗敎の創設者として一層名高い。自ら豫言者を名乘ったために、回敎徒から宗敎的詐欺師の汚名を受けた。

(二〇) これは、プラットス版の標題。インド版の一種には、〃アブー・ナスルの子、大アミール・ファホレッディーン——神よ彼の命を永からしめ給え——のこと〃となっている。

(二一) 〃ゴレスターン〃を暗示している。

(二二) ペルシャ王ノウシーラワーン王の宰相にして哲學者。

(二三) ペルシャのハマダーン市に近い高山。

(二四) パレスチナにおける西部地方の古名。こゝでは、作者は、自分の才能を示すことが出來ても、彼のいわゆる花園と呼ぶ所の厳めしい會合や美青年の典型であり〃カナーンの月〃と稱せられたヨセフの住んで居たカナーンにおいてではないと、謙そんして述べている。

(二五) 有名な偶話作者で哲學者。多くの人からイソップと同一人視される。第二底本には、〃哲學者ロクマーン〃となっている。コラーンの第三十一章には、〃ロクマーン〃が當てられている。

(二六) 直譯、〃社交の禮儀について〃。ちなみに、第二底本では、これらの目次と次の詩句とが前後入れ換っている。

(二七) 卽ち一二五八年一月八日から始まる。この一句で本書の著作年代が判明。

(二八) コラーンの引用句。

(二九) ペルシャ最初の王家ピーシュダーディヤーン王朝（西曆前約七五〇年の創設）第七代の王。同國を奪った暴君ザッハークの壓制からペルシャを救うた。

(三〇) ペルシャ東部の地方名。

(三一) ペルシャ詩聖フェルドゥスィーの後援者として有名なマフムード王の父（九七七年より九九七年まで在位）。アフガーニスターンにおけるガズニー王朝の創始者。

(三二) 正義で知られたペルシャ王。マホメットは彼の統治時代に生れた。

(三三) エルサレム附近にある小山。聖賢たちの墓があるので有名。

(三四) この傳説上の鳥が空をかける時、その影を頭に受けた者は、王位を運命づけられるといわれる。

(三五) 〃七つの國〃とは、回教徒の地理によれば全世界を七つの國に分けているため。

(三六) 豫言者ヨナの乘船が難破して海中に投ぜらる。大魚の中に居ること三日三夜。ニネヴェの町に吹き上げられ、同市滅亡を豫言したという故事に基く。さて、この前句では、圓くて大きいペルシャのパンを圓盤にたとえたもの。〃太陽が沒して暗くなる〃とは、パンが暗がり、即ち胃に降る。つまり、〃彼ら盜賊どもが夕食を採った〃こと。また、後句は〃日沒〃の意にもなるが、ヨナには〃ひとみ〃の意もあるから、これが〃魚の口〃即ち〃まぶた〃(兩者の形が似ている)に入るとは、〃まぶたを閉じる〃即ち、〃彼らが眞に眠りに陷った〃ことを意味する。

(三七) 生えかけた口ひげや鼻ひげのことを言っている。

(三八) 族長アブラハムのおいの名。第二底本では、〃ノアの息子、惡人どもと交れり〃とある。

(三九) 敎祖と共に、ほら穴の中に避難中の友人達のこと。

(四〇) 〃理性ある生きもの〃の意。

(四一) ロスタムの父。この親子のことは、フェルドゥスィーのシャー・ナーメに詳述されている。

(四二) 有名なチンギーズ汗の子にして、一二五八年頃統治。

(四三) ペーシュダーディアーン王朝第四代のペルシャ王ジャムシード(ペルシャの元日を制定したと稱せられる人)を退けて代ったアラビヤ出の暴君。

(四四) ペーシュダーディアーン王朝第七代の王。國の横領者ザッハークの虐政からペルシャを救った。

(四五) 天國と地獄の境界。
(四六) 有名なノウシールワーンの子。初め、溫和だったが、後で殘酷で懲罪的になる。
(四七) 〃死〃が意味される。
(四八) 洗禮者セント・ジョンのこと。
(四九) 回教暦の六五年（=六八三年—四年）ハリーフェ・アブドル・マーレクの下に、アラビヤ及びイラーク知事たりしアラビヤ人。暴君として、ペルシャ人から非常に憎惡されている。
(五〇) 王が臣下に授ける着物。
(五一) 神都メッカのある地方名。前句では、ヘジャーズが海岸にあるので、人々ののどを乾かす必要の無いことを、欲望や信仰を滿たすのに事をかゝぬになぞらえている。
(五二) 一般の版本では、このたとえ話だけ切り離し〃物語十六〃となっている。
(五三) 直譯、〃魂がくちびるに出る〃。魂が身體を脱する意で死ぬこと。
(五四) 人間の總決算、即ち最期の審判。第二底本では、〃裏切らぬ者は計算によりて、その手が震わぬ〃と否定文になっている。
(五五) 暗がりの中に在ると想像される〃不滅の泉〃は、一度發見されると、〃永遠の生命〃が與えられるという傳說に基く。
(五六) 手許のインド版二種とも〃胸〃となっている。また、版本によっては、この二對句は、「神の意志にて人倒るゝ時、全世界こぞりて彼の頭を踏みにじるべし。されど幸運を捕えし時、その手を胸にして彼をほめそやさん」となっている。

(五七) 直譯、〃彼らの市場が不振になった〃。
(五八) 直譯、〃尊敬の地に口づけした〃。
(五九) メッカの本尊が人の願望を滿たす場所となって以來の意。
(六〇) モーゼの從兄弟コラのこと。彼は非常な財産家であるにもかゝわらず强慾家であったと回教徒から言われている。
(六一) 燃やせば非常に煙を立てる樹木。いぶして、痛む眼の消毒に用いられる。
(六二) ペルシャのサッファーリヤ王朝（八七三年—九二〇年）第二代の王。
(六三) ペルシャのニシャプール市とアフガーニスターンのハラート市との中間地域。
(六四) 第一底本では、hākem 〃知事〃であるが、前後の關係を考慮して、特に第二底本の譯を採用した。
(六五) 直譯、〃熱い灰と化した〃。
(六六) ケヤーン王朝、卽ちペルシャ第二の王朝の第三代サイラス王のこと。有名なロスタムは彼の一將軍で、トルキスターン王アフラースヤーブと戰った。
(六七) エジプトの隱者アボルフェーズ・ソウバンエブネ・エブラヒーム（回教暦二四五年死）の稱號。彼は回教徒の聖人であり、スーフィー派回教の首領。
(六八) 〃非常に幸福である〃意。
(六九) 他の版本にあって、兩底本に無い。
(七〇) 教祖マホメットの從兄弟で、また女婿。

（七一）アラビヤ暦の十二月に執り行われる祭禮で、山羊や羊を犠牲にして神に供える。
（七二）ペルシャ灣の海港。
（七三）ユーフラテス河畔の都市。元小アルメニヤの首都。
（七四）有名なペルシャ詩人、一一九〇年死。
（七五）どろ〳〵した酸い牛乳。ヨーグルトのこと。
（七六）アッバスィー王朝（約七五〇年—一二五八年）第五代の教主（七八六年—八〇八年）。
（七七）サーサーン王朝の諸王、特にノウシーラワーン王の稱號。
（七八）恐ろしい顔の悪鬼で、ソロモンの指環を盗もうとした。
（七九）族長ヨセフの美しさについては、コラーンにも散見される。
（八〇）直譯、〃調停の顔を地上に置いて言った〃。
（八一）回教暦の第九ヵ月で、この一ヵ月間、教徒は朝の三時頃から暮の七時頃まで斷食する。
（八二）裏海の南部グイラーン州生れの聖者。一一六六年バグダードで死去。
（八三）カァバ殿を被う黒布で、毎年取換えられる。銀の縫取がされている。
（八四）愛兒に對する形容語。
（八五）教祖は、天使や豫言者にも許されないような力を神から授かる時もあるが、何時でも左樣とは限らぬ意。
（八六）共に天使長の名。
（八七）共に教祖の奥方の一人。

(八八) 直譯、〃汝は自身の市場（を作り）、われらの火を鋭くする〃。
(八九) 子ヨセフを失ったヤコブを指す。
(九〇) ノアの孫。
(九一) もしも、托鉢僧が常に有頂天の狀態に居るならば、現在及び未來の樂しみを欲求しまいとの意。
(九二) シリヤにある町。
(九三) 非常に毛深く、二つのこぶがある。乘用。
(九四) 版別によって、bargí〃一枚の葉〃、torkí〃トルコの〃、parkí〃羽毛〃など色々違っている。
(九五) メソポタミヤの古都。バスラの町に隣接。
(九六) クーファとメッカとの間にある巡禮休息所。
(九七) qeblehとは、〃祈りのさゝげられる地點〃つまり回敎徒にとってはメッカ、キリスト敎徒やユダヤ敎徒にとってはエルサレムがそれぞれ意味される。
(九八) 假作的な人名である。
(九九) 第二底本に限って、本詩句の末尾に、〃確かに罪はわが方からである〃との一散文が入っているが、前後の文脈から觀ると誤入らしい。
(100) 有名な說敎家で、サァディーの師。回敎曆五一〇年（＝一一一五年―六年）生―五九七年（＝一一九九年―一二〇〇年）死。

（一〇一）寺院の塔上から、祈りの時間を一々告げるを役目とする人。

（一〇二）いずれも音階の名稱。版別によっては、ネハーヴァンド、イラーク、イスファハーンなどの音階名も使用されている。

（一〇三）テヘラーンでは、約三キログラムの目方、地方によって多少異る。

（一〇四）スーフィ主義、即ちペルシャの神祕主義のこと。この汎神論的思想體系が成立したのは大體十一世紀末とされる。スンニー派回教から派生したもので、サァディーもこれに屬している。

（一〇五）アラビヤの地名。第二底本には、kheyl「群」が nakhlah 〃しゅろの小森〃となっている。

（一〇六）この對句の掲載されている版本は極めて少い。

（一〇七）この半句は、前後の關係から察して一層適切なため第二底本から採ったもの。第一底本では、〃この心よりも惑わしき恥しさなし〃。

（一〇八）ペルシャ王の名。この一句は、〃貧者の一燈〃を説いたもの。バフラーム王がろば一頭をほふって燒肉にし人々に分けてやっても、〃あり〃が〃いなご〃の脚一本をごちそうするのとは比較にならぬ意。

（一〇九）〃小ねこの父〃の意。教祖の一友人のあだ名。彼が常に小ねこを連れていたことに由來。

（一一〇）マホメットを指す。
（一一一）版本によっては、本物語が無い。

(一二二) 原語 bād 〃風〃には〃風氣〃〃風氣蓄積〃つまり胃腸内のガスから轉じて〃得意〃〃尊大〃〃横柄〃などの意となる。
(一二三) これを身に着ければ、幸運に惠まれると考えられている。
(一二四) 僧院にて、托鉢僧や巡禮者に授與されるパン。
(一二五) 本對句は、第二底本では本詩の冒頭に置かれているが、第一底本では本對句以下三句とも欄外に置かれている。
(一二六) 寛仁で聞えたターイー族のアラビヤ人の名。回教以前の人。
(一二七) サーサーン王朝六代目の王(四二〇年—四三九年在位)。彼は gōr 卽ち野生のろば狩りが好きなために、かくあだ名された。
(一二八) エジプトの暴君。彼の大臣の名がハーマーン。
(一二九) 〃使徒〃〃豫言者〃〃モスタファー〃いずれも教祖マホメットを指している。
(一三〇) 直譯、〃(奉仕の)土に口づけした〃。
(一三一) 本物語は、兩底本を初め、大多數の版本にない。
(一三二) サーサーン王朝初代の王(二二六年—二四〇年在位)。
(一三三) 地方別によって差がある。イスファハーンでは四百分の一マンの重さ。法定は英國の一グラムの重さ。
(一三四) チグリス河畔のクーファとバスラの間にある町。七〇二年、ハッジャージ・ベン・ユーソフが創設。

（一二五）コラーン引用句。
（一二六）ギリシャの哲學者。但し、第二底本では、單に hakîmî 〃ある哲人〃となっている。
（一二七）第二底本では本物語は前物語の一部となっている。
（一二八）ペルシャ灣の入口にある島。
（一二九）原語 Rûmî は、〃ローマ〃、〃トルコ〃、まれに〃ギリシャ〃の意となるが、本來〃歐洲トルコ〃つまり昔の〃東ローマ帝國〃、卽ち〃ビザンチン帝國〃のこと。
（一三〇）アラビヤ半島南西部における小國。エーメンのこと。
（一三一）ガウルとはエルサレム附近の低地帶。第二底本には、dar biyâbânî〃ある沙漠にて〃とある。
（一三二）デシウス帝（二二五年）の統治時代からセオドスィウス帝（四〇八年）の統治時代まで、エフェサス附近のほら穴で眠り續けたという七人のキリスト敎徒。
（一三三）コラーン引用句。
（一三四）同前。
（一三五）ペルシャ第二の王朝名に由來。その弓は極めて强く、效果的といわれる。
（一三六）一ディナールの六分の一の貨幣。第二底本では、單に do nîm〃二半〃。
（一三七）vasmah とは、一種の青色染料となる〃あいの葉〃のこと。まゆ毛用のあい色染料。なお、abrû〃まゆ〃も、前者を〃目藥〃と譯した關係で、單に〃眼〃とした。
（一三八）shah-ravâ とは、國王の强制によりて流通する無價値な錢。同名の暴君が、自國内で貨幣として受取られるように皮革製の貨幣を流通させた故事に因る。

（一三九）イスラエル王ダビデが、自ら竪琴をひいたばかりでなく、歌うことも上手だったといわれるため。

（一四〇）第一底本に限り、yâ kamîneh〃おゝ卑しき者よ〃であるが、他の多くの版本の譯に從った。

（一四一）ペルシャの東南州シースターンの異名。

（一四二）共に有名な力士。

（一四三）ペルシャのロレスターン州に住むジプシー族のこと。但し、第二底本では、dozdân〃盗人ども〃となっている。

（一四四）tahî-dast〃空っぽの手〃とは、邦語同樣〃貧しい〃意。

（一四五）直譯、〃この貪慾で二度と熱望の周圍をうろつかぬよう〃。但し、第二底本では、〃このわなの周圍をうろつかぬよう〃。

（一四六）シーラーズ郊外の、公衆祈禱場の在る地名。

（一四七）第二底本では、bozorgân〃先輩たち〃〃長老たち〃だが、他の版本では‘azîzân〃親しい人々〃。

（一四八）nasrîn とは、〃黃色な水仙〃で、この香を鼻（damâgh）でかげば、腦（demâgh）が新鮮になるとか。

（一四九）直譯、〃外の何物を準備しても我慢できぬ〃。

（一五〇）原語 Jâlînûs〔一三一年—二〇一年〕はギリシャの名醫兼哲學者 Galen のアラビヤ名。

（一五一）アラビヤきっての大雄辯家として知られる詩人。ヴァーエル族の人。

（一五二）ガズニー王朝第二代目の王（九九七年—一〇二八年在位）。詩聖フェルドウスィーの後援者として、また十五、六回にわたるインド侵略家として有名。

（一五三）上記マフムード王の大臣。

（一五四）Abû'l Favâres〝騎手たちの父〟とは、しわがれ聲を出す説教家のあだ名。

（一五五）ペルシャの有名な古都ペルセポリスのこと。

（一五六）今のイラークにある都市。

（一五七）直譯、〝死の覺悟であった〟。第二底本では、dar vartah〝深海に〟〝絶壁に〟。

（一五八）sabr とは〝ろかい〟という植物の汁液から取れる一種の下劑藥であるが、こゝでは別の語義〝忍耐〟と結びつけている。

（一五九）聖典〝コラーン〟の。

（一六〇）第二底本では、〝もう一つは賢人たちがこう言っているんで〟であるが、版本によっては、本物語全體を缺いている。

（一六一）第二底本では第一人稱扱いで、〝私は一人の友人を持ち、永い間會わなかったのが、ある日やって來たので、こう言ってやった〟となっている。

（一六二）第一底本では kam〝少い〟であるが、第二底本の beh〝良い〟を採った。

（一六三）直譯、〝（神に）赦しを求めぬ〟。

（一六四）この二句は、第一底本では欄外に置かれてあるが、第二底本では、前記〃聖賢たちも言っている〃の前に來る。
（一六五）nâbat〃草木〃とは、こゝでは〃うぶ毛〃を指している。本語が次行で〃美しい砂糖〃〃精製糖〃の別意を兼ねさせている點が面白い。
（一六六）原語 alef とは、アラビヤ字母の第一字目であるが、その形が〃くぎ〃形で、あたかも〃ひげ〃に似ているため。
（一六七）あごひげを取除くと否とにかゝわらず青春は過ぎ行く意。
（一六八）ほおひげを〃小あり〃にたとえ、月を圓い美しい〃ほお〃にたとえたもの。
（一六九）本物語も第二底本やその他の版本に無いものがある。
（一七〇）直譯、〃多分、己の行爲の背後に坐すべし〃。
（一七一）ペルシャのホラーサーン州にある市名。
（一七二）第二底本には、naf'î〃利益〃の一語がは入っている。
（一七三）寶を守ると想像される〃へび〃は先ず殺されねばならぬのに、今や逆になった意。
（一七四）アラーオッディーン・ムハムマドの稱號。一二〇〇年より一二二〇年までオクサス河から裏海にまで擴がるハーラズムを統治。
（一七五）黑海の東北地方の名。Scythia 地方の名。
（一七六）シナ領トルキスターンにある市名。
（一七七）文法學者で辭書編集家。オマルの子アボルカーセム・ジャッロッラ・マフムードの異名である。コラーンの註釋とアラビヤ語の文法書 (Naḥv-ĕ Zamakhsharī) の著者。一一四三年死去。ハーラズムのザマホシャール市の人。

(一七八) 假作的人物。よく 'Amr と一緒に用いられる。

(一七九) 略奪を事とするアラビヤ人の一族。

(一八〇) アラビヤの愛人の名で、彼のラーイラに對する熱烈な戀物語は、ペルシャ詩人ネザーミー(回教暦五三五年—五九九年)その他によって歌われている。

(一八一) コラーン引用句。

(一八二) テヘラーンの西南にある都市。

(一八三) 第一底本では、以下の文句は欄外に掲げられている。

(一八四) この一句は、兩底本を初め、多くの版本にない。カルカッタのマフッマド・サァイード書店版から採ったもの。

(一八五) 金曜日は、回敎徒の日曜に當る。

(一八六) 直譯、〃存在の國に氣づかない〃。

(一八七) sandal 〃びゃくだん〃 の粉末と 〃ばら水〃 とをねり混ぜた物は、烈しい頭痛や熱病の時、頭や足の塗藥として用いられる。

(一八八) 第一底本では、この二行は欄外。

(一八九) 直譯、〃陽物とこうがん〃。この二對句は、第一底本を初め、多くの版本に無い。

(一九〇) メソポタミヤの古名。

（一九一）この一句も、版本により缺く。

（一九二）第二底本では、〃堅き陰莖は十マンの肉にまさる〃。本句竝に前句とも、版本によっては載せられてない。

（一九三）第一底本の khâmeh 〃ペン〃 よりも、第二底本の sûzan 〃針〃 を一層適當と認めて採った。

（一九四）コラーン引用句。

（一九五）遊戲の一種。一つの環の中に閉じ込められた一人の子供が相棒の一人の足を打當てて入れ代るまで打たれる。

（一九六）回教徒の學校 maktab は、わが國の寺小屋式に、多く寺院の中にあるので。

（一九七）直譯、〃仁慈の結び目を結んだ〃。

（一九八）ペルシャ名 soheyl. アルゴ星座中での最大星カノパスのこと。

（一九九）山羊の最優秀の柔い皮革。

（二〇〇）香高く美しいなめし革。アラビヤのエーメンが原產地。夏期カノパス星が頂天に達する頃、革に對し最も良い影響があるといわれる。

（二〇一）第一底本では肯定文になっているが、前後の文脈に照らし、第二底本の否定文に從った。

（二〇二）khâr 〃刺〃 とあるのは、沙漠地帶に生える植物は〃あざみ〃などの刺々しいものが多いので。

（二〇三）この物語は、第二底本その他の版本に往々缺けている。

(二〇四) 一デラムの銀貨は地方によりて多少價値は變るが、大體、戰前のわが約十錢に相當。

(二〇五) 共に奴隷の名。

(二〇六) マホメットを指す。

(二〇七) ペルシャのホラーサーン地方、卽ち昔のバクトリヤにある町。

(二〇八) kolûkh-kob とは〃土塊の破碎機〃のこと。

(二〇九) 第一底本では〃二握り〃。第二底本の意を採った。

(二一〇) hadî とは、〃お供物用として〃メッカに送られる家畜のこと。

(二一一) gorbânî〃犧牲〃は、廣く神に供える家畜のこと。

(二一二) rak'at とは祈りの單位の名で、朝二回、正午と午後各〻四回、日沒に三回、晩に四回、一日に計十七回の祈りをさゝげる。各〻の祈りには三つの姿勢がある。第一は起立、第二は手をひざの上に置きながらひざまずく。第三は地面に平身低頭。

(二一三) 第一底本では teshneh〃渇せる〃だが、第二底本の譯に從った。

(二一四) 〃貧は現世・來世にわたっての恥である〃との意。

(二一五) アラビヤのことわざ。

(二一六) 第一底本では、逆に bardâr-and〃彼らは上げる〃となっているが、前後の文脈からして、第二底本の譯を適切と認めて採り入れた。

(二一七) 第一底本では否定扱いされているが多分誤植であろう。原字の na と be とは單に一點の位置の相違に過ぎないので。

(三一八) 盗みなどの罪で。
(三一九) 盗みのために、壁の下を掘って、家に忍び入る。
(三二〇) 教祖の言葉。
(三二一) ヤグマーの美人を指す。ヤグマーはトルキスターンの地名で、美人を産するので有名。前行の〃とりこ〃〃分捕品〃の原語もやはり Yaghmâ なので、雙方かけたところが面白い。
(三二二) コラーンに數回出て來る豫言者の名。〃聖者〃の意。彼はサムード族に傳道使節として派遣された。その〃らくだ〃というのは、彼によって奇蹟的に岩から生ぜられたもの。
(三二三) アブラハムの父であるが、一説では本當の父の死後、アブラハムの面倒を見た叔父といわれる。彼は偶像作り人であり、偶像禮拜者だといわれる。
(三二四) コラーン引用句。
(三二五) 神を暗示している。
(三二六) 第一底本その他の版本にある否定詞が、第一底本及び一部の版本には無い。インド國アッラーハバードのラーム・ナラーイン・ラール書店版には、komm〃そで〃が katm〃隱とく〃になっているのがある。
(三二七) コラーン引用句。
(三二八) darvîsh〃托鉢僧〃は、大體〃貧しい者〃の同義語に用いられるので、本書、特に本貧富論では、時々後者の意に譯した。
(三二九) モーゼの從兄弟。非常な金滿家であると同時にまた貪慾であったと回教徒からいわれている。

（三三〇）第一底本では、本詩は欄外に置かれている。

（三三一）〝ひょうたん〟の一種。この果肉で下剤薬が作られる。

（三三二）この邊は、版本によって皆違う。全體欠けているものもある。〝たとえ彼が信頼に値しても、君の祕密に對しては誰も君ほどに同情的でない〟なども違った文例の一つ。

（三三三）裏海に近いアルメニヤの都市。

（三三四）第一底本の tavân-gar 〝富者〟を捨てて、第二底本の意を採った。

（三三五）貪慾な眼の意。

（三三六）ペルシャのシーラーズ附近の地名で、土器の生產地。

（三三七）近年まで、ペルシャ婦人が頭から全身を包んだ外被。

（三三八）コラーン引用句。〝眞に、われらは榮譽ある夜にコラーンを贈れり〟。一年を通じて最も譽れの夜とされる。

（三三九）インドとペルシャのホラーサーン州との中間にある地名。ルビーの產地として有名。

（三四〇）mosht とは、〝こぶし〟〝げん骨〟の意。

（三四一）第一底本以外の版本に大抵ある。

（三四二）この一句は、第一底本では欄外に置かれている。

（三四三）回敎の世捨人で、頭髮もひげもそり落してさすろう一派。この宗派の創始者に因んだ名稱。

(二四四) 第一底本では欄外になっている。

(二四五) これは第二底本の譯。第一底本では、〃手の上にへび、石の上にへび、考えつゝためらうは無分別なり〃とある。前句の〃手の上にへび〃は、やはり〃手の中のへび〃の誤りであろう。版本によって兩様が相半ばしている。

(二四六) つまり、生前・死後が意味される。

(二四七) コラーン引用句。

(二四八) dûd-e del 〃心の煙〃とは、〃ため息〃のこと。

(二四九) 古代エジプト王の稱號。

(二五〇) 直譯、〃後繼者〃。

(二五一) 直譯、〃青い衣を着けた友へ行くな〃。

(二五二) 持主の死去や沒收の印となるので惡質の托鉢僧らの接近を防止するため。

(二五三) 有名な哲學者にして議論家。回教暦五〇六年（＝一一一一年―二年）死亡。

(二五四) 約三マイル四分の三。

(二五五) 直譯、〃彼への從順から首をそらさぬ〃。

(二五六) へり下る意。

(二五七) これは、第二底本 magar be-sûhan 〃やすりなくば〃を採ったもの。第一底本では be-Zam-ĕ sûhân 〃やすりの嚴寒もても〃。

(二五八) コラーン引用句。

(二五九) 同前。
(二六〇) 〃さいころ〃のことをいっている。
(二六一) ペルシャ神話時代の王で、nowrûz 〃新年祭〃を創設したといわれる。有名な古都ペルセポリスをも創設。ザッハークによって王位から退けらる。
(二六二) Zînat 〃装飾〃の意は、第二底本にあるが、第一のには無い。
(二六三) 回教教主。
(二六四) 兩底本はもとより、大部分の版本にない。わずかにカルカッタのマフッマド・サァイード書店版から得た。
(二六五) 一説には、Moshrefud'dîn ben Moṣleḥe'd-dîn 'Abdollâh。モスレヘッディーンとは〃宗教遵奉者〃の意。また異名をもって單にモスレフ〃改革者〃とする者もある。
(二六六) 回教暦四五九年(＝一〇六六年―七年)ハージェ・ネザーモル・モルクの創設。

〔編集付記〕

一、本文中、差別的ととられかねない表現がみられるが、作品の歴史性に鑑み、原文通りとした。

ゴレスターン　サァディー著

1951年10月5日　第1刷発行
2019年 2 月7日　第5刷発行

訳　者　沢《さわ》 英《えい》三《ぞう》

発行者　岡本　厚

発行所　株式会社 岩波書店
〒101-8002 東京都千代田区一ツ橋 2-5-5
案内 03-5210-4000　営業部 03-5210-4111
文庫編集部 03-5210-4051
http://www.iwanami.co.jp/

印刷・理想社　カバー・精興社　製本・松岳社

ISBN 4-00-327841-0　　Printed in Japan

読書子に寄す

――岩波文庫発刊に際して――

岩波茂雄

真理は万人によって求められることを自ら欲し、芸術は万人によって愛されることを自ら望む。かつては民を愚昧ならしめるために学芸が最も狭き堂宇に閉鎖されたことがあった。今や知識と美とを特権階級の独占より奪い返すことはつねに進取的なる民衆の切実なる要求である。岩波文庫はこの要求に応じそれに励まされて生まれた。それは生命ある不朽の書を少数者の書斎と研究室とより解放して街頭にくまなく立たしめ民衆に伍せしめるであろう。近時大量生産予約出版の流行を見る。その広告宣伝の狂態はしばらくおくも、後代にのこすと誇称する全集がその編集に万全の用意をなしたるか。千古の典籍の翻訳企図に敬虔の態度を欠かざりしか。さらに分売を許さず読者を繫縛して数十冊を強うるがごとき、はたしてその揚言する学芸解放のゆえんなりや。吾人は天下の名士の声に和してこれを推挙するに躊躇するものである。このときにあたって、岩波書店は自己の責務のいよいよ重大なるを思い、従来の方針の徹底を期するため、すでに十数年以前より志して来た計画を慎重審議この際断然実行することにした。吾人は範をかのレクラム文庫にとり、古今東西にわたって文芸・哲学・社会科学・自然科学等種類のいかんを問わず、いやしくも万人の必読すべき真に古典的価値ある書をきわめて簡易なる形式において逐次刊行し、あらゆる人間に須要なる生活向上の資料、生活批判の原理を提供せんと欲する。この文庫は予約出版の方法を排したるがゆえに、読者は自己の欲する時に自己の欲する書物を各個に自由に選択することができる。携帯に便にして価格の低きを最主とするがゆえに、外観を顧みざるも内容に至っては厳選最も力を尽くし、従来の岩波出版物の特色をますます発揮せしめようとする。この計画たるや世間の一時の投機的なるものと異なり、永遠の事業として吾人は微力を傾倒し、あらゆる犠牲を忍んで今後永久に継続発展せしめ、もって文庫の使命を遺憾なく果たさしめることを期する。芸術を愛し知識を求むる士の自ら進んでこの挙に参加し、希望と忠言とを寄せられることは吾人の熱望するところである。その性質上経済的には最も困難多きこの事業にあえて当たらんとする吾人の志を諒として、その達成のため世の読書子とのうるわしき共同を期待する。

昭和二年七月

《イギリス文学》〔赤〕

ユートピア　トマス・モア　平井正穂訳
完訳 カンタベリー物語 全三冊　チョーサー　桝井迪夫訳
ヴェニスの商人　シェイクスピア　中野好夫訳
ジュリアス・シーザー　シェイクスピア　中野好夫訳
十二夜　シェイクスピア　小津次郎訳
ハムレット　シェイクスピア　野島秀勝訳
オセロウ　シェイクスピア　菅泰男訳
リア王　シェイクスピア　野島秀勝訳
マクベス　シェイクスピア　木下順二訳
ソネット集　シェイクスピア　高松雄一訳
ロミオとジューリエット　シェイクスピア　平井正穂訳
対訳 シェイクスピア詩集 —イギリス詩人選(1)　柴田稔彦編
失楽園 全二冊　ミルトン　平井正穂訳
ロビンソン・クルーソー 全二冊　デフォー　平井正穂訳
ガリヴァー旅行記　スウィフト　平井正穂訳
ジョウゼフ・アンドルーズ 全二冊　フィールディング　朱牟田夏雄訳

ウェイクフィールドの牧師 —むだばなし　ゴールドスミス　小野寺健訳
幸福の探求 —アビシニアの王子ラセラスの物語　サミュエル・ジョンソン　朱牟田夏雄訳
対訳 バイロン詩集 —イギリス詩人選(8)　笠原順路編
対訳 ブレイク詩集 —イギリス詩人選(4)　松島正一編
ブレイク詩集　寿岳文章訳
ワーズワース詩集　田部重治選訳
対訳 ワーズワス詩集 —イギリス詩人選(3)　山内久明編
キプリング短篇集　橋本槙矩編訳
高慢と偏見 全二冊　ジェーン・オースティン　富田彬訳
説きふせられて　ジェーン・オースティン　富田彬訳
エマ 全二冊　ジェーン・オースティン　工藤政司訳
対訳 テニスン詩集 —イギリス詩人選(5)　西前美巳編
虚栄の市 全四冊　サッカリー　中島賢二訳
床屋コックスの日記・馬丁粋語録　サッカレ　平井呈一訳
デイヴィッド・コパフィールド 全五冊　ディケンズ　石塚裕子訳
ディケンズ短篇集　小池滋・石塚裕子訳
炉辺のこほろぎ　ディケンズ　本多顕彰訳

ボズのスケッチ 短篇小説篇 全二冊　ディケンズ　藤岡啓介訳
アメリカ紀行 全二冊　ディケンズ　伊藤弘之・下笠徳次・隈元貞広訳
イタリアのおもかげ　ディケンズ　伊藤弘之・下笠徳次・隈元貞広訳
大いなる遺産 全二冊　ディケンズ　石塚裕子訳
荒涼館 全四冊　ディケンズ　佐々木徹訳
鎖を解かれたプロメテウス　シェリー　石川重俊訳
対訳 シエリー詩集 —イギリス詩人選(9)　アルヴィ宮本なほ子編
ジェイン・エア 全二冊　シャーロット・ブロンテ　河島弘美訳
嵐が丘 全二冊　エミリー・ブロンテ　河島弘美訳
教養と無秩序　マシュー・アーノルド　多田英次訳
ハーディ テス 全二冊　井上宗次・石田英二訳
緑の木蔭 和蘭派田園画　トマス・ハーディ　阿部知二訳
緑の館 —熱帯林のロマンス　ハドソン　柏倉俊三訳
宝島　スティーヴンスン　阿部知二訳
ジーキル博士とハイド氏　スティーヴンスン　海保眞夫訳
プリンス・オットー　スティーヴンスン　小川和夫訳
新アラビヤ夜話　スティーヴンスン　佐藤緑葉訳

南海千一夜物語	スティーヴンスン 中村徳三郎訳
若い人々のために 他十一篇	スティーヴンスン 岩田良吉訳
マーカイム・壜の小鬼 他五篇	スティーヴンソン 高松雄一 高松禎子訳
怪談 —不思議なことの物語と研究	ラフカディオ・ハーン 平井呈一訳
サロメ	ワイルド 福田恆存訳
人と超人	バーナド・ショー 市川又彦訳
ヘンリ・ライクロフトの私記	ギッシング 平井正穂訳
闇の奥	コンラッド 中野好夫訳
コンラッド短篇集	中島賢二編訳
対訳 イエイツ詩集	高松雄一編
月と六ペンス	モーム 行方昭夫訳
読書案内 —世界文学	W・S・モーム 西川正身訳
人間の絆 全三冊	モーム 行方昭夫訳
夫が多すぎて	モーム 海保眞夫訳
サミング・アップ	モーム 行方昭夫訳
モーム短篇選 全二冊	行方昭夫編訳
お菓子とビール	モーム 行方昭夫訳
荒地	T・S・エリオット 岩崎宗治訳
悪口学校	シェリダン 菅泰男訳
オーウェル評論集	小野寺健編訳
パリ・ロンドン放浪記	ジョージ・オーウェル 小野寺健訳
動物農場 —おとぎばなし	ジョージ・オーウェル 川端康雄訳
対訳 キーツ詩集 —イギリス詩人選(10)	宮崎雄行編
キーツ詩集	中村健二訳
阿片常用者の告白	ド・クインシー 野島秀勝訳
20世紀イギリス短篇選 全二冊	小野寺健編訳
イギリス名詩選	平井正穂編
タイム・マシン 他九篇	H・G・ウエルズ 橋本槇矩訳
透明人間	H・G・ウエルズ 橋本槇矩訳
トーノ・バンゲイ 全二冊	ウェルズ 中西信太郎訳
回想のブライズヘッド 全二冊	イーヴリン・ウォー 小野寺健訳
愛されたもの	イーヴリン・ウォー 中村健二 出淵博訳
イギリス民話集	河野一郎編訳
白衣の女 全三冊	ウィルキー・コリンズ 中島賢二訳
夢の女・恐怖のベッド 他六篇	ウィルキー・コリンズ 中島賢二訳
対訳 英米童謡集	河野一郎編訳
完訳 ナンセンスの絵本	エドワード・リア 柳瀬尚紀訳
灯台へ	ヴァージニア・ウルフ 御輿哲也訳
船出 全二冊	ヴァージニア・ウルフ 川西進訳
夜の来訪者	プリーストリー 安藤貞雄訳
イングランド紀行 全二冊	プリーストリー 橋本槇矩訳
アーネスト・ダウスン作品集	南條竹則編訳
スコットランド紀行	エドウィン・ミュア 橋本槇矩訳
狐になった奥様	ガーネット 安藤貞雄訳
ヘリック詩鈔	森亮訳
たいした問題じゃないが —イギリス・コラム傑作選	行方昭夫編訳
文学とは何か —現代批評理論への招待 全二冊	テリー・イーグルトン 大橋洋一訳

《アメリカ文学》〔赤〕

ギリシア・ローマ神話 付インド・北欧神話　ブルフィンチ　野上弥生子訳
中世騎士物語　ブルフィンチ　野上弥生子訳
フランクリン自伝　松本慎一　西川正身訳
フランクリンの手紙　蕗沢忠枝編訳
スケッチ・ブック 全二冊　アーヴィング　齊藤昇訳
アルハンブラ物語 全二冊　アーヴィング　平沼孝之訳
ウォルター・スコット邸訪問記　アーヴィング　齊藤昇訳
ブレイスブリッジ邸　アーヴィング　齊藤昇訳
完訳 緋文字　ホーソーン　八木敏雄訳
哀詩 エヴァンジェリン　ロングフェロー　斎藤悦子訳
黒猫・モルグ街の殺人事件 他五篇　ポオ　中野好夫訳
対訳 ポー詩集 —アメリカ詩人選(1)　加島祥造編
黄金虫・アッシャー家の崩壊 他九篇　ポオ　八木敏雄訳
ポオ評論集　八木敏雄編訳
森の生活 (ウォールデン) 全二冊　ソロー　飯田実訳
白鯨 全三冊　メルヴィル　八木敏雄訳

幽霊船 他一篇　ハーマン・メルヴィル　坂下昇訳
対訳 ホイットマン詩集 —アメリカ詩人選(2)　木島始編
対訳 ディキンソン詩集 —アメリカ詩人選(3)　亀井俊介編
不思議な少年　マーク・トウェイン　中野好夫訳
王子と乞食　マーク・トウェーン　村岡花子訳
人間とは何か　マーク・トウェイン　中野好夫訳
ハックルベリー・フィンの冒険 全二冊　マーク・トウェイン　西田実訳
いのちの半ばに　ビアス　西川正身訳
新編 悪魔の辞典　ビアス　西川正身編訳
ビアス短篇集　大津栄一郎編訳
ヘンリー・ジェイムズ短篇集　大津栄一郎編訳
大使たち 全二冊　ヘンリー・ジェイムズ　青木次生訳
あしながおじさん　ジーン・ウェブスター　遠藤寿子訳
赤い武功章 他三篇　クレイン　西田実訳
シカゴ詩集　サンドバーグ　安藤一郎訳
大地 全四冊　パール・バック　小野寺健訳
シスター・キャリー 全二冊　ドライサー　村山淳彦訳

熊 他三篇　フォークナー　加島祥造訳
響きと怒り 全二冊　フォークナー　平石貴樹　新納卓也訳
アブサロム、アブサロム! 全二冊　フォークナー　藤平育子訳
八月の光 全二冊　フォークナー　諏訪部浩一訳
楡の木陰の欲望　オニール　井上宗次訳
日はまた昇る　ヘミングウェイ　谷口陸男訳
ヘミングウェイ短篇集 全二冊　谷口陸男編訳
怒りのぶどう 全三冊　スタインベック　大橋健三郎訳
ブラック・ボーイ —ある幼少期の記録 全二冊　リチャード・ライト　野崎孝訳
オー・ヘンリー傑作選　大津栄一郎訳
小公子　バアネット　若松賤子訳
アメリカ名詩選　亀井俊介　川本皓嗣編
20世紀アメリカ短篇選 全二冊　大津栄一郎編訳
孤独な娘　ナサニエル・ウエスト　丸谷才一訳
魔法の樽 他十二篇　マラマッド　阿部公彦訳
青白い炎　ナボコフ　富士川義之訳
風と共に去りぬ 全六冊　マーガレット・ミッチェル　荒このみ訳

《ドイツ文学》〔赤〕

- ニーベルンゲンの歌 全二冊 相良守峯訳
- 若きウェルテルの悩み ゲーテ 竹山道雄訳
- ヴィルヘルム・マイスターの修業時代 全三冊 ゲーテ 山崎章甫訳
- イタリア紀行 全三冊 ゲーテ 相良守峯訳
- ファウスト 全二冊 ゲーテ 相良守峯訳
- ゲーテとの対話 全三冊 エッカーマン 山下肇訳
- ヴィルヘルム・テル シラー 桜井政隆・桜井国隆訳
- ヘルダーリン詩集 川村二郎訳
- 青い花 ノヴァーリス 青山隆夫訳
- 夜の讃歌・サイスの弟子たち 他一篇 ノヴァーリス 今泉文子訳
- 完訳 グリム童話集 全五冊 金田鬼一訳
- ホフマン短篇集 池内紀編訳
- 水妖記（ウンディーネ） フーケー 柴田治三郎訳
- O侯爵夫人 他六篇 クライスト 相良守峯訳
- 影をなくした男 シャミッソー 池内紀訳
- ハイネ 歌の本 全二冊 井上正蔵訳

- 流刑の神々・精霊物語 ハイネ 小沢俊夫訳
- 冬物語 —ドイツ ハイネ 井汲越次訳
- ユーディット 他一篇 ヘッベル 吹田順助訳
- 芸術と革命 他四篇 ワーグナー 北村義男訳
- ブリギッタ・森の泉 他一篇 シュティフター 宇多五郎・高安国世訳
- みずうみ 他四篇 シュトルム 関泰祐訳
- 美しき誘い 他一篇 シュトルム 国松孝二訳
- 聖ユルゲンにて・後見人カルステン 他一篇 シュトルム 国松孝二訳
- 村のロメオとユリア ケラー 草間平作訳
- 沈鐘 ハウプトマン 阿部六郎訳
- 地霊・パンドラの箱 ルル二部作 F.ヴェデキント 岩淵達治訳
- 春のめざめ F.ヴェデキント 酒寄進一訳
- 夢小説・闇への逃走 他一篇 シュニッツラー 池内紀・武村知子訳
- 花・死人に口なし 他七篇 シュニッツラー 番匠谷英一・山本有三訳
- リルケ詩集 高安国世訳
- ドゥイノの悲歌 リルケ 手塚富雄訳
- ブッデンブローク家の人びと 全三冊 トーマス・マン 望月市恵訳

- トオマス・マン短篇集 実吉捷郎訳
- 魔の山 全二冊 トーマス・マン 関泰祐・望月市恵訳
- トニオ・クレエゲル トオマス・マン 実吉捷郎訳
- ヴェニスに死す トオマス・マン 実吉捷郎訳
- 車輪の下 ヘルマン・ヘッセ 実吉捷郎訳
- 漂泊《クヌルプ》の魂 ヘルマン・ヘッセ 相良守峯訳
- デミアン ヘルマン・ヘッセ 実吉捷郎訳
- シッダルタ ヘッセ 手塚富雄訳
- ルーマニア日記 カロッサ 高橋健二訳
- 美しき惑いの年 カロッサ 手塚富雄訳
- 若き日の変転 カロッサ 斎藤栄治訳
- 幼年時代 カロッサ 斎藤栄治訳
- 指導と信従 カロッサ 国松孝二訳
- マリー・アントワネット 全二冊 シュテファン・ツワイク 高橋禎二・秋山英夫訳
- ジョゼフ・フーシェ —ある政治的人間の肖像 シュテファン・ツワイク 高橋禎二・秋山英夫訳
- 変身・断食芸人 カフカ 山下肇・山下萬里訳
- 審判 カフカ 辻瑆訳

カフカ短篇集　池内紀編訳
カフカ寓話集　池内紀編訳
肝っ玉おっ母とその子どもたち　ブレヒト　岩淵達治訳
天と地との間　オットー・ルートヴィヒ　黒川武敏訳
憂愁夫人　ズーデルマン　相良守峯訳
短篇集 死神とのインタヴュー　ノサック　神品芳夫訳
悪童物語　ルウドキヒ・トオマ　実吉捷郎訳
大理石像・デュラン デ城悲歌　アイヒェンドルフ　関泰祐訳
改訳 愉しき放浪児　アイヒェンドルフ　関泰祐訳
ホフマンスタール詩集　川村二郎訳
陽気なヴッツ先生 他一篇　ジャン・パウル　岩田行一訳
インド紀行 全二冊　ボンゼルス　実吉捷郎訳
蜜蜂マアヤ　ボンゼルス　実吉捷郎訳
ドイツ名詩選　生野幸吉・檜山哲彦編
蝶の生活　シュナック　岡田朝雄訳
聖なる酔っぱらいの伝説 他四篇　ヨーゼフ・ロート　池内紀訳
ラデツキー行進曲 全二冊　ヨーゼフ・ロート　平田達治訳

ボードレール 他五篇 ―ベンヤミンの仕事2　ヴァルター・ベンヤミン　野村修編訳
人生処方詩集　エーリヒ・ケストナー　小松太郎訳
三十歳　インゲボルク・バッハマン　松永美穂訳

《フランス文学》〔赤〕

ラブレー第一之書 ガルガンチュワ物語　渡辺一夫訳
ラブレー第二之書 パンタグリュエル物語　渡辺一夫訳
ラブレー第三之書 パンタグリュエル物語　渡辺一夫訳
ラブレー第四之書 パンタグリュエル物語　渡辺一夫訳
ラブレー第五之書 パンタグリュエル物語　渡辺一夫訳
トリスタン・イズー物語　ベディエ編　佐藤輝夫訳
ピエール・パトラン先生　渡辺一夫訳
日月両世界旅行記　シラノ・ド・ベルジュラック　赤木昭三訳
ロンサール詩集　ロンサール　井上究一郎訳
エセー 全六冊　モンテーニュ　原二郎訳
ラ・ロシュフコー箴言集　二宮フサ訳
ドン・ジュアン ―石像の宴　モリエール　鈴木力衛訳
完訳 ペロー童話集　新倉朗子訳

カラクテール ―当世風俗誌 全三冊　ラ・ブリュイエール　関根秀雄訳
偽りの告白　マリヴォー　鈴木力衛訳
贋の侍女・愛の勝利　マリヴォー　佐藤実枝・井村順一訳
カンディード 他五篇　ヴォルテール　植田祐次訳
哲学書簡　ヴォルテール　林達夫訳
孤独な散歩者の夢想　ルソー　今野一雄訳
フィガロの結婚　ボオマルシェエ　辰野隆訳
危険な関係 全二冊　ラクロ　伊吹武彦訳
美味礼讃 全二冊　ブリア-サヴァラン　関根秀雄・戸部松実訳
恋愛論 全二冊　スタンダール　杉本圭子訳
赤と黒 全二冊　スタンダール　桑原武夫・生島遼一訳
パルムの僧院 全二冊　スタンダール　生島遼一訳
ヴァニナ・ヴァニニ 他四篇　スタンダール　生島遼一訳
知られざる傑作 他五篇　バルザック　水野亮訳
サラジーヌ 他三篇　バルザック　芳川泰久訳
艶笑滑稽譚 全三冊　バルザック　石井晴一訳
レ・ミゼラブル 全四冊　ユーゴー　豊島与志雄訳

死刑囚最後の日　ユーゴー　豊島与志雄訳
ライン河幻想紀行　ユーゴー　榊原晃三編訳
ノートル＝ダム・ド・パリ　全二冊　ユーゴー　辻昶・松下和則訳
エルナニ　ユーゴー　稲垣直樹訳
モンテ・クリスト伯　全七冊　アレクサンドル・デュマ　山内義雄訳
三銃士　全二冊　デュマ　生島遼一訳
カルメン　メリメ　杉捷夫訳
メリメ怪奇小説選　杉捷夫編訳
愛の妖精（プチット・ファデット）　ジョルジュ・サンド　宮崎嶺雄訳
悪の華　ボオドレール　鈴木信太郎訳
ボヴァリー夫人　全二冊　フローベール　伊吹武彦訳
感情教育　全二冊　フローベール　生島遼一訳
紋切型辞典　フローベール　小倉孝誠訳
椿姫　デュマ・フィス　吉村正一郎訳
月曜物語　ドーデー　桜田佐訳
サフォ　パリ風俗　ドーデー　朝倉季雄訳
プチ・ショーズ　—ある少年の物語　ドーデー　原千代海訳

神々は渇く　アナトール・フランス　大塚幸男訳
ジェルミナール　全三冊　エミール・ゾラ　安士正夫訳
獣人　全二冊　エミール・ゾラ　川口篤訳
制作　全二冊　エミール・ゾラ　清水正和訳
水車小屋攻撃　他七篇　エミール・ゾラ　朝比奈弘治訳
氷島の漁夫　ピエール・ロチ　吉氷清訳
マラルメ詩集　渡辺守章訳
脂肪のかたまり　モーパッサン　高山鉄男訳
女の一生　モーパッサン　杉捷夫訳
ベラミ　全二冊　モーパッサン　杉捷夫訳
モーパッサン短篇選　高山鉄男編訳
地獄の季節　ランボオ　小林秀雄訳
にんじん　ルナアル　岸田国士訳
ぶどう畑のぶどう作り　ルナアル　岸田国士訳
博物誌　ルナール　辻昶訳
ジャン・クリストフ　全四冊　ロマン・ローラン　豊島与志雄訳
ベートーヴェンの生涯　ロマン・ロラン　片山敏彦訳

ミケランジェロの生涯　ロマン・ロラン　高田博厚訳
フランシス・ジャム詩集　手塚伸一訳
三人の乙女たち　フランシス・ジャム　手塚伸一訳
背徳者　アンドレ・ジイド　川口篤訳
続コンゴ紀行　—チャド湖より還る　アンドレ・ジイド　杉捷夫訳
レオナルド・ダ・ヴィンチの方法　ポール・ヴァレリー　山田九朗訳
ムッシュー・テスト　ポール・ヴァレリー　清水徹訳
精神の危機　他十五篇　ポール・ヴァレリー　恒川邦夫訳
若き日の手紙　フィリップ　外山楢夫訳
朝のコント　フィリップ　淀野隆三訳
海の沈黙・星への歩み　ヴェルコール　河野與一・加藤周一訳
恐るべき子供たち　コクトー　鈴木力衛訳
地底旅行　ジュール・ヴェルヌ　朝比奈弘治訳
八十日間世界一周　ジュール・ヴェルヌ　鈴木啓二訳
海底二万里　全二冊　ジュール・ヴェルヌ　朝比奈美知子訳
プロヴァンスの少女（ミレイユ）　ミストラル　杉冨士雄訳
結婚十五の歓び　新倉俊一訳

キャピテン・フラカス 全三冊　ゴーティエ　田辺貞之助訳
モーパン嬢 全二冊　テオフィル・ゴーチエ　井村実名子訳
死都ブリュージュ　ローデンバック　窪田般彌訳
対訳 ペレアスとメリザンド　メーテルランク　杉本秀太郎訳
生きている過去　レニエ　窪田般彌訳
シュルレアリスム宣言・溶ける魚　アンドレ・ブルトン　巖谷國士訳
ナジャ　アンドレ・ブルトン　巖谷國士訳
不遇なる一天才の手記　ヴォーヴナルグ　関根秀雄訳
チェルミニィ・ラセルトゥウ　ゴンクウル兄弟　大西克和訳
ゴンクールの日記 全二冊　斎藤一郎編訳
英国ルネサンス恋愛ソネット集　岩崎宗治編訳
文学とは何か ―現代批評理論への招待 全二冊　テリー・イーグルトン　大橋洋一訳
D・G・ロセッティ作品集　南條竹則・松村伸一編訳
フランス名詩選　安藤元雄・入沢康夫・渋沢孝輔編
繻子の靴 全二冊　ポール・クローデル　渡辺守章訳
A・O・バルナブース全集 全二冊　ヴァレリー・ラルボー　岩崎力訳
自由への道 全六冊　サルトル　海老坂武・澤田直訳

物質的恍惚　ル・クレジオ　豊崎光一訳
悪魔祓い　ル・クレジオ　高山鉄男訳
女中たち バルコン　ジャン・ジュネ　渡辺守章訳
楽しみと日々　プルースト　岩崎力訳
失われた時を求めて 全十四冊（既刊十一冊）　プルースト　吉川一義訳
丘　ジャン・ジオノ　山本省訳
子ども 全二冊　ジュール・ヴァレス　朝比奈弘治訳
シルトの岸辺　ジュリアン・グラック　安藤元雄訳
星の王子さま　サン＝テグジュペリ　内藤濯訳
プレヴェール詩集　小笠原豊樹訳
キリストはエボリで止まった　カルロ・レーヴィ　竹山博英訳
クァジーモド全詩集　河島英昭訳
冗談　ミラン・クンデラ　西永良成訳
小説の技法　ミラン・クンデラ　西永良成訳
世界イディッシュ短篇選　西成彦編訳

《哲学・教育・宗教》〔青〕

- ソクラテスの弁明・クリトン　プラトン　久保勉訳
- ゴルギアス　プラトン　加来彰俊訳
- 饗宴　プラトン　久保勉訳
- テアイテトス　プラトン　田中美知太郎訳
- パイドロス　プラトン　藤沢令夫訳
- メノン　プラトン　藤沢令夫訳
- 国家　全二冊　プラトン　藤沢令夫訳
- プロタゴラス —ソフィストたち　プラトン　藤沢令夫訳
- 法律　全二冊　プラトン　森進一・池田美恵・加来彰俊訳
- パイドン —魂の不死について　プラトン　岩田靖夫訳
- クセノフォーン　ソークラテースの思い出　佐々木理訳
- アナバシス —敵中横断六〇〇〇キロ　クセノポン　松平千秋訳
- アリストテレス　ニコマコス倫理学　全二冊　高田三郎訳
- アリストテレス　形而上学　全二冊　出隆訳
- アリストテレス　弁論術　戸塚七郎訳
- アリストテレース　詩学／ホラーティウス　詩論　松本仁助・岡道男訳
- 物の本質について　ルクレーティウス　樋口勝彦訳
- エピクロス —教説と手紙　出隆・岩崎允胤訳
- 生の短さについて　他二篇　セネカ　大西英文訳
- 怒りについて　他二篇　セネカ　兼利琢也訳
- マルクス・アウレーリウス　自省録　神谷美恵子訳
- 老年について　キケロー　中務哲郎訳
- 友情について　キケロー　中務哲郎訳
- エラスムス＝トマス・モア往復書簡　沓掛良彦・高田康成訳
- 方法序説　デカルト　谷川多佳子訳
- 哲学原理　デカルト　桂寿一訳
- 情念論　デカルト　谷川多佳子訳
- パンセ　全三冊　パスカル　塩川徹也訳
- 知性改善論　スピノザ　畠中尚志訳
- スピノザ　エチカ（倫理学）　全二冊　畠中尚志訳
- 聖トマス　形而上学叙説 —有と本質とに就いて　高桑純夫訳
- 君主の統治について —謹んでキプロス王に捧げる　トマス・アクィナス　柴田平三郎訳
- エミール　全三冊　ルソー　今野一雄訳
- 孤独な散歩者の夢想　ルソー　今野一雄訳
- 人間不平等起原論　ルソー　本田喜代治・平岡昇訳
- ルソー　社会契約論　桑原武夫・前川貞次郎訳
- 政治経済論　ルソー　河野健二訳
- 演劇について —ダランベールへの手紙　ルソー　今野一雄訳
- 言語起源論 —旋律と音楽的模倣について　ルソー　増田真訳
- ラモーの甥　ディドロ　本田喜代治・平岡昇訳
- 道徳形而上学原論　カント　篠田英雄訳
- 啓蒙とは何か　他四篇　カント　篠田英雄訳
- 純粋理性批判　全三冊　カント　篠田英雄訳
- カント　実践理性批判　波多野精一・宮本和吉・篠田英雄訳
- 判断力批判　全二冊　カント　篠田英雄訳
- 永遠平和のために　カント　宇都宮芳明訳
- プロレゴメナ　カント　篠田英雄訳
- 人間の使命　フィヒテ　宮崎洋三訳
- 学者の使命・学者の本質　フィヒテ　宮崎洋三訳
- ヘーゲル　政治論文集　全二冊　金子武蔵訳

- 歴史哲学講義 全二冊 — ヘーゲル 長谷川宏訳
- ブルーノ — シェリング 服部英次郎・井上庄七訳
- 自殺について 他四篇 — ショウペンハウエル 斎藤信治訳
- 読書について 他二篇 — ショウペンハウエル 斎藤忍随訳
- 知性について 他四篇 — ショーペンハウエル 細谷貞雄訳
- 将来の哲学の根本命題 他二篇 — フォイエルバッハ 松村一人・和田楽訳
- 不安の概念 — キェルケゴール 斎藤信治訳
- 死に至る病 — キェルケゴール 斎藤信治訳
- シュヴェーグラー 西洋哲学史 全二冊 — 谷川徹三・松村一人訳
- 体験と創作 全二冊 — ディルタイ 柴田治三郎・小牧健夫訳
- 眠られぬ夜のために 全二冊 — ヒルティ 草間平作・大和邦太郎訳
- 幸福論 全三冊 — ヒルティ 草間平作・大和邦太郎訳
- 悲劇の誕生 — ニーチェ 秋山英夫訳
- ツァラトゥストラはこう言った 全二冊 — ニーチェ 氷上英廣訳
- 道徳の系譜 — ニーチェ 木場深定訳
- 善悪の彼岸 — ニーチェ 木場深定訳
- この人を見よ — ニーチェ 手塚富雄訳

- プラグマティズム — W・ジェイムズ 桝田啓三郎訳
- 宗教的経験の諸相 全二冊 — W・ジェイムズ 桝田啓三郎訳
- 純粋現象学及現象学的哲学考案 全二冊 — フッセル 池上鎌三訳
- デカルト的省察 — フッサール 浜渦辰二訳
- 社会学の根本問題 個人と社会 — ジンメル 清水幾太郎訳
- 笑い — ベルクソン 林達夫訳
- 物質と記憶 — ベルクソン 熊野純彦訳
- 時間と自由 — ベルクソン 中村文郎訳
- 数理哲学序説 — ラッセル 平野智治訳
- ラッセル教育論 — 安藤貞雄訳
- ラッセル幸福論 — 安藤貞雄訳
- ラッセル結婚論 — 安藤貞雄訳
- 存在と時間 全四冊 — ハイデガー 熊野純彦訳
- 学校と社会 — デューイ 宮原誠一訳
- 民主主義と教育 全二冊 — デューイ 松野安男訳
- 歴史と自然科学・道徳の原理に就て・聖「プレルーディエン」より — ヴィンデルバント 篠田英雄訳
- 我と汝・対話 — マルティン・ブーバー 植田重雄訳

- アラン 幸福論 — 神谷幹夫訳
- 四季をめぐる51のプロポ — アラン 神谷幹夫編訳
- アラン 定義集 — 神谷幹夫訳
- 文法の原理 全三冊 — イェスペルセン 安藤貞雄訳
- 日本の弓術 — オイゲン・ヘリゲル述 柴田治三郎訳
- ギリシア哲学者列伝 全三冊 — ディオゲネス・ラエルティオス 加来彰俊訳
- 天才・悪 — ブレンターノ 篠田英雄訳
- 比較言語学入門 — 高津春繁
- 人間の頭脳活動の本質 他一篇 — ディーツゲン 小松摂郎訳
- ソクラテス以前以後 — F・M・コーンフォード 山田道夫訳
- 連続性の哲学 — パース 伊藤邦武編訳
- 論理哲学論考 — ウィトゲンシュタイン 野矢茂樹訳
- 自由と社会的抑圧 — シモーヌ・ヴェイユ 冨原眞弓訳
- 根をもつこと 全二冊 — シモーヌ・ヴェイユ 冨原眞弓訳
- 重力と恩寵 — シモーヌ・ヴェイユ 冨原眞弓訳
- 全体性と無限 全二冊 — レヴィナス 熊野純彦訳
- 啓蒙の弁証法 —哲学的断想 — M・ホルクハイマー T・W・アドルノ 徳永恂訳

共同存在の現象学　レーヴィット　熊野純彦訳
ヘーゲルからニーチェへ　十九世紀思想における革命的断絶　全二冊　レーヴィット　三島憲一訳
種の論理　田辺元哲学選Ⅰ　藤田正勝編
懺悔道としての哲学　田辺元哲学選Ⅱ　藤田正勝編
哲学の根本問題・数理の歴史主義展開　田辺元哲学選Ⅲ　藤田正勝編
統辞構造論　付『言語理論の論理構造』序論　チョムスキー　福井直樹　辻子美保子訳
統辞理論の諸相　方法論序説　チョムスキー　福井直樹　辻子美保子訳
言語変化という問題　—共時態、通時態、歴史　E・コセリウ　田中克彦訳
快楽について　ロレンツォ・ヴァッラ　近藤恒一訳
古代懐疑主義入門　判断保留の十の方式　J・アナス　J・バーンズ　金山弥平訳
ヨーロッパの言語　アントワーヌ・メイエ　西山教行訳
ニーチェ　みずからの時代と闘う者　ルドルフ・シュタイナー　高橋巖訳
人間精神進歩史　全二冊　コンドルセ　渡辺誠訳
隠者の夕暮・シュタンツだより　ペスタロッチー　長田新訳
フレーベル自伝　長田新訳
旧約聖書　創世記　関根正雄訳
旧約聖書　出エジプト記　関根正雄訳

旧約聖書　ヨブ記　関根正雄訳
旧約聖書　詩篇　関根正雄訳
新約聖書　福音書　塚本虎二訳
文語訳　新約聖書　詩篇付
文語訳　旧約聖書　全四冊
キリストにならいて　トマス・ア・ケンピス　大沢章　呉茂一訳
聖アウグスティヌス　告白　全二冊　服部英次郎訳
新訳　キリスト者の自由・聖書への序言　マルティン・ルター　石原謙訳
聖なるもの　オットー　久松英二訳
シュヴァイツェル　イエスの生涯　メシアと受難の秘密　シュヴァイツェル　波木居齊二訳
キリスト教と世界宗教　シュヴァイツェル　鈴木俊郎訳
コーラン　全三冊　井筒俊彦訳
エックハルト説教集　田島照久編訳
ある巡礼者の物語　—イグナチオ・デ・ロヨラ自叙伝　イグナチオ・デ・ロヨラ　門脇佳吉訳・注解
後期資本主義における正統化の問題　ハーバーマス　山田正行・金慧訳